Marguerite

MÉLANIE CALVÉ
Marguerite

roman

fides

Directeur éditorial : David Sénéchal
Chargée de projet : Valérie De Marchi
Couverture : conception et montage de Gianni Caccia à partir de photos d'archives et © Tim Allen / iStockphoto, © Masson / Shutterstock, © Galinasharapova / 123rf, © rawpixel
Mise en pages : Bruno Lamoureux

Catalogage avant publication de Bibliothèque et Archives nationales du Québec et Bibliothèque et Archives Canada
Titre : Marguerite / Mélanie Calvé.
Noms : Calvé, Mélanie, 1978- auteur.
Identifiants : Canadiana (livre imprimé) 2023011749X | Canadiana (livre numérique) 2023011752X | ISBN 9782762145946 | ISBN 9782762145953 (EPUB) | ISBN 9782762145960 (PDF)
Classification : LCC PS8605.A4754 M37 2023 | CDD C843/.6 —dc23

Dépôt légal : 3ᵉ trimestre 2023
Bibliothèque et Archives nationales du Québec
© Groupe Fides inc., 2023

La maison d'édition reconnaît l'aide financière du gouvernement du Canada par l'entremise du Fonds du livre du Canada pour ses activités d'édition. La maison d'édition remercie de leur soutien financier le Conseil des arts du Canada et la Société de développement des entreprises culturelles du Québec (SODEC). La maison d'édition bénéficie du Programme de crédit d'impôt pour l'édition de livres du gouvernement du Québec, géré par la SODEC.

IMPRIMÉ AU CANADA EN SEPTEMBRE 2023

À Marie-Andrée Prévost,
Pour ta fougue et tes mille et une idées
Pour ton énergie, ta vision et ta lumière
Tu inspires au dépassement et à se tenir debout
Merci pour ce que tu apportes à ma vie.

À ma cousine Geneviève Castagnier,
Fragile, pourtant si forte
Parce que tu es de celles qui se relèvent,
qui aime avec douceur et tendresse
Une guerrière silencieuse
La laideur de ce monde t'a laissé des trous
que tu as remplis en y plantant des fleurs
Tu es merveilleuse et je t'aime.

À Lorie-Jeanne Pilon,
Jeune fille merveilleuse dont le potentiel est infini
Fais-toi confiance, tu peux devenir tout ce que tu désires
Tu peux accomplir l'impossible
Un jour, tu seras une grande autrice,
une grande journaliste ou ce que tu choisiras d'être
Belle Lorie, sois fière de toi dans l'échec comme dans la réussite.

CHAPITRE 1

Inséparables

Dorion, septembre 1966

Marguerite saupoudra de talc les fesses de la petite Clémence. L'enfant gazouilla. Elle aimait bien cette petite. Elle était facile à garder, contrairement à sa sœur aînée qui du haut de ses deux ans ne communiquait qu'en pleurnichant. Chaque mercredi, Marguerite, que tous surnommaient Margot, gardait les deux fillettes d'une amie de sa mère. Elle amassait de l'argent en prévision du jour où elle quitterait Dorion pour s'installer à Valleyfield et y suivre la formation d'infirmière offerte par les sœurs de la Providence. Sa sœur Nicole avait sensiblement fait le même parcours avant d'abandonner sa formation pour se marier avec un homme que leur père n'aimait pas. Lorsque Fernand Lalonde n'aimait pas quelqu'un, il se montrait intransigeant à son égard et rien ni personne ne pouvait le faire changer d'avis. C'était le cas pour son gendre : il ne l'avait jamais aimé, et il ne l'aimerait jamais.

La petite Clémence changée, Marguerite la prit dans ses bras et jeta un regard furtif à l'horloge accrochée au mur de la cuisine. Il était presque dix-huit heures. Louise, sa meilleure amie, ne tarderait pas à la rejoindre. Elles étaient inséparables depuis l'école primaire. Les deux jeunes filles étaient à l'opposé l'une de l'autre : Louise, une grande blonde filiforme et extravertie, et Marguerite, petite, brune et plutôt réservée. Lorsque Marguerite se sentait en confiance, elle savait lâcher son fou, comme disait son père, mais elle préférait généralement passer inaperçue. Elle n'était pas comme Louise qui aimait que l'attention soit tournée vers elle.

Louise croyait qu'une ère de changement se dessinait. Elle affirmait, les yeux pétillants, qu'il fallait être de son temps et participer à l'évolution des mœurs. À dix-sept ans, elle aspirait à conquérir le monde, à aller là où le vent la porterait. Elle rêvait de paix et de liberté. D'ailleurs, quelques mois plus tôt, elle avait célébré l'arrivée de l'année 1966 en participant à une manifestation contre la guerre au Vietnam à Montréal. Marguerite quant à elle avait célébré la nouvelle année en jouant aux cartes avec ses parents et sa grand-mère.

Beaucoup plus terre à terre, elle avait consacré d'innombrables heures à planifier son avenir dans les moindres détails. Elle terminerait ses études, trouverait un bon travail ou un bon époux, selon ce qui se présenterait à elle en premier. Elle n'avait pas de rêves de grandeur, ne rêvait pas de liberté, de voyage, de grand bouleversement. La vie telle qu'elle la connaissait et l'envisageait lui convenait parfaitement.

Louise frappa doucement à la porte.

— C'est Louise! lança Marguerite avec enthousiasme aux fillettes qui ne bronchèrent pas.

Marguerite s'extirpa du canapé en tenant fermement la petite Clémence sur sa hanche. Elle se dirigea d'un pas rapide vers la porte qu'elle déverrouilla d'une main.

— J'avais hâte que t'arrives! dit-elle en souriant.

— J'ai fait aussi vite que j'ai pu, répondit Louise en refermant la porte derrière elle. Mon père tenait absolument à venir me reconduire. Je lui ai dit que ton père me ramènerait quand t'auras fini de garder. Tu penses que c'est correct?

— Tu sais ben que mon père te laisserait jamais t'en retourner à pied. Viens, faut que je prépare le biberon du dodo de ce beau bébé-là, dit-elle en bécotant la joue rebondie de Clémence.

— C'est l'heure du dodo? demanda Louise en se penchant vers Denise.

— Clémence dodo, Denise pas dodo! lança la fillette en courant vers la cuisine.

— Le truc avec elle, c'est de dire le contraire de ce qu'on veut qu'elle fasse, souligna Marguerite en entrant dans la cuisine. Denise ne fera pas dodo, poursuivit-elle en s'adressant à l'enfant. C'est juste Clémence qui va avoir un bon biberon et faire un beau dodo.

— Denise aussi dodo! contredit la fillette.

— Tu vois! C'est exactement ce que je disais.

— Les enfants sont tellement compliqués! soupira Louise en s'assoyant. C'est drette pour ça que j'en aurai jamais. Passer mon temps à essayer de deviner si quelqu'un veut le contraire de ce qu'elle dit, c'est un gros non pour moi.

— Tu me fais rire, répondit Marguerite en déposant la bouteille de lait dans l'eau du chaudron qu'elle avait mis sur la cuisinière électrique. Comme si tu pouvais décider ou non d'avoir des enfants. C'est pas toi qui décides ça.

— Certain que je peux! Pourquoi je pourrais pas? Si c'est pas moi qui décide ça, c'est qui?

— C'est la nature, c'est la vie qui décide. T'as juste pas le choix, c'est de même que ça se passe. Comment tu vas faire pour vivre sans te marier? Tu vas faire quoi de ta vie?

— C'est toi qui me fais rire! répliqua Louise en riant. Pour toi, la vie, c'est se trouver un mari pis avoir des enfants? Tu penses vraiment que la vie, c'est de passer ton temps à faire le ménage, le repassage, pis t'occuper des enfants en attendant que ton mari revienne de travailler? C'est pas pour moi cette vie-là. Tu le sais que je veux être hôtesse de l'air, pis une hôtesse de l'air, ça peut pas être enfermée entre quatre murs à prendre soin d'une famille. Une hôtesse de l'air, c'est fait pour voyager partout dans le monde, c'est fait pour être libre comme le vent.

— Mon père dit que l'idée d'être hôtesse de l'air finira par te passer. Il dit même que c'est pas si simple que ça, devenir hôtesse de l'air. En partant, faut que tu parles anglais, pis tu parles pas anglais!

— L'anglais, ça s'apprend, tu sauras! répondit Louise. Avoir su que tu serais défaitiste de même, je serais restée chez nous.

— Je suis pas défaitiste, se défendit Marguerite en retirant le chaudron de la cuisinière. J'ai juste pas le goût que ma meilleure amie passe sa vie dans les airs, pis qu'elle soit toujours rendue à l'autre bout du monde. Tu peux pas m'en vouloir pour ça.

— Les hôtesses de l'air, ça revient à maison des fois. Pis je vais t'envoyer des cartes postales de partout dans le monde. C'est pas toutes les meilleures amies qui ont cette chance-là.

— C'est super, répondit Marguerite, peu convaincue. Je pourrai me partir une collection de timbres et la partager avec personne... parce que ma meilleure amie sera à l'autre bout du monde.

— T'es nouille, répondit Louise en riant. Hey! Je t'ai pas dit ça... J'ai le numéro de Maurice Leblanc.

— Comment t'as fait pour l'avoir?

— J'ai vu la liste des candidats à la présidence de l'école. Son nom était dessus avec son numéro de téléphone.

— T'as vu ça où?

— Dans le bureau du directeur, répondit Louise en haussant les épaules.

— Tu t'es encore ramassée dans son bureau?

— Ç'a l'air que mâcher une gomme, c'est la fin du monde pour le maudit prof de math...

— Ton langage! interrompit Marguerite en se tournant vers Denise. T'imagines qu'elle répète ça à ses parents.

— Inquiète-toi pas, elle répétera rien pantoute. Si ça se trouve, elle s'en souvient déjà plus. C'est quoi je disais, encore?

— Tu parlais du prof de math.

— C'est ça, le prof de math... Ben, il m'a envoyée chez le directeur à cause de ma gomme. Ma face y revient pas, à lui. Il est toujours sur mon dos. C'est pas mêlant, il m'aime pas, pis je l'aime pas non plus. Au moins, il m'a pas renvoyée à maison comme l'autre fois.

— Loulou, t'avais couru après, répondit Marguerite. Mettre des pantalons à l'école!

— Je trouve ça stupide qu'on n'ait pas le droit d'en porter. Veux-tu ben me dire qu'est-ce qu'il y a de si dérangeant de voir une fille en pantalon?

— C'est vulgaire pour une fille de porter des pantalons, c'est de même pis c'est toute. Quand ben même t'es pas d'accord, ça change pas que c'est interdit.

— Ta solution c'est quoi? C'est de faire ce que tout le monde décide sans rien dire? Même quand leurs décisions sont vraiment stupides? demanda Louise, offusquée.

— Pis toi, ta solution, c'est quoi? Te rebeller?

— Si personne le fait, ça va toujours rester de même. Comment tu veux que le monde sache qu'on n'est pas d'accord avec quelque chose si on continue de le faire sans rien dire? En tout cas, poursuivit Louise, le directeur m'a fait attendre dans son bureau. Il est pas parti longtemps, j'ai juste eu le temps de voir la liste avec les noms et les numéros de téléphone.

— Je savais pas que Maurice se présentait comme président, s'étonna Marguerite.

— Moi, ça me surprend pas pantoute! Il a tellement la tête d'un président.

— Ç'a quelle tête un président?

— Celle de Maurice! répondit Louise en riant. On l'appelle?

— Qui ça?

— Ben, Maurice!

— Pour y dire quoi?

— On dit rien, on écoute sa voix pis on raccroche.

— Ça va donner quoi de faire ça?

— Ça va donner qu'on va entendre sa voix! Toi, pis tes questions!

— Toi, pis tes idées!

Les deux amies éclatèrent de rire, ce qui fit également rire la petite Denise.

— On l'appelle? insista Louise.

— Tu fais quoi si c'est pas lui qui répond? demanda Marguerite.

— Je vais demander à lui parler.

— Avant, faudrait que je couche ce beau bébé-là. Installe-toi dans le salon avec Denise et choisis-nous un quarante-cinq tours en attendant.

— Très bonne idée! répondit Louise en se levant d'un bond.

Marguerite installa Clémence sur sa hanche, s'empara du biberon qui refroidissait sur le comptoir et se dirigea vers la chambre des fillettes. Elle déposa l'enfant dans son lit de bébé, la couvrit et lui tendit son biberon qu'elle agrippa aussitôt. Après quelques gorgées avalées goulûment, Clémence ferma les yeux et continua de boire tranquillement. Marguerite l'observa pendant quelques minutes, puis quitta la chambre sur la pointe des pieds. Elle tira la porte vers elle, en prenant soin de ne pas la refermer complètement.

Elle rejoignit Louise et Denise au salon.

— J'ai mis *Yellow Submarine*, annonça son amie. Y te reste juste à descendre le pied de l'aiguille. Mets pas le son trop fort, je veux être certaine de ben entendre la belle voix de Maurice.

— On va l'appeler pour que t'arrêtes d'en parler, se moqua Marguerite en s'assoyant sur le canapé près de la table du téléphone.

Louise se leva d'un bond et fouilla dans la poche de sa robe pour récupérer le précieux papier sur lequel elle avait noté le numéro de Maurice Leblanc. Elle s'assit sur le sol, près du téléphone.

— Ça m'énerve sans bon sens! lança-t-elle d'un rire nerveux. Regarde ma main, c'est pas mêlant, j'ai le *shake*.

— Je peux pas croire que ce gars-là te fasse autant d'effet.

— Tu peux pas comprendre, t'as jamais été en amour, répondit Louise.

— Toi, tu tombes en amour toutes les semaines. C'est pas ben mieux.

— L'amour, c'est la plus belle chose au monde! affirma Louise. On devrait être en amour tout le temps. Là, je compose son numéro, poursuivit-elle en décrochant le combiné d'une main et insérant son index dans un des trous de la roulette du téléphone. Parle pas!

— Ça serait ben le boutte que je m'échappe et dise ton nom, se moqua Marguerite.

Louise la fusilla du regard. Marguerite se recula sur le canapé en levant les deux mains, signe qu'elle avait compris l'avertissement de Louise qui gesticula pour lui signifier la présence de quelqu'un à l'autre bout de la ligne.

— Bonjour, est-ce possible de parler à Maurice, bafouilla-t-elle.

— Qui le demande? questionna une voix féminine à l'autre bout du fil.

— Monique… Monique Caron, mentit Louise.

L'interlocutrice lui demanda de patienter quelques secondes. Louise, nerveuse, mima à Marguerite qu'elle allait s'évanouir.

— Allo! lança l'adolescent, visiblement surpris par l'appel.

Louise raccrocha aussitôt le combiné.

— Qu'est-ce qui s'est passé? demanda Marguerite.

— Il a dit «allo».

— C'est tout? T'as raccroché vite de même, juste parce qu'il a dit allo? sourcilla Marguerite.

— Laisse donc faire! répondit Louise. Je t'aurais vue à ma place… t'aurais raccroché toi aussi.

— Impossible que je sois à ta place. Moi, si je téléphone à quelqu'un, c'est pour lui parler, pas pour lui raccrocher au nez. N'empêche que je paierais cher pour voir la face de Maurice en ce moment. Il doit se demander c'est qui cette Monique Caron, ricana Marguerite.

— Il va se le demander longtemps parce que j'ai aucune idée c'est qui moi non plus, répondit Louise en riant.

— Tu imagines s'il en connaissait une? s'exclama Marguerite. Tu imagines sa face s'il allait la voir pour lui demander pourquoi elle a appelé et pourquoi elle lui a raccroché au nez, ajouta-t-elle en pouffant de rire.

Louise se leva et s'affala sur le canapé, près de Marguerite. Elle se lança dans une interminable énumération de ce qui lui plaisait chez Maurice. Les deux amies bavardèrent un long moment, tout en gardant un œil sur Denise qui jouait allongée sur le tapis avec une boule au dôme transparent dans lequel se trouvaient la reine des cygnes et deux chevaux. Denise tournait inlassablement la boule, subjuguée par les animaux en mouvement.

— On dirait que la petite dort debout, observa Louise. Regarde-la, elle a les deux yeux dans la graisse de bine.

— T'as raison, approuva Marguerite en se levant. Je vais aller la coucher. De toute façon, sa mère devrait revenir bientôt, poursuivit-elle en jetant un coup d'œil à l'horloge murale.

Dans la cuisine, elle sortit la bouteille de Denise du réfrigérateur et alluma l'élément sur lequel le chaudron ayant servi à réchauffer le biberon de Clémence reposait toujours. Au premier signe d'ébullition, elle déposa la bouteille et attendit quelques minutes. Elle retira la bouteille, éteignit et invita la fillette à la suivre dans la salle de bain. Elle recouvrit la machine à laver d'une serviette et y installa Denise. Elle lui retira son pantalon, enleva la couche souillée qu'elle déposa dans une petite chaudière destinée à cet effet. Après l'avoir lavée, elle lui remit une couche sur laquelle elle enfila la culotte de plastique, puis vêtit Denise de sa robe de nuit. Elle prit la fillette dans ses bras et la conduisit dans son lit. Elle la borda, lui tendit sa bouteille de lait, lui souhaita une bonne nuit, puis rejoignit Louise au salon.

Les deux adolescentes bavardèrent jusqu'au retour de madame Boisvert. Dès qu'elle entra, Marguerite comprit que la jeune mère n'avait rien remporté au bingo. Les soirs où elle gagnait, sa fébrilité était palpable, à l'inverse, elle affichait une mine déconfite.

— J'étais à deux numéros de remporter le gros lot ! lança la jeune mère, visiblement déçue.

— Avez-vous tout de même aimé votre soirée ? s'informa Marguerite.

— J'aime toujours mes soirées bingo, que je gagne ou pas, répondit-elle en souriant. Ç'a bien été avec les filles ?

— Deux petits anges, dit Marguerite en se chaussant.

— Je suis contente d'entendre ça, répondit madame Boisvert. Denise est dans une passe où elle aime ben faire le contraire de ce qu'on lui dit. Ça te va si je te paie la semaine prochaine ? demanda-t-elle. Gérald a pas eu le temps de passer à caisse hier.

— Aucun souci, madame Boisvert.

Marguerite et Louise saluèrent la jeune mère et descendirent rejoindre Fernand Lalonde qui attendait patiemment devant l'immeuble où résidaient les Boisvert.

— Ç'a ben été ? demanda Fernand, tandis que Marguerite et Louise prenaient place sur la banquette arrière.

— Super bien ! répondit Marguerite en souriant.

— Si tu continues de garder de même, tu vas finir riche avant longtemps.

— Exagérez pas papa, c'est pas demain la veille que je vais me rendre riche en gardant des enfants.

Fernand Lalonde sourit en regardant sa fille dans le rétroviseur. Les dernières années avaient filé si rapidement que cette fillette aux longues nattes qui courait vers lui à son retour du travail était déjà devenue une jeune adolescente.

Sa cadette ressemblait à sa femme. Elle avait ses grands yeux marron et ses paupières bombées. Elle avait ses lèvres aussi. Des lèvres généreuses et parfaitement dessinées pour mettre en valeur son large sourire.

Elle tenait son tempérament des deux. Elle avait son aplomb. Tout comme lui, elle avait parfois la répartie tranchante. Mais comme Claire, elle était douce et empathique.

Claire, sa femme qu'il avait aimée dès l'instant où son regard avait croisé le sien, lui avait paru si forte et si fragile à la fois. Il avait un jour promis de l'aimer, de la chérir et de la protéger. Il lui avait aussi promis fidélité.

Durant ces vingt-quatre dernières années, il avait été un bon mari, mais avait honte de lui depuis peu. Il avait tenté de résister, de ne pas franchir le pas de l'adultère, mais les avances de Pierrette Bougie, une secrétaire à la Ville de Dorion, l'avaient fait plonger.

Employé de la voirie, il croisait souvent la belle brune à la mairie. Elle ne s'était pas gênée pour lui manifester son intérêt en lui proposant maintes fois de passer chez elle prendre un café. Il avait toujours refusé, jusqu'à un fameux soir d'août, où il avait accepté. Depuis, ils entretenaient une liaison dans laquelle Fernand s'était enlisé. Malgré la culpabilité qui le rongeait en permanence, il ne parvenait pas à mettre fin à son histoire avec Pierrette. Cette double vie lui pesait autant qu'elle l'excitait.

— Encore la barrière ! soupira Marguerite, sortant Fernand de ses pensées.

— Le temps qu'on perd avec ces trains-là, c'est épouvantable, observa Fernand en immobilisant sa voiture au passage à niveau.

Ils attendirent une dizaine de minutes sans qu'aucun train ne passe. Fernand regarda dans son rétroviseur. Une file de voitures attendaient tout comme lui le passage d'un train qui ne se pointait pas. Certains conducteurs manifestèrent leur impatience en klaxonnant.

— Y serait temps que le CN organise mieux ses flûtes, dit Fernand. C'est du maudit niaisage leur affaire ! On attend pour rien quand y a même pas de train, pis la barrière se baisse pas quand y en a un qui s'en vient. C'est comme rien, un moment donné, va y avoir un accident.

— Regardez monsieur Lalonde, y en a un qui s'est tanné, observa Louise en pointant un homme qui levait à bout de bras la barrière jusqu'à ce qu'elle demeure levée.

Fernand avança tranquillement, s'assura qu'aucun train n'était en vue et traversa la voie ferrée. Il conduisit Louise chez elle puis rentra à la maison avec Marguerite où sa mère et sa femme jouaient aux cartes dans la cuisine.

— Madame Boisvert a-tu gagné au bingo ? demanda Claire, dès que sa fille entra dans la cuisine.

— Non, pas à soir, répondit Marguerite.

— Elle n'a pas souvent des cartes chanceuses celle-là, remarqua Aline Lalonde, la mère de Fernand.

— Vous, la belle-mère, vous avez pas mal tout le temps la main chanceuse. Ben, pas mal tout le temps, sauf à soir, la taquina-t-elle.

— Faut ben que je te laisse gagner une fois de temps en temps, sinon tu voudras plus jouer avec moi, répondit Aline.

— C'est pas pour vous contredire la mère, objecta Fernand, mais c'est pas trop votre genre de laisser gagner le monde. Je suis d'avis que ma femme vous a battue contre votre volonté.

— T'es autant de mauvaise foi que ton père l'était, rouspéta la vieille dame en souriant.

— Je sais pas si c'était voulu de votre part, poursuivit Claire en plaçant la dernière carte de sa main sur la table, mais je viens de vous battre encore une fois.

— Bon, ben moi je vais faire un p'tit boutte jusque chez nous, annonça Aline en se levant. Les yeux me brûlent sans bon sens, je me coucherai pas tard à soir.

À la mort du mari d'Aline, survenue à l'hiver 1963, Fernand avait insisté pour qu'elle emménage avec eux. Elle avait d'abord refusé son offre, expliquant qu'elle tenait à son indépendance. Fernand avait longuement réfléchi et lui avait proposé d'acquérir une propriété possédant un petit trois pièces au sous-sol. « C'est la nouvelle tendance », avait-il dit avec un enthousiasme qu'Aline ne partageait pas. Elle avait haussé les épaules et avait répondu qu'elle n'avait pas l'intention de déménager dans leur sous-sol. Aujourd'hui, Aline se félicitait d'avoir changé d'avis. Vivre près de son fils et de sa famille lui était salutaire.

Fernand l'avait convaincue en lui promettant qu'elle aurait une cuisine moderne, équipée d'électroménagers dernier cri et que leur maison serait la plus belle du quartier.

Tout comme Aline, Claire s'était d'abord opposée au projet de cohabitation de Fernand. L'idée d'acquérir une maison neuve lui plaisait, mais elle ne désirait pas quitter leur maison qu'elle aimait tant. Ils y habitaient depuis leur mariage, leurs filles y avaient grandi.

Depuis, Claire se félicitait d'avoir accepté la proposition de son mari. « Le neuf, ça fait propre », disait-elle fièrement. Certaines femmes de son club de tricot insistaient pour que leurs rencontres se déroulent chez elle, prétextant que c'était la maison idéale pour recevoir. Elles n'avaient pas tort. L'immense salon, meublé d'un long canapé vert aux lignes droites et au dossier capitonné, était invitant. Deux fauteuils assortis entouraient le canapé. Une table de salon au centre reposait sur un tapis aux longs poils dont la couleur orange brûlé s'agençait parfaitement avec les autres meubles. La cuisine était également propice aux rassemblements avec son comptoir entouré de bancs en vinyle brun, sa grande table en chêne avec ses huit chaises. La grande porte-fenêtre rendait la pièce lumineuse en plein jour et les deux plafonniers prenaient la relève le soir venu.

Claire Lalonde aimait recevoir autant les femmes de son club de tricot que sa belle-mère, les amis de Fernand ou de Marguerite. Tous étaient toujours les bienvenus.

CHAPITRE 2

Une grande famille

En un claquement de doigts, les derniers jours de septembre étaient devenus froids et humides. Voulant étirer l'été, le neuvième mois s'était annoncé sous une chaleur estivale qui avait perduré durant près de trois semaines. Depuis, il pleuvait presque tous les jours.

— J'espère qu'ils n'auront pas de misère sur la route, dit Claire en regardant par la fenêtre.

— Il mouille à peine, observa Fernand. Jamais je croirai que quelques gouttes de pluie vont faire de la misère au sans-dessein de notre fille. Quoique… Y a pas grand-chose qui me surprendrait venant de lui. En plus d'avoir le cordon du cœur qui traîne dans marde, c'est pas un débrouillard. On dirait qu'il a les deux pieds dans même bottine pis les deux doigts dans le nez.

— Vous parlez de qui, de même? demanda Marguerite en entrant.

— De ce qui sert de mari à ta sœur, répondit Fernand.

— T'es trop dur avec lui, dit Claire. Tu lui as jamais donné de chance.

— Une chance de quoi? répliqua-t-il, étonné.

— La chance d'apprendre à le connaître! J'haïs ça quand tu fais ton bucké de même! lança Claire.

— Je suis pas bucké!

— Certain que t'es bucké! C'est pas comme si on le connaissait ben gros. Il doit ben avoir de bons côtés si notre fille l'a choisi. Laissons donc une chance au coureur.

— Je veux ben donner une chance au coureur, mais fais-toi pas trop d'attente… D'après moi, il court pas ben vite, se moqua-t-il. Avoue-le au moins, qu'il n'a pas été un des premiers à piger dans le sac de la vitesse.

— Arrête! lança Claire en faisant mine de se fâcher.

— Est bonne! Avoue qu'est bonne, pis que c'est vrai! insista-t-il. C'est pas le gars le plus dégourdi que t'as vu, ça, c'est certain. C'est pas mêlant, y a besoin d'un délai pour répondre. Des fois, je me demande si on parle la même langue.

— Fernand Lalonde, t'es mieux d'être fin avec! l'avertit Claire. C'est la première fois qu'ils font la route pour nous voir. Si on se montre pas avenant, y se forcera pus à venir. Je m'ennuie de Nicole, pis si on la voit pas plus que ça, notre petit-fils saura même pas qui on est. Y va penser qu'il a juste sa grand-mère de Valleyfield, y saura même pas que j'existe. C'est pas comme si on allait les visiter souvent non plus…

— Je vais faire mon possible pour être correct avec. Mais tu me connais, je suis pas capable de faire semblant. Si j'aime pas, ben j'aime pas. Je suis faite de même, qu'est-ce que tu veux que je te dise.

— Je veux que tu me dises que tu vas faire un effort pour moi, pour ta fille, pis pour ton petit-fils.

— Moi, je le trouve quand même fin, le mari de Nicole, dit Marguerite.

— Toi, ça compte pas, t'aimes tout le monde, répondit Fernand.

— Y a un char devant la maison. Je pense que c'est eux autres. Oui! C'est eux autres! annonça Claire en s'éloignant de la fenêtre. Venez, on va sortir les aider.

— Les aider à quoi? demanda Fernand.

— Les aider à débarquer leurs affaires!

— Leurs affaires? Fais-moi pas peur, toi! Y ont toujours ben pas l'intention de rester icitte longtemps.

— Arrête Fernand! ordonna Claire en serrant les dents. Allez, viens! poursuivit-elle en sortant rejoindre sa fille et son gendre qui débarquaient de leur voiture.

— Maman! lança Nicole en l'apercevant.

— Salut, la belle-mère, dit Gaston en lançant son mégot de cigarette dans la rue.

— La route a ben été? demanda Claire en prenant Nicole dans ses bras.

— Ç'a tellement ben été que le p'tit a dormi tout le long dans son lit en arrière, répondit son aînée.

— C'est quand même surprenant de penser que ce char-là vous a conduit jusqu'ici, dit Fernand en faisant le tour de la voiture.

— Faut pas se fier aux apparences, l'beau-père, répondit Gaston Lussier. Il en a peut-être pas l'air de même, mais il roule A-1 ce char-là.

— Je vais dire comme toi, enchaîna Fernand, y en a pas l'air.

— C'est un p'tit bijou familial. Cette belle Chevrolet quarante-huit était à mon oncle.

— Si vous voyiez comment il en prend soin, renchérit Nicole.

— Je voudrais pas voir ce que ça aurait l'air s'il en prenait pas soin, ironisa Fernand.

— Vous riez l'beau-père, mais je suis prêt à gager que mon char va mieux que les chars neufs.

— Je gagerais pas ma paie là-dessus si j'étais toi, répondit Fernand, agacé.

— Bon! On va certainement pas passer la journée dehors à s'obstiner sur quelle machine roule mieux que l'autre. Y a un p'tit gars qui est réveillé, dit Claire en sortant son petit-fils de son lit d'auto.

— Gaston, peux-tu pogner le lit du p'tit? demanda Nicole en récupérant les sacs sur la banquette arrière.

— Pas besoin de le rentrer tout de suite, répondit le jeune homme. Je reviendrai le chercher si on en a besoin.

— Pourquoi faire tout de suite ce qu'on peut faire plus tard? marmonna Fernand.

Il ouvrit la portière arrière que Nicole venait de refermer et s'empara du lit d'auto, contrarié à l'idée de passer les prochaines heures en compagnie de Gaston. « Quel insignifiant! » bougonna-t-il en refermant la portière.

Marguerite ouvrit la porte avant même que sa sœur soit sur le porche. Elle avait si hâte de la revoir! Elles se parlaient au téléphone chaque semaine, mais pour Marguerite, ce n'était pas suffisant. Depuis le départ de sa sœur, elle se sentait seule. Soudainement, elle était devenue l'unique enfant du foyer familial.

— On dirait que tu prends un coup de vieux chaque fois que je te vois, lui dit Nicole en souriant.

— Tu me vois tellement pas souvent que la prochaine fois, je risque d'être mariée pis mère de six enfants.

— Veux-tu me faire mourir aujourd'hui, toi ? lança leur père en déposant le lit d'auto sur le sol. Calme-toi le mariage pis les enfants.

— Restez pas dans l'entrée, venez vous installer dans cuisine, invita Claire. Vous devez avoir faim après avoir fait tant de route.

— C'est pas si loin, maman, assura Nicole.

— Si c'est pas si loin, pourquoi vous venez pas plus souvent ? demanda Marguerite.

La question fit sourire son père et rendit sa mère inconfortable.

— J'ai pas tellement faim, répondit Gaston. J'ai arrêté à patate avant de m'en venir. J'ai pogné un p'tit spécial Linda pour la route. Linda, c'est la propriétaire. Est ben smatte, pis son spécial vaut la peine.

— Claire, t'avais oublié de leur dire qu'on les attendait pour dîner ? demanda Fernand, contrarié.

— Inquiétez-vous pas papa, maman nous l'a dit. Gaston n'a pas déjeuné à matin, il se pouvait pus d'attendre.

— Comme je disais à votre fille, enchaîna le jeune homme, je commençais à voir des étoiles. C'est pas le temps de prendre la route dans ce temps-là.

— On peut pas dire que t'es faite ben ben fort quand un estomac vide t'empêche de vaquer à tes occupations, ne put s'empêcher de dire Fernand.

— On n'a pas tous la même santé! coupa sèchement Nicole. Mon Gaston a eu ben des maladies quand y était jeune. C'est important qu'il fasse attention à lui.

— Pauvre toi! sympathisa Marguerite en regardant Gaston. Qu'est-ce que t'as eu, au juste?

— C'est indiscret de demander ça, intervint Claire.

— Ça me dérange pas pantoute, madame Lalonde, répondit Gaston. J'ai attrapé la polio quand j'avais six ans. Deux de mes sœurs en sont mortes pis mon frère Alain a survécu, mais est resté handicapé. Y est mort y a trois ans. Un soir, y s'est endormi pis son cœur a lâché dans nuit. C'est notre mère qui l'a trouvé mort dans son lit, le lendemain matin. Ma mère… toute une sainte femme, je vous le dis.

— C'est donc ben triste, s'exclama Claire.

— Ma mère dit que la mort fait partie de la vie et qu'on n'a pas le choix de faire avec, répondit Gaston. Là, je me sens mal… Je voulais pas briser l'ambiance avec mon histoire.

— Veux-tu de quoi à boire? demanda maladroitement Fernand.

— Je dirais pas non à une p'tite bière, si vous en avez.

— Une p'tite Dow?

— Franchement, Fernand! s'indigna Claire.

— C'était une petite blague pour détendre l'atmosphère.

— Une blague? questionna Marguerite.

— T'as pas entendu parler de cette histoire-là? demanda Nicole, surprise. Tu vis où, sous une roche?

— La bière Dow a tué du monde au printemps passé, informa Gaston. Ben du monde sont morts après en avoir bu, pis ben du monde ont été malades.

— Vingt personnes sont mortes, précisa Fernand.

— C'est ben du monde ça, dit Gaston. D'après moi, y étaient juste pas faits pour boire, parce que moi je buvais juste ça, pis je suis pas mort. C'était ma bière préférée. Je trouve ça ben désolant que le gouvernement ait demandé qu'à soit retirée du marché pour ça.

— J'en ai encore icitte, si jamais t'en veux, dit Fernand.

— Franchement, Fernand ! intervint Claire.

— Quoi ? Il dit qu'il trouve ça désolant de pu en trouver, moi j'en ai… Je voulais juste être fin.

Claire roula des yeux.

— Que je te vois boire une Dow ! lança Nicole.

— T'as pas fini, dit Fernand à Gaston. C'est une de leurs occupations préférées. Ça, pis chialer.

— Les femmes… sont toujours là à s'inquiéter pour rien, dit Gaston.

— Ça, mon mari, ça dépend des femmes pis surtout d'avec qui elles sont mariées. C'est sûr qu'avec un mari comme toi, n'importe quelle femme chialerait, souligna Claire.

— Qu'est-ce que t'as encore à chialer de même ? demanda Aline en entrant dans la cuisine. C'est pas mêlant, je t'entendais jusqu'en bas, ajouta-t-elle en souriant à son fils.

— Vous voyez, elle chiale tout le temps, même ma mère le dit ! s'exclama Fernand en riant.

Nicole s'approcha de sa grand-mère et lui présenta fièrement son fils.

— Quel beau garçon ! s'exclama Aline en le prenant dans ses bras. On peut pas dire qu'il ne mange pas à sa faim. Regardez-moi ses belles grosses bajoues. Il est rendu à quel âge ?

— Il vient d'avoir sept mois, répondit Nicole.

— Il va être grand et fort comme son père ! lança Gaston.

Claire jeta un regard à son mari qui comprit qu'il valait mieux ne rien ajouter. Fernand répondit par un sourire. Claire secoua la tête et haussa les épaules. La mauvaise foi dont faisait preuve son mari envers leur gendre l'exaspérait. Malgré leurs nombreuses discussions sur le sujet, il refusait de lui donner la moindre chance. Claire se demandait si le problème était relié à Gaston ou au fait qu'il avait épousé leur fille. Est-ce qu'un autre homme serait parvenu à faire meilleure impression ou la bataille était-elle perdue d'avance ? Claire était persuadée que ce n'était pas Gaston qu'il n'aimait pas. Aucun homme ne serait à la hauteur de leur fille.

« T'es toujours sur son cas, on dirait un coq qui se dresse sur ses ergots. Sois donc fin avec, pour une fois », lui avait-elle dit la veille. Il lui avait assuré qu'il ferait l'effort de ne pas lui dire le fond de sa pensée.

« Il l'a vite oublié, sa promesse », marmonna Claire en battant les œufs dans son Pyrex jaune.

Fernand observa sa femme du coin de l'œil. Elle était contrariée. Il le devinait à sa posture et au subtil hochement de tête qu'elle faisait machinalement lorsqu'elle était irritée. Il sourit en songeant que sa femme était aussi belle lorsqu'elle souriait que lorsqu'elle était en colère. La plus belle des brunettes de Sainte-Marthe, répétait-il lorsqu'ils étaient de jeunes mariés. S'il avait été charmé par son sourire et ses beaux grands yeux marron, c'est d'abord sa force de caractère qui l'avait séduit.

Tous parlaient de cette jeune femme qui avait perdu son père, ses trois jeunes sœurs et son frère cadet dans un accident de la route. Au moment de l'accident, Claire était âgée de seize ans. Chaque été, elle séjournait à Sainte-Marthe durant une semaine ou deux.

Lorsque son père l'avait reconduite ce jour-là, Claire avait débarqué en trombe de la voiture et avait accouru vers sa tante et son oncle. Ses sœurs et son frère l'avaient imitée.

— Amène donc les petits voir les chevaux, le temps que ton père pis moi on se fasse une p'tite jasette, avait demandé sa tante.

Claire avait acquiescé sans enthousiasme. Elle était impatiente de se retrouver seule avec sa tante. Elle aimait ses sœurs et son frère dont elle s'occupait depuis la mort de leur mère survenue trois ans plus tôt. En qualité d'aînée de la famille, elle avait naturellement endossé le rôle de mère remplaçante. Qu'aurait-elle pu faire d'autre? La cadette ne marchait pas encore, le reste de sa fratrie était âgé de moins de dix ans. Elle n'avait eu d'autre choix que d'abandonner l'école quelques mois après son treizième anniversaire pour prêter main-forte à son père.

Ces moments passés à la ferme de sa tante lui permettaient, l'espace de quelques jours, d'être une adolescente comme les autres.

Ce jour-là, elle avait si hâte de voir sa fratrie repartir avec leur père qu'elle s'était montrée expéditive.

Lorsque son père avait mentionné qu'il était temps de reprendre la route, elle l'avait rapidement salué et avait fait un câlin bâclé à ses sœurs et à son frère. Elle ignorait que c'était la dernière fois qu'elle les voyait.

À la suite de l'accident d'automobile, son oncle et sa tante l'avaient recueillie. Elle y était restée moins d'un an. Si plusieurs voyaient en elle une jeune fille résiliente, elle se percevait comme étant la responsable de la mort de sa famille. Après tout, si son père ne l'avait pas conduite chez sa tante ce jour-là, il serait encore vivant. Du moins, il ne serait pas mort dans un accident de voiture, entraînant avec lui quatre de ses enfants, en plus d'une mère de famille et son enfant.

Claire avait rencontré Fernand alors qu'elle était âgée de dix-sept ans. En l'apercevant, Fernand avait perdu tous ses moyens. Claire n'était pas insensible à son charme, mais depuis l'accident, elle ne ressentait plus rien, comme si elle vivait constamment dans le brouillard. Elle s'était réfugiée dans la souffrance et refusait d'en sortir.

Durant l'été 1942, Fernand avait visité quotidiennement Claire. Il avait fait preuve d'une grande sensibilité, comprenant que la jeune femme portait une lourde peine. Il l'avait conquise par sa douceur, sa gentillesse et son sens de l'humour.

Elle qui portait un masque depuis la tragédie riait sincèrement de nouveau. Son entourage ignorait que derrière son sourire se cachait une culpabilité qui monopolisait ses pensées.

Pour Fernand, elle était la personne la plus forte et courageuse qu'il ait rencontrée. Il lui vouait une admiration sans bornes. Il désirait plus que tout qu'elle devienne sa femme, prendre soin d'elle et lui offrir une vie à l'abri des souffrances.

Elle avait accepté de l'épouser, confiante qu'elle prenait la bonne décision.

Nicole, leur première fille, était née trois ans après leur mariage. La grossesse de Claire avait été difficile. Elle se cachait pour pleurer tant elle avait peur de ce qui l'attendait. En présence de Fernand, elle remettait son masque ; celui qu'elle avait porté si longtemps et qui donnait l'illusion que tout allait bien.

Elle était partagée entre la retenue et l'intensité. La retenue d'être heureuse tandis que sa famille ne le serait plus jamais. L'intensité de vivre pour eux. De rire, de jouer, de danser pour eux. Certains jours, elle se sentait bénie d'être en vie et songeait que si l'accident était survenu sur le chemin la conduisant chez sa tante, elle serait probablement morte également. Pour une raison inconnue, Dieu l'avait épargnée.

D'autres jours, elle se maudissait et se répétait qu'elle était responsable du drame. Si elle avait pris le temps, ce jour-là, de guider son frère et ses sœurs à travers la ferme, de leur montrer tous les animaux, son père aurait eu son malaise tandis qu'il discutait avec sa tante. On lui aurait porté secours. Il ne serait pas mort en entraînant autant d'enfants avec lui.

Après la naissance de sa cadette, Claire avait eu une révélation : elle ne désirait pas vieillir en portant sa souffrance à bout de bras. Elle devrait apprendre à vivre sans ceux qui l'avaient quittée tout en profitant de la famille qu'elle s'était créée. « La vie se passe par en avant », avait un jour dit monsieur le curé durant un sermon. Il avait raison. À force de regarder en arrière, elle avait perdu espoir en ce qui l'attendait devant.

Claire sourit. Être entourée de ses filles, de son mari, de sa belle-mère et de son petit-fils était tout ce dont elle avait besoin pour être heureuse.

— Margot, commencerais-tu tranquillement à mettre la table ?

Le dîner se déroula sous les rires et les discussions. Maladroit, Gaston s'aventura sur un terrain glissant en parlant contre le premier ministre Johnson.

— Vous savez ce qu'on dit ? demanda Aline en voulant esquiver les disputes. Vaut mieux éviter de parler de religion et de politique, encore moins autour d'un repas. À eux deux, ces sujets peuvent déclencher des guerres, imaginez ce qu'ils peuvent faire entre deux bouchées de nourriture.

— En parlant de nourriture, lança Claire, je recevrai bientôt des plats qui changeront la vie des ménagères. Monique Dubreuil a fait une démonstration le mois dernier et je vous le dis, ils sont révolutionnaires. C'est pas tout… Vous avez devant vous une future représentante ! ajouta-t-elle fièrement.

— Une future représentante de quoi ? demanda Fernand.

— De plats Tupperware !

— Bon, une autre affaire. Nicole, depuis que t'es partie, ta mère n'est pas arrêtable. Tu devrais voir ça, y a tout le temps des bonnes femmes icitte. Elles prennent tellement de place dans maison qu'y a plus de place pour moi.

— T'exagères, Fernand.

— Claire, j'exagère pas pantoute! Juste cette semaine, tu m'as chassé du salon trois soirs de suite. C'est rendu que je sais même pu où me mettre pour pas déranger vos affaires de femmes. Un moment donné, un homme a-tu le droit de relaxer tranquille à maison?

— Tu peux relaxer dans cuisine, c'est pas comme si on t'envoyait veiller dans le cabanon.

— La télévision est dans le salon, pas dans cuisine. Qu'est-ce que tu veux que je fasse assis tout seul comme un codinde dans cuisine?

— Fernand, t'avais juste à le dire avant. On te laissera le salon, pis on s'installera dans cuisine. C'est pas plus compliqué que ça.

— Non, c'est beau. C'est correct de même.

— Pourquoi tu te plains d'abord? soupira Claire.

— Je chiale pas, je m'exprime.

— Dans ton cas, ça revient pas mal souvent au même, le taquina-t-elle.

Marguerite observait la scène en souriant. Depuis le départ de Nicole, la maison était trop tranquille. Chacun vaquait à ses occupations, se retrouvant le soir venu autour d'un repas qu'ils partageaient bien souvent en silence. Nicole lui manquait plus qu'elle le croyait. Sous peu, si tout se déroulait comme elle le souhaitait, elle la rejoindrait à Salaberry-de-Valleyfield où elle poursuivrait ses études pour devenir infirmière. Ses parents lui manqueraient, Louise aussi, mais l'idée de partager de nouveau le quotidien de sa sœur la réconfortait.

CHAPITRE 3

La disparue

Marguerite regarda le calendrier offert par la Ville de Dorion accroché au mur de la cuisine. Octobre s'annonçait prometteur. Elle passa en revue tout ce que sa mère y avait inscrit. Une visite chez Nicole à Valleyfield, une démonstration Tupperware à la maison, une virée à Montréal pour essayer le nouveau métro, trois parties de cartes et quelques soirées avec les femmes du Club de tricot remplissaient plusieurs cases du calendrier.

Marguerite ouvrit ce que sa mère appelait le tiroir à cochonneries et s'empara d'un crayon. Elle inscrivit dans l'espace restant de la case du 7 octobre *Élections scolaires et danse à Hudson*.

— Je te dis qu'on va être occupés ce mois-ci ! lança Claire en la rejoignant.

— Vous êtes donc belle à matin ! s'exclama Marguerite. Vous comptez aller où tirée de même à quatre épingles ?

— T'es ben fine ma fille, répondit Claire en se servant une tasse de café. Je dois me rendre au bureau de poste. Imagine-toi donc que c'est aujourd'hui que je vais avoir ma commande de Tupperware.

— Votre commande de quoi?

— De Tupperware, j'en ai parlé l'autre soir pendant le souper.

— De quoi? s'enquit Fernand en entrant dans la cuisine.

— De Tupperware! répondit Claire, agacée. Coudonc, y a personne qui m'écoute ici? C'est des plats révolutionnaires, pis en tant que représentante, je vais faire des démonstrations à domicile.

— Tu vas faire des démonstrations de plats révolutionnaires? demanda Fernand, confus. Tu vas faire ça ici?

— Ici pis chez le monde. Si t'avais écouté quand j'en ai parlé, tu le saurais. J'en reviens pas... J'en ai parlé pendant un bon cinq minutes l'autre soir. Penses-tu pouvoir venir chercher ma commande avec moi sur ton heure de dîner?

— Sur mon heure de dîner, bafouilla Fernand. Je sais pas si je pourrai me libérer. Norbert a dit hier qu'on serait ben occupés aujourd'hui, fabula-t-il. Ça ferait mon affaire si tu pouvais prendre un taxi à place.

Fernand se surprit à regretter ses choix des dernières semaines. Dans quel bourbier avait-il mis les pieds? Sa liaison avec Pierrette Bougie le faisait sombrer dans une trahison dont il n'était pas fier.

Mais c'était plus fort que lui. La personnalité de Pierrette ne l'épatait pas, mais son corps le faisait rêver. La façon dont elle le regardait le faisait sentir vivant.

Même s'il l'avait mis en garde dès le départ en lui disant qu'il n'était que de passage dans sa vie, elle avait des sentiments pour lui et cela le terrifiait. Il ne laisserait jamais sa femme, Pierrette le savait pourtant. Il devait mettre fin à sa liaison. « Pas maintenant, mais bientôt », songea-t-il.

— À quoi tu penses ? demanda Claire en avalant une gorgée de café.

— À rien, dit-il. Faut que j'y aille. Es-tu prête Margot ?

— Merci, papa, mais je vais marcher ce matin.

Fernand se leva de table, embrassa furtivement Claire sur la tête, puis fit de même pour Marguerite. Il leur souhaita une bonne journée et quitta la cuisine.

— Quand tu vas revenir de l'école, je vais te faire une démonstration Tupperware, déclara Claire à Marguerite. Je vais demander à ta grand-mère de monter, pis je vais vous présenter mes plats. Ça va m'aider à les apprendre.

— À apprendre quoi ? demanda Marguerite sans enthousiasme.

— Ce que mes plats ont de spécial ! répondit Claire. Ils ont tous une utilité ben spéciale. Va falloir que je fasse mes devoirs, pis que j'apprenne exactement à quoi ils servent et ce qu'ils ont de révolutionnaire.

— Je comprends.

— Je vais avoir une bonne partie de la journée pour tout lire pis comprendre. Quand tu vas revenir de l'école, je vais être prête à te présenter ça. Je sais pas si je devrais demander à ta grand-mère de m'aider ou si je devrais attendre pour lui faire la surprise en même temps que toi.

— Quelle surprise ? demanda Marguerite, un peu perdue.

— La surprise de ce que mes plats font! s'exaspéra-t-elle. T'as pas l'air de comprendre à quel point sont révolutionnaires. Je vais commencer à te monter un petit trousseau pour quand tu vas te marier. Je te le dis, ça va changer ta vie.

— Vous pensez pas que ce serait mieux de commencer par monter un trousseau pour Nicole à place? C'est juste que j'ai l'impression que ça lui sera plus utile à elle.

— T'as ben raison! approuva sa mère. Je sais pas pourquoi j'y ai pas pensé moi-même. C'est pas mêlant, j'ai tellement hâte de me lancer dans cette aventure que j'en perds mes esprits.

— Quelle aventure?

— L'aventure Tupperware!

Marguerite se contenta de sourire.

— Faut que j'y aille, je vais être en retard à l'école, dit-elle en se levant.

— N'oublie pas ton dîner et n'oublie pas non plus de revenir ici après l'école. Si jamais tu veux inviter tes amies, n'hésite pas. Tu sais ce qu'on dit... plus on est de fous et plus on s'amuse.

«Il est hors de question que j'invite des amies à assister à une présentation de plats», songea Marguerite en sortant.

Comme tous les matins, Louise l'attendait devant les portes de la polyvalente.

— T'arrives ben tard à matin! lança-t-elle, exaspérée.

— J'avais envie de marcher, répondit Marguerite. Arrête donc de chialer, t'aimes ça m'attendre dehors, ça te donne l'occasion de voir tous ceux qui arrivent, dont tu-sais-qui.

— Y m'a fait un de ces sourires tantôt.

— Lui as-tu demandé pour la danse de vendredi ?

— Pas encore, ça prend du temps ces affaires-là, répondit Louise. C'est pas le temps de lui demander pendant qu'il est avec ses amis. De toute façon, l'important, c'est juste qu'il n'y aille pas avec une fille. J'aurai le temps le soir de la danse de me faire remarquer.

— Me semble que tu te compliques la vie. Ça serait ben plus simple si t'allais directement lui demander.

— Es-tu folle Margot Lalonde ? C'est pas de même que ça marche l'amour ! Faut cultiver le mystère et se laisser désirer un peu.

— Tu cultives pas un grand mystère, y sait peut-être même pas que t'existes !

— Qu'est-ce que tu dis là ? Il sait que j'existe, il m'a souri tantôt ! s'offusqua Louise. Pis c'était pas la première fois ! Toi, tu voudrais y aller avec qui à la danse ?

— Avec toi, c'est ben en masse.

— Moi, c'est pas que je t'aime pas, mais je vois pas l'intérêt d'aller à une danse si c'est pour qu'on reste collées ensemble comme deux rejetées de la vie. Qu'est-ce que tu veux qu'on aille faire là si on n'a pas de cavalier ?

— Danser, c'est ce qu'on va aller faire là avec ou sans cavalier, répondit Marguerite en souriant.

— C'est triste. Juste à y penser, ça me donne le goût de pleurer. Ça donne un avant-goût d'une vie de vieille fille.

— Ce que je trouve triste, c'est que tu penses que sans gars, on peut pas s'amuser. Les gars sont pas essentiels à toute, tu sauras. T'es vraiment déprimante à matin. On se reparle à la pause, je vais être en retard à mon cours, dit Marguerite avant de s'engager dans le long corridor.

Parfois, Louise l'exaspérait. Elle semblait croire qu'elle détenait le monopole des histoires d'amour. Elle savait se montrer si dramatique. Marguerite ne lui avait pas fait part des sentiments qu'elle éprouvait pour celui qu'elle surnommait affectueusement son « amoureux secret ». Pourtant, son béguin pour le jeune homme ne datait pas d'hier. Le grand ténébreux demeurait sur la rue Saint-Charles et elle passait régulièrement devant sa maison. Neuf minutes de marche séparaient sa maison de la sienne, selon ses calculs.

Ses sentiments à l'égard de son amoureux secret s'accentuaient chaque fois qu'elle l'apercevait, mais elle n'était pas prête à faire un pas vers lui. L'aimer en secret lui convenait pour l'instant. Serait-il à la danse vendredi ? Elle l'espérait.

La journée fila rapidement. Lorsque la cloche annonça la fin des classes, Marguerite se dirigea d'un pas pressé vers son casier, espérant croiser Louise avant son départ. En ouvrant sa case, elle comprit que son amie était probablement déjà assise dans l'autobus scolaire qui la conduisait chaque soir chez elle.

Elle inséra quelques cahiers dans son sac à dos en cuir brun, referma sa case et sortit de la polyvalente.

À l'extérieur, elle croisa le regard de son amoureux secret qui bavardait avec quelques copains. Il la salua d'un signe de la tête. Elle sentit son cœur s'affoler dans sa poitrine. Elle poursuivit son chemin, incapable de lui rendre son salut. Elle accéléra le pas pour éviter qu'il la rattrape en chemin. Normalement, c'est elle qui le suivait discrètement.

Chemin faisant, Marguerite s'en voulut d'avoir perdu une belle occasion d'établir un contact avec lui.

Comment avait-elle pu l'ignorer? Honteuse, elle marcha d'un pas rapide jusque chez elle. Si seulement elle pouvait en parler à Louise. Elle avait confiance en son amie, mais après lui avoir répété qu'elle la trouvait ridicule d'être en pâmoison devant Maurice, comment pourrait-elle lui avouer que devant celui qui occupait jour et nuit ses pensées, elle perdait tous ses moyens au point d'être incapable de le saluer?

— Margot, c'est toi? demanda sa mère dès qu'elle mit le pied dans la maison. Viens, ta grand-mère pis moi on t'attend pour commencer ma présentation.

Marguerite soupira. Elle avait oublié la présentation de sa mère. Elle aurait souhaité se réfugier dans sa chambre pour s'évader dans ses pensées.

Elle accrocha son poncho dans la garde-robe d'entrée avant de rejoindre sa mère dans la cuisine. Des dizaines de plats de plastique monopolisaient la table. Marguerite les observa rapidement: des plats ronds bruns de tous les formats, un long plat rectangulaire vert pâle, une énorme cloche à gâteau, un pichet à jus d'un orange vif et plusieurs plats carrés soigneusement empilés.

— Papa va faire une syncope quand il va voir tous ces plats-là! lança Marguerite, hébétée.

— Il fera rien pantoute ton père, rassura sa mère. Lorsqu'il verra tout ce que ces plats apporteront à notre vie, il ne pourra faire autrement que de me féliciter d'avoir saisi cette opportunité d'affaires. Assieds-toi, ajouta Claire. Je suis prête à commencer.

Marguerite prit place près de sa grand-mère en détaillant la quantité de plats de plastique empilés sur la table. «Papa fera clairement une syncope», songea-t-elle.

— J'ai ben hâte de voir ce qu'ils ont de spécial ces plats-là. J'ai cuisiné toute ma vie sans ça, pis ma cuisine n'en a pas souffert, souligna Aline.

— Je sais! répondit Claire avec enthousiasme. C'est ça que je comprends pas! Comment avons-nous pu vivre sans? Ça me rentre pas dans tête. Croyez-moi, à partir d'aujourd'hui, vous ne pourrez plus vous en passer. Vous voyez ce beau grand plat vert? C'est pour garder les céleris frais et croquants.

— On mange même pas de céleri, observa Marguerite.

— Fais comme si on en mangeait, répliqua Claire, agacée. Je vous fais une présentation, mais elle n'est pas adaptée à vous, elle est adaptée aux femmes qui vont y assister. Vous êtes là pour que je me pratique et ça ne m'aidera pas si tu me coupes à chaque plat.

— Désolée, continuez, dit Marguerite.

Pendant deux heures, Claire présenta chacun des plats qui se trouvaient sur la table. Marguerite ne partageait pas l'enthousiasme de sa mère. Pour sa part, Aline démontra un réel intérêt et n'hésita pas à poser plusieurs questions.

Marguerite observait sa mère. Elle était si belle lorsqu'elle s'emballait pour un projet. C'était comme si elle s'animait d'une énergie lumineuse. Elle ignorait l'âge exact de ses parents, mais elle savait qu'ils n'avaient pas encore quarante-cinq ans. Elle le savait à la façon dont sa mère taquinait Fernand sur le fait qu'il approchait de ce chiffre, ce qui semblait les terrifier. Devenait-on vieux à quarante-cinq ans? Peu importe l'âge de sa mère, elle la trouvait magnifique.

Claire avait une magnifique chevelure brune qui pâlissait au soleil. Contrairement aux femmes qui venaient souvent à la maison, elle n'avait pas de cheveux blancs. Fière, avec une grâce naturelle, Claire était toujours habillée, maquillée et coiffée à la dernière mode.

— Je pense que ça fait le tour de ma présentation ! lança Claire. Asteure, Margot m'aiderais-tu à tout apporter ça dans l'ancienne chambre de ta sœur ?

Soulagée que la présentation fût enfin terminée, elle aida sa mère à transporter les plats dans l'ancienne chambre de Nicole, puis se réfugia dans la sienne jusqu'au retour de son père.

— J'ai oublié de vous demander si je pouvais aller à la danse vendredi, demanda-t-elle durant le souper.

— C'est la danse que t'as inscrite sur le calendrier ? dit sa mère entre deux bouchées.

— C'est-tu la danse à Hudson ? s'informa son père. Boris qui travaille avec moi à Ville en parlait cette semaine. Y est pas chaud pantoute à l'idée que sa fille y aille.

— Pourquoi ? demanda Claire.

— Ben tu sais comme moi ce qui se passe à ces danses-là.

— Y se passe quoi à ces danses-là ? questionna Marguerite, intriguée.

— Ouin, y se passe quoi à ces danses-là, renchérit Claire, taquine.

— Tu le sais ben… C'est pas plus catholique qui faut de laisser des gars pis des filles ensemble sans trop de surveillance.

— Y va y avoir de la surveillance, le rassura Marguerite.

— Y en aura sûrement pas assez à mon goût. Tu comptais y aller avec qui ? T'as un cavalier ?

— Non, papa, j'ai pas de cavalier. J'irais avec Louise.

— Je sais pas ce que ta mère en pense, mais moi je pense pas que c'est une bonne idée.

— Pourquoi ? insista Marguerite.

— Parce que c'est pas une bonne idée, pis c'est toute. J'ai pas le goût que ma fille de dix-sept ans passe son vendredi soir à une danse remplie de p'tits gars en qui j'ai pas confiance.

— C'est pas en les p'tits gars comme vous dites que vous devez avoir confiance papa, c'est en moi. Pis moi, je vous assure que j'ai pas besoin d'être sous votre surveillance pour bien me comporter. Que vous soyez là ou pas, je me comporte de la même façon. J'ai toujours été de celles qui écoutent les règles.

— C'est vrai, Fernand, que Margot n'a jamais été une enfant à problème. Moi, j'ai amplement confiance en son jugement, ajouta Claire.

— Je te rappelle qu'on a dit la même affaire de Nicole pendant qu'elle étudiait à Valleyfield. J'imagine que j'ai pas besoin de te rappeler comment ça a fini ?

— Faut pas tout mélanger, répondit Claire.

— Ta mère pis moi, on va en parler, déclara Fernand en se tournant vers sa fille. Pis j'aime mieux te savoir en sécurité icitte dans maison. On sait toujours pas ce qui est advenu de la petite Blanchet. Ça va faire un mois qu'est disparue pis on a toujours pas de nouvelles.

— Je veux surtout pas vous manquer de respect papa, mais je comprends pas ce que ç'a à voir avec la danse de vendredi. Cette fille-là est même pas disparue par icitte.

— Elle a disparu entre Roxboro pis Lachine, c'est pas ben loin d'icitte, précisa Fernand. Pis, à ce que j'ai lu dans les journaux, elle aurait des amis à Hudson. Léo Sauvé, tu connais mon ami Léo ? C'est un journaliste. Ben, il m'a dit que cette histoire-là était ben mystérieuse. Il a des informations que personne n'a. C'est de même, les journalistes, ils ont toujours le nez fourré partout, des vraies fouines. Il paraît qu'un des amis à Léo a eu le chum de la p'tite Blanchet en entrevue pis qu'il a appris ben des affaires sur l'enquête en cours. Celle faite par les policiers, pis celle faite par son chum pis ses amis.

— Fernand, je suis pas certaine que ça soit une bonne affaire de parler de ça devant Margot, objecta Claire en lui tapotant affectueusement la main.

— Faites-vous-en pas avec moi maman, assura Marguerite. Je suis plus une enfant, vous avez pu besoin de m'épargner. À ce que je sais, Linda Blanchet avait juste un an de plus que moi, pis elle travaillait, conduisait pis sortait manger en ville. Pis ça m'intéresse de savoir ce qu'a dit Léo Sauvé à papa, ajouta-t-elle en souhaitant ardemment que son père poursuive son récit.

Claire abdiqua d'un sourire.

— Moi, j'ai pour mon dire que c'est mieux d'être informé comme faut. Toujours est-il que Léo Sauvé a appris des affaires qui devraient pas tarder à sortir dans les journaux. Il paraît que le chum est ben inquiet. À ce que je sais, elle serait allée travailler le vendredi de sa disparition. Les jeunes venaient d'avoir leur paie et ont décidé de sortir manger après la job. La p'tite Blanchet conduisait son char. Ben, le char de son père. C'était une familiale 1952… une Chevrolet ben normale.

— Toi, pis les chars ! lança Claire. T'aurais pu juste dire le char de son père, on aurait compris.

— C'est important de savoir que c'était une Chevrolet 1952.

— Important pourquoi ? questionna Marguerite.

— De même, juste parce que c'est important de savoir les affaires importantes, bafouilla Fernand.

— C'était pas important pantoute ! s'esclaffa Claire. Ton père voulait juste dire qu'il y avait une Chevrolet parce qu'il déteste les Chevrolet. Pour lui, ça veut juste dire que le père de Linda n'a pas de goût en matière de char. Avoue-le donc Fernand, que j'ai raison.

— Toujours est-il que…

— Tu le diras pas que j'ai raison ! se moqua Claire en débarrassant la table tandis que Marguerite était pendue aux lèvres de son père.

— Je peux continuer mon histoire ? demanda Fernand en faisant mine d'être contrarié. J'en étais où ?

— À la Chevrolet, taquina Claire. Tu disais que la p'tite Blanchet était dans la belle Chevrolet de son père.

— C'est ça, approuva Fernand. Les jeunes ont mangé au restaurant, pis après, on sait pas ce qui est arrivé au juste. Selon Sauvé, c'est là que ça se mêle un peu dans les versions. Dans une version, elle serait allée faire un tour chez son chum avant de prendre la route vers minuit, pis dans une autre, tout le monde serait parti chacun de leur bord après le restaurant. Le lendemain matin, la Chevrolet du père de la p'tite a été retrouvée abandonnée sur le bord du chemin entre Lachine pis Pointe-Claire. À ce que j'ai entendu, le char était intact pis les roues en parfait état. Pourquoi la p'tite s'est arrêtée sur le bord du chemin en pleine nuit ? C'est un mystère total.

— Pauvre chum ! s'exclama Marguerite. Il doit se morfondre sans bon sens.

— Il paraît que c'était nouveau, cette relation-là. Ça faisait juste une couple de mois qu'ils étaient ensemble. La p'tite Blanchet restait à Toronto avant. Son père travaille pour la compagnie de téléphone. Il aurait eu une promotion et aurait embarqué ses six enfants dans le char, pis serait venu s'installer dans le boutte.

— C'est-tu loin Toronto ? demanda Marguerite, impressionnée par le parcours de cette jeune inconnue.

— C'est pas à porte, répondit Fernand. Le chum lui, y venait de Lachine, ça c'est moins loin.

— Coudonc, y a pas un nom ce chum-là ? demanda Claire.

— C'est Luc son nom, répondit Fernand.

— Pourquoi tu l'appelles le chum depuis tantôt ?

— C'est pas important.

— Quant à moi, c'est plus important de savoir le nom du chum que de savoir que le char de son père est une Chevrolet familiale 1952.

— Tout ça pour dire que je serai pas rassuré tant qu'on saura pas ce qui lui est arrivé. En attendant, je sais que c'est plate, mais je préfère savoir ma fille sous mon toit que de courir le risque qu'il lui arrive de quoi.

— On peut toujours ben pas garder notre fille emprisonnée dans maison parce qu'on sait pas ce qui est arrivé à cette fille, souligna Claire. C'est triste, mais c'est pas le même contexte. Y a aucune chance que Margot conduise seule la nuit pis qu'elle décide de s'arrêter pour je sais pas quelle raison. Faut pas tout mélanger non plus.

Déstabilisée par la réponse de son père, Marguerite n'insista pas.

Elle aida sa mère à ranger la cuisine en se demandant où pouvait bien être cette jeune fille. Elles avaient presque le même âge, mais leurs réalités étaient bien différentes. Marguerite n'avait jamais eu d'emploi ni de copain. Elle ne savait pas conduire. Contrairement à cette inconnue, elle ne connaissait que Dorion et ses environs.

« Louise se serait bien adonnée avec cette fille », songea-t-elle.

La cuisine rangée, elle se dirigea vers sa chambre en prenant le téléphone au passage.

Elle s'installa dans son lit et composa le numéro de Louise qui répondit à la première sonnerie.

— Coudonc, t'étais collée sur le téléphone ! lança Marguerite.

— Ouin, je viens de finir de faire la vaisselle pis je m'en allais justement t'appeler. On peut pas dire qu'on n'est pas connectées, toi pis moi.

— Toi, t'as-tu parlé de la danse de vendredi à tes parents ?

— M'en parle pas ! s'exclama Louise. Mon père a l'air de s'en ficher comme de l'an quarante que j'y aille ou pas, mais ma mère veut rien savoir.

— Tu vas rire, mais moi, c'est exactement le contraire. Ma mère n'a rien dit, d'après moi ça la dérange pas, mais mon père a pas l'air de vouloir. Il m'a pas dit définitivement non, mais le connaissant, ç'a l'air de s'enligner pour ça.

— On doit être les deux seules filles de Dorion à pas pouvoir y aller. Veux-tu ben me dire ce qu'on a fait au bon Dieu pour avoir des parents sévères de même ? demanda Louise.

— Je sais pas, je comprends pas. Mon père n'a pas l'habitude d'être sévère. Il n'a pas l'esprit tranquille à cause de la fille qui a disparu le mois passé. Pis, il a l'air de dire qu'il se passe des affaires pas trop catholiques dans ces danses-là. Penses-tu que c'est si pire que ça ?

— Je sais pas, ça aurait été ma première. Tu sais quoi ? On devrait y aller quand même !

— Nos parents veulent pas Loulou.

— Ils ont juste à pas le savoir. Tu pourrais dire que tu passes la soirée pis la nuit chez moi, pis je pourrais dire la même chose de mon bord ?

— Pis après la danse on va où ? S'ils nous voient arriver plus tard en soirée, ils vont ben se rendre compte qu'on leur a menti.

— T'as raison ! Il faut qu'une de nous deux réussisse à convaincre ses parents. On aura juste à revenir chez celle qui aura la permission d'y aller.

— Moi, je suis pas certaine que ça me tente de faire ça, hésita Marguerite. Tu me connais, j'aime pas les menteries et j'ai pas l'habitude d'en raconter à mes parents. Je préfère ne pas y aller plutôt que de le faire dans leur dos.

— Margot ! Je préférerais mourir plutôt que de pas y aller.

— T'exagères pas un peu là ?

— Juste un peu ! T'as pas idée à quel point cette danse est importante pour moi. C'est ma chance de me faire remarquer par Maurice. Je le sais, je le sens ! Pis je suis tannée d'être traitée comme une enfant. Je veux sortir et danser comme s'il n'y avait pas de lendemain.

— Toi, des fois… Ç'a même pas d'allure comment t'es intense.

— Je suis pas intense, se défendit Louise. Je sais ce que je veux, c'est pas pareil ! Je t'en supplie, convaincs ton père de dire oui. Il faut tellement qu'on puisse y aller.

— Tout ça juste pour que tu puisses voir Maurice, soupira Marguerite.

— C'est pas juste pour ça ! C'est pour tout le reste aussi. C'est pour la musique, pour danser, pour faire quelque chose qui sort de l'ordinaire pour une fois.

— Je vais essayer de parler à mon père, conclut Marguerite.

Elle raccrocha le combiné puis retourna voir son père. Elle insista en soulignant qu'elle avait toujours mérité leur confiance. Elle avait démontré par le passé qu'elle était fiable et responsable et ce n'est pas une danse entre jeunes qui allait changer cela.

Fernand réitéra qu'il désirait en discuter avec Claire et qu'il ne lui donnerait pas de réponse avant d'avoir mûrement réfléchi. Contrariée, Marguerite retourna dans sa chambre et y demeura jusqu'au lendemain.

Ce n'était pas que son père hésitait à lui donner la permission d'aller à la danse qui la vexait, mais plutôt le manque de confiance qu'il lui portait. Ne la connaissait-il pas ? Ne savait-il pas qu'elle était sage et responsable ?

Elle s'étira et s'empara de son journal intime déposé sur sa table de chevet et y déversa sa déception.

CHAPITRE 4

Allons danser

Trois jours plus tard, au retour de l'école, Marguerite s'était réfugiée dans sa chambre, résolue à éviter son père le plus possible. Pour la première fois de sa vie, elle était en colère contre lui.

Elle avait tout tenté pour le convaincre d'accepter. Elle lui avait proposé de signer une entente de confiance dans laquelle elle s'engageait à avoir une conduite irréprochable sous peine d'être reniée. Il n'avait pas adhéré à l'idée. La mère de Louise, elle, était revenue sur sa décision et lui avait accordé sa permission. « Viens dormir chez moi », lui avait proposé Louise en lui conseillant de mentir à ses parents en leur promettant qu'elles ne sortiraient pas. Marguerite avait refusé ; cela invalidait ce qu'elle s'évertuait à faire comprendre à son père. Elle était fiable et responsable et son refus de désobéir en était la preuve.

— Margot, tu veux venir dans la cuisine ? demanda sa mère en frappant doucement à sa porte. Ton père aimerait te parler, ajouta-t-elle en ouvrant la porte.

— J'ai pas trop envie maman, répondit-elle.

— Viens donc, insista Claire.

Marguerite obtempéra à contrecœur et suivit sa mère.

— Viens t'asseoir, l'enjoignit son père dès qu'elle pénétra dans la cuisine. Ta mère pis moi, on en a parlé, pis on voudrait que tu nous en dises plus sur la danse de demain.

— Ça se passe à Hudson, répondit-elle, soudainement ravivée par un regain d'espoir. Vous pouvez nous y conduire si vous voulez. Sinon, on va prendre l'autobus. Faut juste qu'on se rende à l'école Saint-Jean-Baptiste. Le chauffeur d'autobus va nous y emmener et nous ramener, vous n'avez rien à faire pour notre transport. Il va y avoir de la surveillance, n'ayez pas d'inquiétude là-dessus.

— T'aimerais vraiment ça y aller ? demanda son père dissimulant à peine le sourire qui se dessinait au coin de ses lèvres.

— Vous n'avez même pas idée à quel point j'aimerais ça y aller, répondit Marguerite.

— Ta mère pis moi, on en a parlé pis on pense qu'on devrait te permettre d'y aller. T'as pas tort quand tu dis que tu nous as jamais donné de raisons de douter de toi. On pense qu'on peut te faire confiance.

— Êtes-vous sérieux papa ? C'est vrai là ? Je peux y aller ?

— Tu peux y aller, répondit sa mère en souriant.

Marguerite se jeta au cou de son père en le remerciant.

— Pis moi ? demanda Claire en riant.

Sans attendre, Marguerite l'enlaça.

— Tu le sais que la confiance, c'est très facile à gagner, mais c'est encore plus facile à perdre ? souligna son père.

— Faites-vous-en pas, j'ai pas l'intention de perdre votre confiance. Je suis comme grand-maman, j'aime pas ça perdre.

— C'est loin d'être un bon exemple, rétorqua Claire. Ta grand-mère n'aime tellement pas perdre qu'elle n'hésite pas à tricher dès qu'on a le dos tourné.

— Elle n'aimerait pas ça savoir que vous dites ça, plaisanta Marguerite.

— J'imagine que t'iras pas lui dire, répondit sa mère.

— C'est à quelle heure au juste la danse ? demanda Fernand.

— Me semble que ça commence à huit heures, pis que l'autobus partira à sept heures et demie de l'école.

— Je vais rentrer plus tard demain, dit Fernand. Faudrait que tu prennes l'autobus.

— Ta grand-mère pis moi, ajouta Claire, on avait l'intention d'aller faire une couple de commissions, demain après le souper. On pensait manger de bonne heure pis y aller après. Je sais pas si on aura le temps de revenir avant que tu partes.

— C'est pas grave. Louise pis moi, on va s'arranger. Si ça vous dérange pas, j'irais l'appeler. J'ai tellement hâte de lui annoncer la bonne nouvelle.

— Vas-y, mais parle pas trop longtemps, le souper sera bientôt prêt, informa sa mère.

Sans plus attendre, Marguerite prit le téléphone et se rendit à sa chambre. Elle referma la porte, déposa le téléphone sur son bureau puis composa le numéro de Louise.

— Oui, allô? répondit aussitôt Louise.

— Sais-tu quoi, Loulou? lança-t-elle, fébrile. Je peux y aller! Mes parents ont dit oui pour demain!

— Tu me niaises?

— Non, ils ont vraiment dit oui, insista-t-elle.

— Tu parles d'une bonne nouvelle! Je m'étais faite à l'idée d'y aller avec Agnès Latour pis sa gang de filles, mais pour être honnête, ça me tentait pas pantoute.

— Je suis tellement contente, t'as même pas idée! s'exclama Marguerite en se jetant sur son lit.

— Certain que j'ai idée! répondit Louise. Je suis tellement contente que tu viennes, finalement. Heille! ça te tente-tu de venir te promener tantôt?

— Où ça? demanda Marguerite, étonnée par la proposition.

— Je suis supposée aller rejoindre Agnès pis d'autre monde près de la *track*.

— Qu'est-ce que vous allez faire là? Depuis quand tu te tiens avec Agnès?

— Je me tiens pas avec, je vais juste la rejoindre, précisa Louise. Y paraît qu'il y aura des gars de l'école. J'ai pas osé lui demander si Maurice sera là, mais tu comprends que je veux pas prendre la chance qui y soit pis que moi j'y sois pas. Tu viens ou tu viens pas?

— Je sais pas, répondit Marguerite. Je pense pas que ce soit ma place. Moi, Agnès pis sa gang…

— Viens donc! insista Louise. Pour une fois qu'on peut avoir du fun pis lâcher un peu notre fou. On n'y va pas tard, je vais les rejoindre tout de suite après le souper. Si tu veux, mon père peut me débarquer chez vous et on ira ensemble à pied.

— Je te rappelle après le souper pour te dire si je peux, répondit Marguerite, un peu dépitée, avant de mettre fin à l'appel.

Marguerite soupira longuement. Sortir ne lui disait rien. Elle préférait rester à la maison essayer ses tenues. Après tout, la danse était le lendemain et elle ignorait ce qu'elle allait porter. Elle détestait prévoir les choses à la dernière minute. Et l'idée que Louise s'amuse sans elle lui était insupportable. L'idée qu'elle finisse par préférer la compagnie d'Agnès à la sienne l'était encore plus.

Sans compter qu'elle n'avait pas confiance en Agnès. Il valait mieux garder un œil sur elle.

— Margot! cria Claire. C'est prêt, viens manger!

Entre deux bouchées, Marguerite demanda à ses parents la permission d'aller marcher sur la rue Saint-Charles en compagnie de Louise. Surpris, son père lui fit remarquer que ce n'était pas dans ses habitudes de vouloir se promener un soir de semaine. Il refusa, mais Claire insista en lui rappelant que leur fille avait dix-sept ans. Contrarié, Fernand accepta en précisant qu'elle devait revenir pour huit heures trente.

Une heure plus tard, Louise frappa à la porte des Lalonde. Marguerite enfila son pull en laine à col roulé et son poncho. Elle promit à ses parents de revenir à l'heure convenue et partit en compagnie de Louise.

Tandis qu'elles marchaient vers le point de rencontre suggéré par Agnès, Marguerite regretta d'avoir accepté l'invitation.

— Il fait froid, frissonna-t-elle.

— Ben non, c'est pas si pire que ça.

— Peut-être pour toi, mais moi je te garantis que j'ai les cuisses gelées.

— Viens, on va marcher plus vite, ça va te réchauffer.

— On pourrait aller se réchauffer chez nous aussi, bougonna Marguerite.

— Ça te tente pas pour une fois de te décoincer pis d'avoir du fun ? demanda Louise.

— Je suis pas coincée !

— Certain que t'es coincée, Margot Lalonde.

Marguerite ravala ses larmes. Elle avait si peur que Louise finisse par la trouver ennuyante et qu'elle décide de s'éloigner au profit de ses nouvelles amies.

— Sont là ! lança Louise en pointant un groupe de jeunes qui discutaient au loin.

Hâtant le pas, Marguerite sentit la nervosité la gagner. Se joindre au groupe l'effrayait. Que penseraient-ils d'elle ? Ils se demanderaient probablement ce qu'une fille comme Louise faisait avec elle.

— Connais-tu tout ce monde-là ? demanda nerveusement Marguerite en approchant du groupe.

— Non, mais après ce soir, je vais les connaître, répondit candidement Louise. Pis toi aussi.

Louise salua Agnès et ses amies puis se tourna vers ceux qu'elle ne connaissait pas :

— Salut ! lança-t-elle. Moi, c'est Louise Lemieux, mais tout le monde m'appelle Loulou. Elle, c'est Marguerite Lalonde, mais tout le monde l'appelle Margot.

— Moi, c'est Jacques, répondit un grand brun. Lui, c'est André, lui, Gilles, pis elle, c'est Lucie.

— Pis les autres, tu les présentes pas ? demanda Gilles en crachant au sol.

— Je savais pas que j'étais le présentateur officiel, taquina Jacques. Le petit plus loin qui jase avec les deux filles, c'est Alain. La blonde, c'est Sylvie, pis celle qui a un béret, c'est Monique. Les deux gars, là, dit-il en les pointant, c'est Michel pis Germain. Pis à côté y a Agnès, Fernande, Simone pis Lison.

Louise, à l'aise comme toujours, se joignit naturellement aux discussions. « Je serais tellement mieux chez nous », songea Marguerite en se rapprochant plus près de Louise.

Après ce qui lui parut une éternité, Marguerite jeta un rapide coup d'œil à sa montre. Il était seulement dix-neuf heures. Elle observa autour d'elle en se frottant les bras pour se réchauffer. « J'ai rien à faire icitte », se dit-elle en soupirant.

— La barrière baisse ! cria un garçon dont Marguerite avait oublié le prénom. André, c'est toi contre moi ? demanda-t-il en courant vers la voie ferrée.

— Ils vont faire une *game* de *chicken*, informa une jeune fille avec enthousiasme en se penchant vers Marguerite et Louise.

— Une *game* de quoi ? demanda Marguerite en regrettant aussitôt d'avoir posé la question.

— Une *game* de *chicken*, répondit la jeune fille. Le premier qui saute en bas de la *track* est un *chicken*, expliqua-t-elle. Plus le train est proche quand tu te tasses et plus t'es la personne à battre. Le meilleur à date, c'est Jacques. Tous les gars ont perdu au moins une fois contre lui.

— Les gars jouent vraiment à ça ? dit Marguerite, stupéfaite.

— Pas juste les gars, les filles aussi ! La meilleure, c'est Simone, répondit-elle en souriant.

— C'est dangereux, observa Marguerite.

— C'est pour ça que c'est le fun, répondit Louise en la prenant par le bras. Viens, on va s'approcher pour mieux voir.

Quelques minutes plus tard, le train siffla. Les deux jeunes hommes se faisaient face sur la voie ferrée, encouragés par les cris de leurs amis. Marguerite détourna le regard, incapable d'assister à la scène qui se déroulait devant elle.

— Jacques est encore imbattu ! cria une fille près d'elle.

— C'est moi la prochaine ! lança Simone. Qui se prend contre moi ?

— Moi ! répondit Louise en levant la main.

— T'es pas sérieuse ? s'offusqua Marguerite en se penchant vers elle. Loulou Lemieux, c'est l'affaire la plus stupide pis dangereuse que j'ai vue de ma vie. On devrait pas être ici. On devrait rentrer, pis tout de suite à part ça.

— Rentre si tu veux. Moi, je reste, dit Louise avec détermination.

— T'es vraiment sérieuse ? Tu vas me laisser partir toute seule ?

— Margot, j'ai le goût d'essayer, toi t'as le goût de rentrer. Je t'oblige pas à rester, oblige-moi pas à rentrer.

— T'as le goût d'essayer quelque chose qui peut te tuer ? Pis tu penses que je vais rester à te regarder faire ça ? Je te reconnais plus Loulou ! s'indigna Marguerite.

— T'es trop sérieuse Margot. On n'a qu'une vie à vivre, pis moi, je préfère la vivre en ayant du fun.

— Fais donc ce que tu veux! lança Marguerite, exaspérée. Si tu meurs, viens pas te plaindre après parce que je serai pas là pour te consoler.

— Inquiète-toi pas. Si je meurs, je te promets que tu m'entendras pas me plaindre.

— C'est une façon de parler, pis tu le sais. Fais donc ce que tu veux, conclut-elle en tournant les talons.

— Moi aussi je t'aime! lança Louise en la regardant s'éloigner.

En marchant d'un pas rapide, Marguerite se maudit d'avoir accepté l'invitation de Louise. Elle l'avait ignorée durant plus d'une heure et, comble de malheur, elle l'avait laissée partir sans tenter de la retenir. Elle était en colère contre elle. Comment Louise pouvait-elle vouloir jouer à ce jeu stupide? «Comme si c'est un jeu de vouloir être sur une *track* pendant que le train approche.»

— Tu rentres déjà? demanda Claire qui tricotait au salon en écoutant la radio.

— Oui, j'avais trop froid, mentit-elle. Si ça vous dérange pas, j'irais dans ma chambre. J'aimerais ça faire le tour de mes robes pour voir laquelle je vais mettre demain.

Marguerite tourna les talons sans laisser le temps à sa mère de répondre. Elle referma la porte derrière elle, jeta son poncho sur la chaise près de son bureau et s'affala sur le pied de son lit.

Louise l'avait déçue. Elle agissait étrangement, comme si elle désirait que tout le monde la remarque et la trouve amusante. Elle avait toujours été extravertie, mais pas à ce point. Marguerite lui en voulait de ne pas l'avoir incluse dans ses conversations, de ne pas avoir pris son avis en considération.

Elle sentit sa gorge se nouer. L'inquiétude la submergea. Avait-elle joué à ce jeu qui ferait raidir les cheveux de son père s'il l'apprenait ? Était-elle blessée ou morte ? Elle inspira profondément.

Marguerite se leva et ouvrit sa garde-robe. Elle regarda ses robes avec peu d'intérêt. La danse ne l'enthousiasmait plus autant. Elle décrocha tout de même une robe verte au col Claudine blanc et aux manches trois quarts. Elle accrocha la robe derrière la porte, ouvrit son tiroir et sortit un large bandeau blanc qu'elle déposa sur sa coiffeuse. Elle changerait peut-être d'avis le moment venu, mais pour l'heure, sa tenue était choisie pour la danse du lendemain.

Elle regarda sa montre. Il était vingt heures dix. Il était prévu que le père de Louise passe la prendre à vingt heures quinze. « Lorsqu'il la verra arriver sans moi, il saura qu'on s'est disputées. Pensera-t-il que je suis une mauvaise amie d'être partie sans elle ? » s'inquiéta-t-elle.

Elle se rendit au salon et déplaça subtilement un coin du rideau de la grande fenêtre donnant sur la rue. Laurent Lemieux était stationné devant la maison. Marguerite s'étira la tête afin de voir plus loin dans la rue. Elle ne voyait pas Louise. Elle sentit l'inquiétude la gagner. Elle était en retard.

Alors qu'elle se demandait si elle devait informer le père de Louise qu'elles n'étaient pas revenues ensemble, elle aperçut celle-ci qui marchait vers la voiture de son père. Elle referma brusquement le rideau, ne désirant pas attirer son attention.

Rassurée, elle retourna dans sa chambre en s'emparant du téléphone au passage. Une fois chez elle, Louise l'appellerait pour s'excuser de ne pas être partie avec elle.

Elle déposa le téléphone sur son lit, enfila sa robe de nuit, puis s'installa sous les couvertures. En attendant l'appel de Louise, elle feuilleta le magazine *Châtelaine* que sa mère lui avait acheté la veille.

Une heure plus tard, Marguerite décrocha le combiné, composa le numéro de Louise puis raccrocha aussitôt. C'était à Louise de l'appeler et non le contraire.

À vingt-deux heures, elle remit le téléphone dans la cuisine et retourna se coucher, partagée entre la peine et la colère.

Le lendemain, fidèle à ses habitudes, Louise l'attendait à l'école devant l'entrée des filles.

— Ah ben ! T'es pas morte, toi ? dit sèchement Marguerite en la rejoignant.

— Pourquoi je serais morte ?

— Peut-être parce que tu te serais fait frapper par un train ! répliqua-t-elle.

— Coudonc, as-tu mangé de la vache enragée pour déjeuner ?

— Non, j'ai juste passé la soirée à me morfondre sans bon sens pour mon amie.

— Y avait rien pour se morfondre là, répondit Louise. Tu me fais penser à ma mère, t'es toujours en train de trop réfléchir pis trop t'inquiéter.

— C'est pas une mauvaise chose de trop penser, c'est le contraire qui l'est.

— Comptes-tu me bouder de même toute la journée? Parce que moi le boudage, j'aime pas ça. La vie est ben trop courte.

— Peut-être que si tu fais pas trop de niaiseries, ta vie ne sera pas si courte que ça.

— On fait la paix? demanda Louise en battant des cils.

— Tes beaux yeux marchent pas avec moi, répondit Marguerite qui ne put s'empêcher de sourire.

— Ça marche un peu, regarde, tu souris.

— Je souris parce que t'es pas du monde Loulou!

— Si tu veux tout savoir, j'ai pas l'intention de rejouer à *Chicken*. J'ai pas aimé ça tant que ça, confia Louise.

— Tu parles d'une bonne nouvelle à matin! Au moins, je passerai pas le reste de ma vie à me demander si t'es encore vivante.

— Regarde là-bas! C'est Robert Serve, indiqua Louise. Y en a qui disent que c'est lui qui va gagner les élections. Moi, je suis certaine que ça va être Maurice.

— Je trouve que Robert Serve a de meilleures idées, raisonna Marguerite.

— Dis-moi pas que t'as changé d'idée? Tu votes encore pour Maurice? s'inquiéta Louise.

— As-tu pris le temps de regarder le programme de Robert Serve?

— La cloche va sonner, pis c'est pas le temps de changer d'idée. N'oublie pas que tu m'as promis de donner ton vote à Maurice.

Marguerite haussa les épaules, argumenter avec Louise était inutile. Elles déposèrent leur poncho et leur sac dans leur casier avant de prendre les cahiers pour leur premier cours et se donner rendez-vous à la pause.

La journée se déroula dans la fébrilité des premières élections scolaires de l'École secondaire de la Cité-des-Jeunes. Invités à exercer leur droit de vote pour la première fois, la majorité des élèves répondit à l'appel. À la fin des classes, Robert Serve fut nommé président, au plus grand bonheur de ses nombreux supporters.

Marguerite et Louise ne s'attardèrent pas dans l'enceinte de l'école. Louise se dirigea vers les autobus et Marguerite partit de son côté en planifiant la soirée dans sa tête comme elle le faisait souvent. Arrivée à la maison, elle rejoignit sa mère et sa grand-mère à la cuisine.

— Pis, les élections? demanda Claire.

— Robert Serve est le nouveau président de l'école.

— Robert Serve, répéta sa mère. C'est le fils de qui celui-là?

— Je sais pas maman. Je connais pas les parents de tout le monde, répondit-elle, agacée.

— C'est ça qui se passe quand une ville grossit, observa Claire. Dans mon temps, on savait qui étaient les enfants de qui. Asteure qu'on est cinq mille, on sait pu rien de personne.

— T'imagines dans mon temps? demanda Aline. C'est pas des farces, on connaissait par cœur l'arbre généalogique de tout le monde. On connaissait même la couleur des combines que portait leur grand-père. Y a personne qui avait de secret pour personne. Les temps changent pis y ont pas fini de changer. On est mieux de s'habituer.

Marguerite laissa sa mère et sa grand-mère poursuivre leur discussion et se rendit à sa chambre. Elle alluma la radio et s'étendit sur son lit. Son regard s'égara sur sa robe verte accrochée derrière sa porte. Incertaine de son choix, elle se leva et vérifia de nouveau le contenu de sa garde-robe. Elle sortit une dizaine de tenues qu'elle essaya. Aucune ne la satisfaisait. Elle enfila finalement la robe verte et se regarda dans le miroir de sa coiffeuse.

Elle retourna à la cuisine afin d'avoir un second avis.

— Elle te fait bien cette robe ! lança Aline en l'apercevant.

— C'est vrai qu'elle te va bien, approuva Claire. Les petits cols te font toujours bien, ils mettent ton visage en valeur.

— Je suis pas certaine, répondit Marguerite. Je sais pas comment seront habillées les autres filles.

— D'après moi, elles seront habillées pas mal comme toi, dit Claire. La mode, c'est rarement l'affaire d'une seule personne.

— Je trouve que tu ressembles aux filles de *Jeunesse d'aujourd'hui*. Une vraie de vraie beauté, dit sa grand-mère.

— Margot, mettrais-tu la table ? demanda sa mère. Le souper est prêt.

— Je vais la mettre, dit Aline. Toi, va te changer, faudrait pas que tu salisses ta belle robe.

Marguerite s'exécuta rapidement et revint à la cuisine où son assiette l'attendait sur la table. Elle n'avait pas très faim, mais se força à avaler quelques bouchées. Après le repas, la cuisine nettoyée et la vaisselle lavée, Claire décréta que l'heure était venue de partir magasiner.

— Tu penses partir d'ici à quelle heure ? demanda Claire à Marguerite.

— Je sais pas, vers dix-neuf heures, répondit-elle.

— Ton père sait à quelle heure l'autobus revient vous débarquer ? Il sait à quelle heure il doit aller te chercher ?

— Oui, maman.

— Amuse-toi ma fille, dit Claire en la regardant dans les yeux. Souviens-toi que t'as toute ma confiance pis celle de ton père aussi. Asteure, c'est à toi de voir ce que t'en fais. Je te dis ça, mais je le sais que t'es pas le genre à faire honte à tes parents. Ta grand-mère pis moi, on va essayer de revenir avant que tu partes, mais y a rien de certain.

— Faites-vous-en pas, répondit Marguerite. Allez-y pis prenez votre temps.

Claire et Aline souhaitèrent une bonne soirée à Marguerite et sortirent. Marguerite saisit le téléphone et retourna à sa chambre. Elle enfila sa robe puis s'installa à sa coiffeuse. Elle opta pour une queue de cheval avec le bandeau blanc. Elle ouvrit le tiroir dans lequel elle rangeait le maquillage offert par sa mère. Elle hésita un long moment et remit le maquillage dans le tiroir.

Après quelques minutes, elle rouvrit le tiroir, sortit son maquillage et farda légèrement ses joues.

Le téléphone sonna.

— Allô ? répondit-elle.

— Margot !

Louise sanglotait.

— Qu'est-ce qui se passe ? s'inquiéta Marguerite. Es-tu correcte ?

— Margot, répéta son amie, la voix saccadée. Maurice... Il va à la danse avec Simone Beauchamps !

— C'est pour ça que tu pleures de même ? demanda-t-elle, soulagée. Fais-moi pu peur de même !

— Tu comprends pas ! J'ai l'impression que je vais mourir tellement que ça fait mal.

— Loulou, calme-toi! ordonna Marguerite. Ça pas d'allure de te mettre dans cet état-là pour un gars à qui t'as jamais parlé de ta vie. Arrête de pleurer sinon tu vas avoir le visage tout enflé pour la danse.

— J'y vais pas à la danse! C'est pas vrai que je vais me présenter là pour voir Maurice pis Simone se minoucher dans ma face toute la soirée. Oublie ça, j'y vais pas!

— T'es pas sérieuse? Dis-moi que t'es pas sérieuse? C'est dans même pas une heure pis tu décides drette là de pas y aller? As-tu pensé à moi deux minutes?

— Toi, penses-tu à moi? Penses-tu à la torture que ça serait pour moi de les voir ensemble? Surtout que Simone, elle le sait que j'aime Maurice. Je lui ai dit l'autre jour. Penses-tu qu'elle va pas me rire dans face?

— Je comprends pas pourquoi tu ramènes ça à toi, rétorqua Marguerite. Sais-tu tout ce que j'ai dû faire pour convaincre mes parents? Ça va être la deuxième fois que tu me laisses tomber en vingt-quatre heures. C'est pas ce que j'appelle être une amie! trancha Marguerite avant de raccrocher brusquement.

Marguerite était si en colère que ses mains tremblaient. Elle se leva et fit les cent pas dans sa chambre. Son amitié avec Louise était terminée. Elle retira sa robe, la jeta sur le sol et remit les vêtements qu'elle portait plus tôt.

Le téléphone sonna.

— Allô! répondit-elle abruptement.

— Je m'excuse, je veux pas que tu sois fâchée de même après moi, s'excusa Louise. Je me suis peut-être trompée... Agnès vient de me dire que Simone et Maurice y vont ensemble parce que le père de Simone aurait demandé à celui de Maurice si sa fille pouvait embarquer avec eux autres pour se rendre à la danse. Simone aurait dit à Agnès que Maurice avait l'air ben content de ça, mais d'après Agnès ça serait possible que Simone se fasse des idées. Elle dit que ça vaudrait la peine que je tente quand même ma chance. Commences-tu à être prête? Moi, le temps que je me lave la face pis que je me remaquille un peu pis je vais être prête.

— Sérieusement Loulou, je sais même pas comment te dire ce que j'ai envie de te dire, bafouilla-t-elle de colère. Tu penses juste à toi pis j'ai pas besoin de quelqu'un d'aussi égoïste que toi dans ma vie. Je souhaite que Maurice pis Simone finissent ensemble. Je souhaite que ce soit toi qui finisses seule sur la piste de danse. Appelle-moi pus jamais! cracha-t-elle avant de raccrocher le combiné.

Quelques secondes plus tard, le téléphone sonna. Marguerite le déposa dans la cuisine. Il sonna de nouveau, elle ne répondit pas. Elle retourna à sa chambre, alluma la radio, ferma la lumière et se réfugia sous ses couvertures.

Cette fois, c'était vrai: elle ne reparlerait plus jamais à Louise. Comment pouvait-elle agir ainsi? Marguerite explosa en sanglots, le visage enfoui dans son oreiller.

Elle entendit sa mère et sa grand-mère discuter à la cuisine. Les deux femmes étaient de retour. Marguerite espéra qu'elles croient qu'elle était partie à la danse. Elle ne désirait pas leur expliquer pourquoi elle n'y était pas ni pourquoi elle pleurait.

Marguerite regarda sa montre. Il était près de dix-neuf heures trente. L'autobus se mettrait en route sous peu. Louise devait être en train d'y prendre place. Sans elle. Cette idée la blessa. Elle regretta soudainement de ne pas y être. « Même enragée noir contre elle, j'ai quand même le goût d'être avec elle. Je suis donc ben mal faite. »

Exaspérée, elle se leva et observa son reflet dans le miroir. Elle refit machinalement sa queue de cheval, puis essuya ses larmes. Louise avait-elle conscience de la peine qu'elle lui causait ? Se sentait-elle mal en ce moment même ? Regrettait-elle son absence ? Elles avaient tant parlé de cette danse, comment Louise pouvait-elle s'y rendre sans elle ?

À la radio, une voix masculine prononça Dorion, ce qui attira aussitôt l'attention de Marguerite. Elle sentit son cœur battre à tout rompre dans sa poitrine. Elle se tourna vers la radio posée sur sa table de chevet. Que venait de dire l'annonceur ?

Au même moment, la sonnerie du téléphone retentit. Quelques secondes plus tard, sa mère lança un long cri qui paralysa Marguerite.

— Calme-toi, Claire ! ordonna Aline. Je comprends pas ce que tu dis !

— L'autobus ! hurla Claire. L'autobus… Marguerite !

— Quoi l'autobus ? s'inquiéta Aline. Réponds-moi Claire !

— L'autobus a percuté un train, souffla Claire. Il serait en train de brûler avec les jeunes dedans.

— Quoi ? s'écria Aline, prise d'un vertige.

Incapable de réfléchir et assaillie par un bourdonnement lancinant, Marguerite ouvrit sa porte et rejoignit machinalement sa mère et sa grand-mère qui se jetèrent sur elle en criant.

— Margot! T'es pas dans l'autobus! Merci Seigneur. Oh! Mon Dieu! Merci Seigneur, répéta Claire en la serrant contre elle.

— À la radio, bredouilla Marguerite, ils ont dit…

— Je sais, répondit Claire, la voix tremblante.

— Faut y aller maman! implora Marguerite. Faut qu'on aille voir.

— Margot a raison, appuya Aline. Faut aller voir si on ne pourrait pas être utile à quelqu'un.

Terrifiée, Claire approuva. Sans attendre, Aline se dirigea vers l'entrée où elle agrippa son manteau d'automne. Claire et Marguerite l'imitèrent.

— Vous avez entendu la nouvelle? cria un voisin qui se dirigeait vers sa voiture.

— Oui, répondit Aline. On s'en allait justement par là.

— Embarquez! lança-t-il en leur faisant signe de le rejoindre. Je me rends justement là, moi aussi.

Aline prit place sur la banquette avant, Claire et Marguerite s'installèrent à l'arrière.

— Savez-vous ce qui s'est passé? lui demanda Claire.

— Je sais juste ce qui a été dit à la radio, répondit le voisin. Un train du CN aurait percuté l'autobus qui transportait des jeunes de la Cité-des-Jeunes vers Rigaud.

— Vers Hudson, corrigea machinalement Marguerite. C'est à Hudson qu'on s'en allait, ajouta-t-elle en fixant devant elle.

L'homme lui jeta un rapide coup d'œil dans son rétroviseur.

— Comment ça que t'étais encore à maison? demanda Claire, ébranlée.

— J'ai changé d'idée à la dernière minute, répondit-elle dans un murmure.

En approchant du passage à niveau, le bruit des sirènes fusait de partout. Incapable d'avancer davantage parmi la foule, le voisin gara sa voiture sur l'accotement. Dès qu'ils débarquèrent de la voiture, l'homme se dirigea vers la foule d'un pas rapide.

— Allons-y, souffla Claire, dépassée par la situation.

Une boule de feu orangée éclairait le ciel. L'indescriptible odeur qui flottait dans l'air donna la nausée à Marguerite.

— J'ai peur maman, bredouilla Marguerite.

— Moi aussi, avoua Claire en ravalant ses larmes.

Aline avança la première. Claire lui emboîta le pas et Marguerite les suivit en tremblant de tous ses membres. Il régnait un chaos apocalyptique. Dans le fossé, la partie avant de l'autobus était en flammes. Sectionné, l'arrière de l'autobus avait été poussé par le train plusieurs mètres plus loin.

Les cris et les gémissements firent frissonner Marguerite. Pétrifiée, elle réalisa qu'ils provenaient du fossé, là où se trouvait l'autobus qui se consumait.

Marguerite se tourna vers une femme qui implorait un policier de l'aider à chercher sa fille. L'homme gesticula et la mère inconsolable courut vers un autre policier qui se tenait plus loin.

Paralysée par la peur, Marguerite observait. Des gens s'activaient dans tous les sens. Deux jeunes hommes aidaient un adolescent blessé à monter dans une voiture. Marguerite tourna la tête et aperçut, horrifiée, un ambulancier qui transportait dans ses bras une victime mutilée.

Elle détourna le regard et porta sa main à sa bouche afin d'étouffer son hurlement.

Elle réalisa que sa mère et sa grand-mère n'étaient plus auprès d'elle. La foule était dense, elle ne les retrouverait pas et cette idée la tétanisa.

Elle sursauta en sentant une main lui agripper fermement le bras.

— Aurais-tu vu mon frère ? demanda un jeune homme en panique.

— Je ne sais pas qui est ton frère, bafouilla-t-elle.

Désemparé, le jeune homme s'éloigna en criant un nom que Marguerite n'entendit pas. Il disparut parmi la foule.

« Louise, je dois trouver Louise », songea-t-elle en se ressaisissant. Elle avança d'un pas craintif, ignorant où chercher.

Elle se dirigea instinctivement vers la partie avant de l'autobus autour de laquelle une centaine de personnes s'activaient. Certains criaient un nom en espérant que celui qui le portait se manifeste. D'autres aidaient les victimes blessées qui pour la plupart agonisaient.

Le sol était couvert de débris. Marguerite avança en regardant où elle marchait. Elle sursauta en apercevant un pied ensanglanté. Marguerite poussa un cri hystérique.

— Ça va mon enfant ? demanda l'aumônier Beaudin en s'approchant d'elle.

— Non. Y a un pied juste là, répondit-elle en pointant le sol. Je veux ma mère. Je sais pas où elle est.

Une voiture neuve sur laquelle le prix demandé par le concessionnaire était affiché dans le pare-brise s'arrêta à quelques mètres d'eux.

Le conducteur débarqua en trombe et cria qu'il pouvait conduire un blessé à l'hôpital. Deux hommes transportant une adolescente couverte de sang se dirigèrent vers la voiture dont le conducteur ouvrit la portière arrière. Était-ce Louise? Impossible de le savoir avec ce visage couvert de sang. « Elle a les cheveux foncés, ce n'est pas Louise », songea Marguerite, soulagée.

— Étiez-vous dans l'autobus? demanda l'aumônier Beaudin qui se tenait toujours près d'elle.

Marguerite secoua la tête, incapable de prononcer le moindre mot.

— Voulez-vous que je vous aide à retrouver votre mère? proposa-t-il d'une voix rassurante.

Elle secoua de nouveau la tête. Elle préférait qu'il se consacre aux victimes. L'aumônier lui tapota le bras en lui conseillant de prier et s'éloigna. Immobile au milieu du chaos, Marguerite scruta autour d'elle, cherchant un visage familier.

À sa grande surprise, elle aperçut le père de Louise qui discutait avec le chef de police de Dorion. Sans réfléchir, elle courut vers lui.

— Monsieur Lemieux! cria-t-elle.

— Es-tu correcte? s'inquiéta-t-il en la reconnaissant.

— J'étais pas dans l'autobus, le rassura-t-elle. Louise… avez-vous vu Louise?

— Elle est quelque part par là, répondit-il en pointant plus loin. Elle te cherche.

— Est-elle correcte? demanda Marguerite, la voix tremblante.

— Elle n'était pas dans l'autobus, répondit-il.

— Vous êtes certain?

— Ben certain, elle est venue avec moi. Excuse-moi, mais faut que j'aille continuer à aider.

Marguerite avança d'un pas déterminé, motivée par la perspective de retrouver son amie vivante. Elle chercha dans la foule agitée. Quelques personnes en pleurs étaient accroupies. Marguerite les observa malgré elle et comprit qu'il s'agissait d'une famille dont le père tenait dans ses bras un adolescent sans vie.

Marguerite poursuivit son chemin en se répétant de regarder devant. Elle s'arrêta brusquement. Louise était là, tout près.

— Loulou! cria-t-elle en courant à sa rencontre.

— Margot! s'exclama-t-elle. T'es là, Margot! T'es correcte? demanda-t-elle en la scrutant de la tête aux pieds.

— J'étais pas dans l'autobus, répondit Marguerite. Je pensais que toi tu y étais…

— J'ai pas arrêté de t'appeler pour te dire que si tu n'y allais pas, j'y allais pas. Je m'excuse Margot. Je le sais ben que ça n'avait pas d'allure mon affaire.

— J'ai tellement eu peur, Loulou! J'ai l'impression d'être prise dans un cauchemar.

— C'est drette ça, Margot! On est en plein dans un cauchemar, répondit Louise en tendant la main à Marguerite qui s'en empara aussitôt.

Impuissantes, elles demeurèrent un long moment à observer en silence le drame qui se déroulait sous leurs yeux. Tout Dorion s'agitait avec l'énergie du désespoir.

Les ambulanciers n'étant pas assez nombreux, les blessés étaient transportés par des secouristes improvisés vers les premières voitures disponibles. Chacun contribuait à sa façon: en conduisant les blessés vers l'hôpital, en essayant de retrouver les enfants des parents éplorés, en éclairant les lieux avec des lampes torches, en cherchant des victimes parmi les débris ou en transportant des dépouilles.

Marguerite et Louise demeurèrent en retrait, se tenant la main en silence, incapables de sortir de leur torpeur.

CHAPITRE 5

Incompréhension générale

Marguerite n'avait pratiquement pas fermé l'œil de la nuit. Les images de la veille la hantaient. Les hurlements résonnaient encore dans sa tête et l'odeur était imprégnée dans chacun des pores de sa peau.

Elle ouvrit les yeux et les referma aussitôt. L'idée de se lever et d'affronter la journée la terrifiait.

Claire toqua doucement à la porte de sa chambre.

— Oui ? bredouilla-t-elle en essuyant ses larmes.

— Louise est au téléphone, souffla Claire en ouvrant la porte. Veux-tu y parler ou j'y demande de rappeler ? demanda-t-elle en couvrant de sa main le récepteur du téléphone.

— Je vais lui parler, répondit Marguerite en s'assoyant dans son lit.

Claire s'avança et lui tendit le téléphone. Elle observa sa fille quelques secondes puis sortit en prenant soin de ne pas refermer la porte. Inquiète, elle préférait avoir sa fille à l'œil.

— Comment tu te sens ce matin? demanda Louise au bout du fil.

— Je sais pas. Toi?

— Je sais pas non plus. J'ai pas vraiment réussi à dormir cette nuit.

— Moi non plus.

— D'après moi, y a pas grand monde qui a réussi à dormir. J'ai entendu ma mère bardasser dans cuisine ben de bonne heure à matin. Je veux aller à la traverse! lança Louise après un silence.

— Pourquoi?

— Je veux essayer de comprendre ce qui s'est passé, répondit Louise. D'après moi, y va avoir ben du monde qui vont y aller aussi. Ça te tente-tu de venir avec moi?

— Tu veux vraiment y retourner? s'étonna Marguerite.

— Tant qu'à rester icitte toute seule avec ma mère, répondit Louise. Elle est encore plus sur le gros nerf que d'habitude. Si je peux me pousser d'icitte, je vais le faire avec plaisir. Pis, pour tout te dire, j'haïrais pas ça aller aux nouvelles.

— Ça me fait peur, confia Marguerite. J'ai peur de ce qu'on va apprendre. As-tu écouté la radio à matin? Ils en parlent sûrement.

— Je suis pas mal restée dans ma chambre à matin pis ma radio griche trop. De toute façon, c'est sûr que le monde d'icitte est plus au courant que le monde de la radio. Je te rappelle quand mon père sera prêt à y aller? demanda Louise.

Marguerite accepta puis raccrocha. Elle préférait être avec Louise que seule avec ses parents. Ils ne pouvaient pas comprendre ce qu'elle ressentait. Seule Louise le pouvait.

Elle se leva, enfila une jupe et un gilet et rassembla rapidement ses cheveux en une queue de cheval. Elle jeta un rapide coup d'œil à son reflet dans le miroir de sa coiffeuse. Ses traits étaient tirés et ses yeux enflés d'avoir trop pleuré. Elle ouvrit la porte de sa chambre et rejoignit ses parents qui discutaient à voix basse dans la cuisine.

— Qu'est-ce qui se passe? demanda-t-elle sans détour.

— Je viens d'aller prendre des nouvelles de ta grand-mère, répondit Fernand. J'étais un peu inquiet avec les émotions qu'on a tous vécues hier. Une chance, elle est correcte. Elle est ébranlée, mais sa santé a l'air de ben aller.

— Qu'est-ce qui va pas d'abord? Je le vois à votre air que quelque chose va pas, insista Marguerite.

— Elle était au téléphone avec sa cousine qui reste à Québec, répondit Fernand. Ç'a l'air que l'accident ferait la première page du journal de là-bas. C'est partout à radio, dans les journaux, partout. La cousine a dit à ta grand-mère que c'était écrit dans le journal de par là-bas qu'il y aurait vingt-six blessés.

— Vingt-six blessés, répéta tristement Marguerite.

— Oui, murmura Fernand.

— Combien de morts? demanda-t-elle en redoutant la réponse.

— Faut juste pas oublier que c'est le journal qui a écrit ça, bafouilla Fernand.

— Et la radio, ajouta Claire.

— Et la radio, répéta Fernand. N'empêche qu'ils peuvent se tromper. C'est loin Québec, les informations peuvent se mêler en chemin, pis c'est la même affaire avec la radio.

— Y a combien de morts papa ?

— Selon eux autres, y en aurait dix-neuf, souffla-t-il.

Marguerite eut l'impression de suffoquer. Pourtant, sa respiration était presque haletante.

— Assieds-toi, dit Claire en remplissant un verre d'eau. Tiens, bois ça, ordonna-t-elle en déposant le verre dans sa main. Je sais que c'est difficile à entendre. Je peux imaginer comment tu peux te sentir en ce moment. Y a rien de ce qu'on pourrait dire qui pourrait t'enlever la boule de peine que t'as dans le ventre. Faut que tu te montres forte, t'as pas d'autre choix. Faut que tu remercies le bon Dieu de t'avoir épargnée.

— Maman ! répliqua Marguerite en ravalant ses larmes. Vous m'excuserez, mais la dernière personne que j'ai le goût de remercier à matin, c'est ben le bon Dieu. Je me demande ben où il était lui, hier.

— Je comprends que t'aies de la peine, mais faut pas que tu dises des affaires de même, dit Fernand.

— On est tous bouleversés, souffla Claire. J'ai eu peur moi aussi, hier. Avant que tu sortes de ta chambre, pis que je réalise que t'étais pas dans l'autobus, pendant ce qui m'aura paru une éternité, j'ai pensé que mon cœur allait lâcher tellement j'ai eu peur. Pis là-bas, ce qu'on a vu, ce qu'on a entendu… Y a jamais personne qui va pouvoir le comprendre. On va être pris avec ces images-là toute notre vie, je le sais, crois-moi. Y a des affaires qui nous sortent jamais de la tête pis du cœur. Peu importe le nombre d'années qui passent, ça va toujours faire mal. Faut apprendre à vivre avec, on n'a juste pas le choix.

Marguerite ne répondit pas, incapable de mettre des mots sur sa peine. Elle aurait dû être avec eux. Louise lui avait sauvé la vie. Sans la colère qu'elle avait ressentie, elle aurait répondu lorsqu'elle avait tenté de la joindre pour s'excuser. Elle aurait sans doute réussi à la convaincre de lui pardonner et de l'accompagner à la danse. C'est la colère et la peine qui lui avaient sauvé la vie et elle était incapable de s'en défaire.

Le téléphone, laissé dans sa chambre, sonna.

— C'est sûrement Louise! Elle veut qu'on aille à la traverse. Je vais aller répondre, dit-elle en se dirigeant vers sa chambre.

Louise l'informa que son père la reconduirait chez elle à l'instant. Marguerite raccrocha et rapporta le téléphone dans la cuisine. Son père tenta de la dissuader de se rendre sur les lieux de l'accident. Marguerite insista, elle ressentait le besoin d'y aller. Claire intervint en sa faveur, expliquant à son mari qu'il était important qu'elle puisse faire ce qui lui paraissait juste.

Moins de quinze minutes plus tard, Louise toqua à la porte. Marguerite l'attendait, prête à partir.

Sur le chemin menant à la traverse, Marguerite confia à Louise les informations transmises par la cousine de sa grand-mère.

— J'arrive pas à y croire! lança Louise, ébranlée. Elle a-tu donné des noms?

— Je pense pas, répondit Marguerite. On dirait que j'ai peur de savoir.

— Moi aussi, avoua Louise.

Près du lieu de l'accident, Marguerite et Louise s'arrêtèrent quelques instants, intimidées par la foule qui observait les policiers effectuer des recherches sur le site. Louise repéra Agnès et un groupe de jeunes près du Restaurant Sauvé. Louise les rejoignit suivie de Marguerite qui ne la quitta pas d'une semelle.

— Qu'est-ce qui se passe ? demanda Louise à Agnès.

— Il paraît que les policiers font des fouilles depuis tôt ce matin, répondit-elle. Ils ont trouvé des bouts de corps calcinés qui avaient revolé un peu partout. C'est un vrai cauchemar, j'arrête pas de pleurer.

— Je sais, murmura Louise.

— Y a un journaliste de *L'Écho* qui m'a posé des questions tantôt, je savais même pas quoi dire tellement tout ça a l'air irréel. Vous voyez là-bas, ajouta-t-elle en désignant un groupe qui se tenait plus loin, ce sont tous des journalistes. Il paraît qu'il y en a qui viennent des États. Le grand costaud qui n'a pas de cheveu, c'est Léo Sauvé de *L'Écho*. Surprenez-vous pas s'il vient vous parler. Il parle à tout le monde depuis tantôt.

— Toi, t'as-tu des noms ? demanda Louise. Sais-tu qui est mort pis qui est blessé ?

— Je pose des questions à tout le monde depuis ce matin, répondit Agnès. On dirait que tout le monde sait tout pis rien en même temps. J'ai entendu dire qu'il y aurait autant de morts que de blessés, ajouta-t-elle la voix tremblante.

— Il y en aurait dix-neuf à ce que mon père m'a dit, informa tristement Marguerite.

— C'est ce que j'ai entendu moi aussi, confirma Agnès. J'ai su que la sœur jumelle d'Andrée fait partie des victimes.

— Renée Besner? On a été majorette ensemble, juste avant que je lâche. Je peux pas croire qu'elle soit parmi les victimes. Je peux même pas imaginer la peine d'Andrée. Sais-tu si elle était dans l'autobus elle aussi? C'est sûr que oui, elles sont inséparables, les jumelles Besner.

— À ce que j'ai entendu, Andrée y était pas, répondit Agnès. On m'a dit que la petite Suzanne Levac et son frère André seraient parmi les victimes. Ma mère a su que Nicole Bélanger avait été conduite à Montréal parce que ses blessures seraient assez graves. Y a aussi Luc Bourbonnais qui serait dans un état grave.

— Myles Drury serait dans le coma à ce que j'ai entendu, indiqua Martin Grenon, un élève de onzième année qui assistait à la conversation. Y aurait aussi Guy Boucher qui serait dans un état critique selon mon père.

— Pauvres eux autres! souffla Marguerite.

— J'arrive à peine à penser depuis hier tellement que je suis à l'envers, confia Agnès. Je sais même pas si je suis heureuse d'être en vie ou si je m'en veux de ne pas être avec eux autres. Je sais même pu quoi penser ni comment penser. Je me sens mal d'être là.

— Je te comprends tellement! lança Louise en essuyant les larmes qui coulaient sur ses joues. Comment ça a pu arriver? Comment le train a fait pour frapper l'autobus de même?

— C'est à cause de la maudite barrière! lança Agnès. Mon père dit que c'était certain qu'un drame allait finir par arriver. Elle lève quand elle devrait pas lever, elle se lève pas quand elle le devrait. Mon père dit que le CN a du sang sur les mains et qu'ils vont devoir répondre de leurs actes.

— Moi, j'ai entendu mon oncle dire à mon père à matin que quelqu'un aurait levé la barrière pour laisser passer l'autobus.

— Ben voyons donc! s'exclama Louise. Pourquoi quelqu'un aurait fait ça?

— C'est pas comme si on faisait jamais ça non plus, observa Agnès. L'autre fois, on est restés pognés à barrière un bon quinze minutes sans qu'il y ait la moindre trace d'un train. Mon père s'est tanné, y a dit à ma mère de sortir pis de lever la barrière le temps qu'on passe.

— Je comprends, mais comme tu dis, y en avait pas de train, fit remarquer Louise. C'est comme rien, si quelqu'un avait levé la barrière, il aurait ben vu qu'un train arrivait.

— C'est certain qu'il doit ben y avoir quelqu'un qui a vu ce qui s'est passé! s'exclama Marguerite. La police va trouver le responsable, c'est sûr.

— C'est le CN le responsable, c'est pas compliqué! affirma Louise. Le chauffeur du train, y est-tu mort?

— Je sais pas, répondit Agnès. Je sais que le chauffeur de l'autobus oui.

— C'était qui? demanda Louise.

— Marcel Fleury.

— Je sais c'est qui! lança Louise. Mon père a déjà fait affaire avec le sien. J'ai parlé une couple de fois avec

Marcel. J'ai trouvé que c'était un gars ben sérieux. Y était fin pis ben parlable, aussi. Il sortait avec Louise Prévost.

— À ce que je sais, elle n'a pas survécu, informa Agnès.

— Mon père pense que Marcel Fleury était ben trop jeune pour conduire un autobus. Il dit que c'est impossible qu'un gars de cet âge-là ait le contrôle sur un autobus plein de jeunes.

— Ton père parle à travers son chapeau, s'interposa Gaétan Prévost, une connaissance de Fernand qui se tenait tout près. Tu diras à ton père que Marcel était un excellent chauffeur d'autobus. S'il y a quelqu'un qui pouvait faire de quoi pour empêcher ça, c'est lui. Y a aucun doute à avoir là-dessus.

Marguerite n'écoutait plus. Un couple approchait de la traverse. Le mari soutenait de peine et de misère son épouse chancelante qui menaçait de s'effondrer à chaque pas. Marguerite retint ses larmes en observant la pauvre femme.

Les deux amies demeurèrent sur place jusqu'à la fin de l'après-midi. Comme tous ceux qui étaient présents, elles cherchaient à comprendre l'incompréhensible. Elles tendaient l'oreille à la recherche de la moindre information. Elles surent le nom d'autres victimes. Louise les connaissait presque toutes. Marguerite qui était plus réservée savait qui elles étaient, mais n'avait jamais échangé avec la plupart d'entre elles. En apprenant que son amoureux secret figurait parmi les victimes, elle laissa ses larmes couler sans retenue.

Sur le chemin les conduisant chez Marguerite, Louise confia qu'elle ne comptait pas retourner à l'école. Elle ajouta qu'elle avait bon espoir de convaincre ses parents. Elle leur dirait qu'elle ne pouvait retourner là où il y aurait trop d'absents.

Marguerite reçut cette confidence comme un coup de poignard dans le cœur. Comment ferait-elle pour y retourner sans elle ? Si les parents de Louise acquiesçaient à sa demande, les siens refuseraient, elle en était certaine.

— Ça te tente-tu de venir dormir à la maison ? demanda Louise. Je sais pas pour toi, mais moi j'ai pas vraiment envie d'être seule en ce moment.

Marguerite n'avait pas l'habitude de découcher, mais l'idée d'être seule l'angoissait.

Fernand et Claire se montrèrent réticents à l'idée que leur fille passe la nuit chez les Lemieux. Une chapelle ardente se tiendrait à la Cité-des-Jeunes le lendemain et ils tenaient à ce qu'elle les accompagne. Marguerite insista en proposant à son père de venir la chercher en matinée. Fernand accepta à contrecœur. Il ressentait le besoin de savoir sa fille en sécurité sous son toit.

— Mon père est arrivé ! lança Louise en regardant par la fenêtre du salon.

— Appelle-moi quand vous serez arrivés, dit Claire en prenant sa fille dans ses bras.

— Maman, je m'en vais à même pas cinq minutes de la maison, faites-vous donc pas de mauvais sang pour rien.

— Une mère a ben le droit de s'inquiéter pour son enfant… surtout après ce qui s'est passé hier soir, murmura Claire.

Louise sortit rejoindre son père.

— Je vous appelle dans même pas dix minutes, rassura Marguerite avant de refermer la porte derrière elle.

Laurent Lemieux les attendait, adossé à la portière de sa voiture. En les apercevant, il jeta son mégot de cigarette dans la rue, puis leur ouvrit la portière arrière.

— Je viens de passer par la traverse, confia-t-il en démarrant le moteur de sa voiture. Il y avait encore ben du monde. Je me suis arrêté quelques minutes, pis à ce que j'ai pu comprendre, c'est de même depuis hier. Y paraît que même en plein milieu de la nuit, y avait encore une centaine de personnes sur place. J'imagine que tant qu'à brailler chacun chez eux, le monde aime mieux faire ça ensemble.

— Ma mère dit que la peine est moins pesante lorsqu'on la porte en gang, dit Marguerite.

— Ça doit dépendre de comment on est fait, répondit Laurent, songeur. Y a du monde plus doué que d'autres pour savoir quoi dire pis quoi faire, ajouta-t-il en se garant dans son entrée.

— J'avais hâte que vous arriviez ! lança la mère de Louise, contrariée. Le souper est prêt depuis une quinzaine de minutes déjà !

— Je te l'avais dit que je partais un peu plus tôt pour aller virer à la traverse, répliqua Laurent. Avant de partir, je te l'ai dit que j'en avais pour une bonne demi-heure.

— Peu importe, lança-t-elle sèchement. Asteure que vous êtes là, j'espère que vous avez faim parce que j'en ai fait pour une armée. Louise, aide-moi donc à servir les assiettes.

L'ambiance était lourde. Marguerite connaissait les parents de Louise depuis des années. Elle s'était habituée au caractère bouillant de Jacynthe, mais elle lui paraissait plus à cran que d'habitude. Assise au bout de la table, elle toucha à peine à son assiette. Elle se leva, s'empara d'une bouteille rangée sous le comptoir, puis remplit son verre.

— Tu devrais manger un peu à place, observa Laurent.

— J'ai pas ben faim, répondit Jacynthe en s'assoyant. Je sais même pas comment tu fais pour manger de même.

— Je me force, Jacynthe, répondit-il doucement.

Louise attira l'attention de Marguerite en la touchant du bout de ses pieds. Elle lui fit comprendre qu'il valait mieux qu'elles terminent rapidement leur assiette. L'attitude de sa mère laissait présager qu'elle n'en était pas à son premier verre de la journée et qu'elle deviendrait de plus en plus désagréable. Lorsqu'elle était dans cet état, Louise préférait l'éviter.

— Margot, tes parents t'ont-tu dit s'ils avaient l'intention d'y aller demain ? demanda Jacynthe.

— Vous parlez de la chapelle ardente ? demanda Marguerite.

— Oui, répondit Jacynthe. Laurent pis moi, on n'est pas certains d'y aller.

— Moi, je suis certain que je veux y aller, rétorqua-t-il. C'est toi qui dis qu'on n'a pas d'affaire là.

— C'est pas ce que je dis, corrigea-t-elle. Je dis qu'il va y avoir tellement de monde que personne fera la différence qu'on y aille ou pas. Je sais juste pas si j'ai la force d'affronter tout ça.

— C'est rien nous autres comparés à ceux qui ont perdu leur enfant, observa Laurent. C'est pas tout le monde qui a eu la même chance que nous autres. La moindre des choses, c'est de leur montrer notre soutien. C'est eux autres qui ont besoin de force pour affronter ça, pas nous autres.

— Je vois pas ce que ça va donner d'exposer les jeunes pendant deux jours, à part étirer le chagrin de tout le monde.

— C'est ça, Jacynthe, faire chapelle ardente.

— Je comprends pas c'est quoi au juste, dit Louise.

— Qu'est-ce que tu comprends pas ? demanda son père.

— Une chapelle ardente, je suis pas certaine de comprendre.

— C'est réservé aux gens très spéciaux, expliqua-t-il. Normalement, c'est quand quelqu'un est très connu, comme un évêque, un maire ou un député. Une chapelle ardente est tenue durant une journée entière ou plus, lorsqu'on estime que de nombreuses personnes voudront offrir leurs condoléances à la famille. C'est pour permettre à plus de monde possible de le faire. Dans ce cas-ci, ils doivent penser qu'on sera nombreux à vouloir le faire, vu qu'ils ont mis ça sur trois jours.

— Me semble que c'est vite leur affaire, grommela sa femme. Sont morts hier, pis demain, ils seront déjà exposés. Les pauvres familles n'auront même pas eu le temps de réaliser ce qui se passe. Quelle horreur !

— C'est pour ça qu'il faut qu'on soit tous là pour les soutenir, souligna Laurent.

— Toi, tes parents y vont ? demanda-t-elle à nouveau à Marguerite.

— Les parents de Margot y vont, répondit Louise. Son père va venir la chercher demain matin pour qu'ils y aillent ensemble. Si vous n'avez pas l'intention d'y aller, je pourrais y aller avec eux autres ?

— Même si ta mère n'y va pas, moi je vais y aller, souligna Laurent. Je pourrais pas me regarder dans le miroir si j'étais pas là pour offrir mes sympathies aux gens concernés.

— Margot pis moi, on a fini de manger. Si ça vous dérange pas, on irait dans ma chambre.

— Allez-y, répondit Laurent.

Située au sous-sol, la chambre de Louise était propice aux confidences. Elle était isolée au fond d'une immense pièce dans laquelle étaient entassés des boîtes, des outils, des vélos et même un sapin de Noël artificiel portant encore quelques guirlandes et s'y rendre était périlleux.

L'humidité ambiante était désagréable et l'odeur de moisissure qui flottait dans l'air chatouillait les narines. Ce lieu lugubre s'ouvrait sur un univers coloré et lumineux : celui de Louise. Au fond de la pièce, derrière une porte défraîchie, se trouvait sa chambre qui détonnait dans ce sombre sous-sol.

Le mur peint en orange donnait le ton dès qu'on ouvrait la porte. Des affiches de toutes sortes recouvraient deux des murs de la chambre, annonçant les intérêts de celle qui en avait fait son antre. Une radio de forme arrondie attirait l'œil. À sa droite, un tourne-disque. Sur le sol, des piles de disques menaçaient de s'écrouler à tout moment.

Les nombreuses lampes ornées d'abat-jour colorés et perlés offraient une ambiance chaleureuse. Le tapis à poil long d'un vert vif rendait supportable l'humidité du sol en ciment. Ce havre de paix, comme Louise le surnommait, était même doté d'un téléphone. Pour son seizième anniversaire, son père y avait fait installer une prise téléphonique.

Marguerite s'étendit sur le lit et échappa un long soupir, soulagée d'être seule avec Louise.

— On dirait que je suis pas vraiment dans mon corps, confia Louise en s'assoyant sur le sol près de son tourne-disque.

— Je vois ce que tu veux dire, approuva Marguerite. J'ai l'impression d'être toute engourdie.

— On dirait que je veux plus rien de ce que je voulais. Je pourrai pas vivre icitte longtemps. Je suis pas faite pour la peine, la mienne pis celle de tout le monde.

— J'ai pas plus le goût que toi d'y retourner à l'école. On n'a pas ben le choix. Qu'est-ce que tu voudrais qu'on fasse d'autre que de continuer à faire ce qu'on faisait ?

— Je vais aller travailler ! répondit Louise avec assurance.

— Ben voyons donc ! Tu lâcherais l'école pour travailler où ?

— N'importe où ! J'irai travailler au Ladybird. Mon père dit qu'on demande toujours du monde dans le textile.

— Je peux pas croire ce que tu dis ! dit Marguerite. Est passée où la fille qui voulait donc vivre sa jeunesse à fond et voyager partout dans le monde ?

— Devant toi ! Elle est drette devant toi, cette fille-là. J'ai juste un plan différent pour y arriver. Je vais travailler, ramasser de l'argent pis voyager. Au lieu d'aller à l'école en attendant, je vais travailler, c'est toute. Margot, faut pas que tu penses que la vie va redevenir comme avant. Ça arrivera pas.

— Ça m'énerve quand tu me prends pour une nounoune! se froissa Marguerite. Je le sais ben que ça sera plus comme avant, je suis pas aussi naïve que tu penses. C'est pas parce que je veux pas tout balancer sans réfléchir que je suis pas consciente de ce qui se passe.

— C'est pas ce que je dis! Laisse faire, je dis les affaires toutes croches. J'ai les idées pis le cœur à l'envers. C'est pas le temps qu'on se chicane en plus.

Marguerite se tut. Louise avait raison. La dernière chose qu'elle désirait était de se brouiller avec la seule personne auprès de qui elle trouvait réconfort.

Louise se leva, alluma la radio et s'étendit près de Marguerite. Elle chercha sa main et l'entoura de la sienne. Elles demeurèrent un long moment en silence, épuisées d'avoir trop pleuré.

Marguerite s'endormit la première. Louise ferma les yeux, puis les rouvrit aussitôt, horrifiée par les images qui s'imposèrent. Elle couvrit son visage de son avant-bras et éclata en sanglots.

CHAPITRE 6

Chapelle ardente

Le lendemain matin, Fernand était passé chercher Marguerite chez Louise plus tôt qu'elle l'aurait espéré. Elle aurait souhaité demeurer plus longtemps auprès de Louise. Sa présence la réconfortait et l'apaisait.

Immobile devant le miroir de sa coiffeuse, Marguerite replaça le coin du col de sa robe noire soigneusement repassée par sa mère. La couleur foncée de sa robe accentuait son teint cireux et les cernes sous ses yeux. En brossant ses cheveux, elle songea à celles qui ne brosseraient plus jamais les leurs. Ses yeux s'emplirent de larmes. Elle n'avait jamais autant pleuré que durant ces deux derniers jours. Elle devait se ressaisir et affronter cette journée qui s'annonçait difficile.

Elle ferma les yeux, inspira profondément et expira bruyamment. Elle répéta l'exercice à quelques reprises, espérant apaiser l'oppression qui comprimait sa poitrine comme si l'air ne parvenait pas à se rendre jusqu'à ses poumons.

— Es-tu bientôt prête? demanda sa mère à travers la porte. Faudrait que tu t'actives un peu pour que j'aie le temps de te faire un chignon.

— Je suis prête, répondit Marguerite en ouvrant la porte.

— Oh! s'exclama sa mère en lui frottant doucement l'épaule. Toi, t'as pleuré, pis pas à peu près à part ça.

— Maman, on dirait que je sais pu comment vivre, balbutia-t-elle entre deux sanglots.

— Viens ici, dit Claire en l'entourant de ses bras.

Claire sentit son cœur se comprimer comme si une main invisible lui avait traversé la poitrine pour l'étreindre cruellement. Elle connaissait trop bien cette sensation de vivre en parallèle, comme si tous ses repères s'étaient volatilisés. Elle avait un jour tellement souffert qu'elle avait fini par ne plus rien ressentir. Elle comprenait comment sa fille pouvait se sentir, mais elle ignorait comment l'aider. Sa souffrance lui ramenait la sienne en plein cœur.

— Je veux pas y aller, maman! sanglota Marguerite. Je vous en supplie, maman. Je suis pas capable… Je peux pas.

— Ma belle fille, dit-elle doucement, tu vas essuyer ces larmes-là et tu vas puiser ta force juste ici, ajouta-t-elle en posant sa main sur son ventre. Tu vas y aller pour eux, pour leur famille et pour toi aussi. Ça peut paraître absurde, mais un jour, tu comprendras que c'est un passage nécessaire.

— J'ai tellement peur. Si vous saviez comment j'ai peur.

— Tu seras pas seule, on va être là, tout le monde va être là. Louise va être là, vous avez la chance de pouvoir vous soutenir, c'est précieux, ça. En parlant de Louise, elle devrait pas tarder à arriver, viens, on va te coiffer, dit-elle en l'entraînant doucement par la main à la cuisine.

Marguerite prit place à la table près de son père.

— Le chignon, c'est-tu vraiment obligé? demanda-t-elle à sa mère qui vérifiait qu'elle avait tous ses accessoires à cheveux.

Le peigne, la brosse, les épingles à cheveux, les élastiques, la laque, un verre d'eau pour tremper le peigne, tout y était.

— C'est la coiffure appropriée pour ce genre d'occasion, répondit Claire.

— Ça me ressemble pas pantoute, insista Marguerite. Ça serait-tu vraiment grave que je les laisse comme y sont?

— T'aurais dû me dire ça tantôt, observa Claire en ramassant le matériel sur la table.

— Je voulais pas…

— Fais pas attention, rassura Claire. On est tous un peu trop à fleur de peau. T'as raison, t'es ben correcte peignée de même.

— Ça cogne à porte, fit remarquer Fernand sans lever les yeux de son journal.

— J'y vais! lança Marguerite en se dirigeant vers le salon.

Fernand profita de l'absence de sa fille pour demander à voix basse:

— Vas-tu me bouder longtemps de même?

— Je te boude pas Fernand, répondit-elle sur le même ton. J'ai juste ben de la misère à comprendre pourquoi t'es arrivé une heure et demie après l'accident, vendredi.

J'arrive juste pas à comprendre ce que tu faisais avec Pierrette Bougie.

— J'étais pas avec Pierrette Bougie, rectifia-t-il. Je lui ai juste fait un *lift*. Elle s'en allait là elle aussi. Je vois pas c'est quoi le problème, Claire.

— Le problème? C'est que t'es arrivé à neuf heures, Fernand! Neuf heures! Pendant que toute la ville était sur place à chercher leurs enfants, toi t'étais où? Tu savais pas que Margot n'était pas dans l'autobus à ce moment-là de la soirée, t'aurais dû être un père qui cherche sa fille. Tous les pères des alentours étaient sur place, pourquoi toi t'étais pas là?

— Je travaillais Claire, ça fait mille fois que je te le dis. Je travaillais dans une rue tout seul à évaluer les travaux qu'on devrait faire lundi matin. J'étais pogné dans une rue, pas de radio, pas de téléphone, personne pour me dire ce qui se passait.

— Y a du monde de partout dans le fond des rues qui sont venus en courant. T'as croisé personne qui aurait pu te dire ce qui se passait?

— Qu'est-ce que tu veux que je te dise? Je l'ai su en arrivant à la mairie, pis je me suis rendu direct sur Saint-Charles.

— Avec Pierrette Bougie, précisa-t-elle.

— Oui, avec Pierrette Bougie. C'est elle qui me l'a dit quand je suis arrivé.

— Pis y avait personne d'autre qui pouvait l'amener? Elle venait elle aussi tout d'un coup de l'apprendre une heure après tout le monde?

— Non, elle était toute seule quand je suis arrivé.

— C'est quand même un drôle d'adon qu'une secrétaire pis un gars de la voirie étaient les deux seuls qui restaient à la mairie un vendredi soir passé huit heures.

— Je sais pas ce que tu t'imagines, mais tu fais carrément fausse route.

— J'imagine rien pantoute! De toute façon, c'est pas le moment de parler de ça. Notre fille pis son amie nous attendent au salon. Va avertir ta mère qu'on est prêts à partir. Les filles pis moi, on va vous attendre dehors.

Fernand s'en voulait tellement. Claire se doutait de quelque chose et l'idée qu'elle découvre la vérité le terrifiait. Le soir de l'accident, il était chez Pierrette. Il était dans les bras de son amante, ignorant tout de la tragédie qui se déroulait plus loin.

Après être demeurés un long moment étendus nus sur le lit, ils avaient refait l'amour avant de se résoudre à se lever et à s'habiller. Pierrette avait insisté pour qu'il reste le temps d'un café. Tandis que l'eau bouillait, elle avait allumé la radio. En entendant l'annonceur prononcer les mots qui résonnaient encore deux jours plus tard, il avait senti le sol se dérober sous ses pieds.

Il s'était levé d'un bond, avait nerveusement cherché ses clés, puis s'était dirigé vers sa voiture. Pierrette lui avait emboîté le pas, déterminée à le suivre. Il ne s'était pas opposé. La nervosité lui avait fait commettre cette imprudence.

En chemin vers la rue Saint-Charles, il avait convenu avec Pierrette qu'ils prendraient leurs distances une fois arrivés. Ils avaient malheureusement croisé Rémi Hébert qui avait informé Claire de son arrivée en compagnie de Pierrette.

Il s'en voulait tellement pour son aventure et d'avoir semé le doute dans l'esprit de sa femme.

En compagnie de Louise, la famille se rendit à pied à la polyvalente. Des voitures étaient stationnées partout aux abords des rues avoisinantes. Ils se placèrent discrètement derrière un jeune couple qui venait tout juste de s'ajouter aux centaines de personnes qui attendaient pour entrer.

Les gens discutaient de la tragédie à voix basse comme s'ils ne voulaient pas que leurs propos se frayent un chemin jusqu'aux oreilles des familles en deuil. *Qu'est-ce qui s'est passé?* était la question qui courait sur toutes les lèvres. Comment cela avait-il pu arriver? Qui était le responsable? Par leurs non-dits et leurs silences, on pouvait comprendre que certains avaient été témoins de scènes dont ils taisaient les détails.

Des rumeurs circulaient. On racontait que deux femmes qui attendaient dans une voiture derrière l'autobus auraient aperçu deux adolescents lever la barrière pour laisser passer le bus. On racontait plus loin que Lewis Hayes était parvenu à s'extirper de l'autobus en sauvant la vie de plusieurs de ses camarades. « Il a sauvé trois filles », affirma une mère qui tenait son bambin sur sa hanche. « Moi, j'ai entendu dire qu'il aurait sauvé sept jeunes », corrigea la femme avec qui elle discutait. Si personne ne semblait s'entendre sur combien de vies il avait sauvées, tous s'accordaient sur le fait que ce grand sportif était un véritable héros.

Les ragots à propos du conducteur de l'autobus qui aurait été beaucoup trop jeune pour conduire une bande de jeunes adolescents survoltés continuaient de se répandre.

— À vingt et un ans, c'est juste pour dire qu'il n'avait pas leur âge, murmura un homme qui faisait la file derrière Fernand.

— J'ai entendu dire que les jeunes chantaient et étaient pas mal de bonne humeur. Il faisait peut-être la fête avec eux autres, ajouta son interlocutrice.

Ne désirant pas créer de malaise, Fernand tenta de se raisonner pour ne pas intervenir. Incapable de se retenir davantage, il se tourna vers eux :

— Vous faites complètement fausse route ! Ce que vous dites est l'affaire la plus absurde que j'ai entendue depuis longtemps. Le connaissiez-vous Marcel ? Je veux dire le connaissiez-vous personnellement ?

L'homme et la femme ne bronchèrent pas, espérant dissuader Fernand de poursuivre la discussion.

— C'est ce que je pensais, ajouta-t-il. Vous ne le connaissiez pas. Figurez-vous donc que moi je le connaissais. Il avait peut-être vingt et un ans, mais il était mature pis sérieux comme pas un. Ce n'est pas d'hier qu'il conduisait des autobus. C'était toute sa vie. Je sais pas plus que personne ce qui s'est passé vendredi soir, mais je sais que Marcel ne chantait certainement pas avec les jeunes dans l'autobus. Je suis plus que certain qu'il avait les yeux drette où il fallait, pis qu'il n'avait qu'une idée en tête : faire sa job comme il faut. Je sais pas si c'est de la faute à quelqu'un, mais je sais que c'est certainement pas la sienne.

— Fernand! l'interpella Claire en le fixant pour lui faire comprendre qu'il était temps de mettre fin à son intervention.

— J'ai pas de leçon à donner à personne, poursuivit-il doucement, mais vous devriez faire attention à ce que vous propagez comme informations. Des rumeurs, ça part de rien pis une fois parties, c'est pu arrêtable. Faites-moi confiance, il était en masse expérimenté pour la tâche, ajouta-t-il avant de se retourner vers ceux qui l'accompagnaient.

— C'est pas le moment ni la place pour commencer à s'obstiner avec le monde, lui murmura Claire, contrariée.

— T'as raison, mais je pouvais pas laisser ça aller. Y a pas de bon moment ni de bonne place pour se montrer drette avec nos principes.

Claire se tut. Il était culotté de parler de droiture et de principes! Ils étaient où ses principes lorsqu'il était avec Pierrette Bougie? Il pouvait nier, la panique dans ses yeux lorsqu'elle l'avait confronté avait confirmé ses soupçons.

Elle soupira. Les gens en file se mirent à avancer, elle les imita machinalement.

Louise secoua doucement le bras de Marguerite qui, absorbée par une conversation qui lui parvenait à l'oreille, ne vit pas la file avancer.

Elle marcha sans détourner son attention des propos d'une femme qu'elle ne voyait que de dos. Une jeune victime aurait été brûlée par l'acide à batterie. La pauvre adolescente en lambeaux aurait été transportée à l'hôpital dans un camion à lait.

Marguerite sentit les battements de son cœur s'accélérer. Elle ferma les yeux. Prise de vertiges, elle les rouvrit aussitôt.

Après plus de trois heures d'attente, ils franchirent enfin le seuil du gymnase de la polyvalente.

— Seigneur, donnez-nous la force, murmura Aline, bouleversée à la vue des cercueils dans lesquels reposaient de leur dernier sommeil des adolescents qui venaient à peine de commencer leur vie.

Marguerite chercha désespérément la main de quelqu'un. Peu importe qui, elle en avait besoin. Louise agrippa sa main.

— Respire. Fixe ailleurs. Fais semblant de regarder, lui chuchota Louise. Fais ce que je te dis, ça va ben aller.

Marguerite tremblait de tout son corps. Ses jambes la supportaient à peine. Son cœur battait si rapidement qu'il résonnait dans ses tempes. Tout paraissait irréel comme un cauchemar dont on souhaite s'extraire. Le sol sous ses pieds bougeait, ou était-ce tout autour qui était en mouvement? Elle suivit le conseil de son amie et regarda ailleurs, mais partout il y avait des cercueils. Certains étaient ouverts, mais la majorité étaient fermés. Plusieurs victimes avaient été défigurées.

La salle était immense. Pourtant, elle semblait trop petite pour contenir tous ces cercueils. Il y a quelques jours à peine, certains jeunes bavardaient à l'endroit même où ils étaient exposés dans leurs habits du dimanche.

Le nom et la photo des victimes étaient affichés au-dessus des cercueils. Les gens défilaient devant eux, s'arrêtant quelques instants pour offrir leurs condoléances aux proches qui les veillaient. Les pleurs et les cris des mères inconsolables résonnaient à chaque coin du gymnase et transperçaient le cœur des gens présents.

Marguerite avançait au rythme de ceux qui la précédaient. Elle eut soudainement très froid. Sa vue s'embrouilla. Tout lui paraissait brumeux et imprécis. Elle allait perdre connaissance, elle en était certaine.

— Ça va aller, lui murmura Louise, en exerçant une pression sur sa main.

Fernand, Claire et Aline s'immobilisèrent devant un cercueil. Marguerite ne quittait pas des yeux la photo de son amoureux secret accrochée sur le mur indiquant que son premier amour était là tout près. Paniquée à l'idée de voir son grand sourire éteint, elle chercha à avancer plus loin. Par chance, ses parents lui cachaient le cercueil.

À la première occasion, Marguerite se faufila et s'éloigna. Louise la talonna. Immobilisée par les gens devant elle, Marguerite regarda autour et le regretta aussitôt.

Près d'elle, des majorettes vêtues de leur uniforme de parade entouraient le cercueil d'une des leurs. Aussi droites que leur permettaient leurs genoux tremblants, elles se tenaient tout près de leur amie inanimée. Âgée d'une douzaine d'années, l'une d'elles cherchait désespérément un regard qui saurait lire sa détresse.

Louise avait déjà été une des leurs. Elle s'approcha pour leur parler, mais aucun son ne sortit. Sa main trembla dans celle de Marguerite qui sut que c'était son tour de se ressaisir. Louise avait besoin de son soutien.

Marguerite se fraya un chemin à l'écart en entraînant Louise avec elle.

— Ça va aller, rassura Marguerite en regardant Louise dans les yeux. La sortie est plus proche que l'entrée. Fais comme tu m'as dit de faire : respire, pis regarde ailleurs.

— C'est effrayant, chuchota Louise. Je peux pas croire qu'on vit ça. On dirait que j'y crois pas, que tout ça, c'est irréel.

— Je sais, répondit Marguerite.

Elles rejoignirent Fernand, Claire et Aline qui offraient leurs condoléances à tous ceux qu'ils croisaient.

Marguerite repéra du coin de l'œil les cercueils ouverts redoutant le moment où elle arriverait à leur hauteur. « Ne regarde pas, regarde ailleurs », se répéta-t-elle.

La visite prit fin au grand soulagement des deux amies qui rallièrent la sortie.

— J'étais certaine que j'allais perdre connaissance ! lança Louise en s'éloignant des gens qui discutaient devant la polyvalente.

— On aurait dit que j'étais paralysée par en dedans, confia Marguerite. J'étais figée sur place comme si je pouvais juste pas avancer. Tu vas peut-être penser que je suis folle, mais on aurait dit que j'étais pu dans mon corps. J'ai de la misère à l'expliquer…

— Je vois ce que tu veux dire. C'est comme dans un rêve. Tu sais à quoi tu rêves, mais tu le vois à distance.

— C'est drette ça, approuva Marguerite.

Fernand, Claire et Aline sortirent du gymnase quelques minutes plus tard. Marguerite observa sa grand-mère. Elle avait pleuré, ses yeux rougis en témoignaient. Elle s'approcha et l'entoura de son bras.

— T'en fais pas pour ta vieille grand-mère, souffla Aline en lui caressant affectueusement le bras.

Le retour se fit en silence.

Que pouvaient-ils dire ? Leur peine étouffait leurs mots. Ils ne ressentaient pas le besoin de parler, ils se comprenaient.

CHAPITRE 7

Une communauté affligée

Assise sur le porche de la maison, Marguerite se frotta vigoureusement les bras pour se réchauffer. L'humidité laissée par la pluie qui tombait depuis le matin se faufilait jusqu'à ses os. À l'abri sous le toit du porche, elle observa les gouttes de pluie ruisseler sur le trottoir inondé.

La journée avait été éprouvante pour Marguerite et pour les milliers de personnes qui s'étaient réunies dans les rues de Dorion afin de rendre un dernier hommage aux victimes. La ville avait été prise d'assaut par des visiteurs provenant de partout. Les autorités avaient annoncé que ce mercredi 11 octobre serait une journée de deuil national. Les commerces, les écoles, les services publics et privés étaient tous demeurés fermés. La ville de Dorion était en deuil de sa jeunesse et d'une partie de son avenir aussi. La nouvelle de la tragédie avait fait le tour du monde. Les Dorionnais n'étaient pas seuls à pleurer ces jeunes qui auraient eu l'avenir devant eux.

Après trois jours de chapelle ardente, les funérailles s'étaient tenues le quatrième jour à la Cité-des-Jeunes où l'évêque de Valleyfield, Mgr Percival Caza, avait célébré la messe de requiem. En plus des nombreux curés et vicaires, le prélat était accompagné de l'évêque de Montréal et du cardinal Léger. Cette présence apporta un baume aux endeuillés. Avec tant de ses messagers réunis, Dieu ne devait pas être très loin.

Des familles en deuil, des élèves, des voisins, des amis, des inconnus, les maires des villes environnantes, le maire Jean Drapeau, le député Paul Gérin-Lajoie et même le ministre de l'Éducation avaient envahi ce lieu qui, quelques jours plus tôt, vibrait de l'enthousiasme des jeunes, heureux à l'idée d'aller danser.

L'espace disponible dans la chapelle improvisée étant insuffisant pour accueillir tous ceux qui s'étaient déplacés, des milliers de personnes avaient prié dehors sous la pluie.

Puis, un cortège formé de dix-neuf corbillards et de vingt-deux landaus de fleurs avait défilé devant la communauté. Une centaine de véhicules suivaient lentement derrière.

Les corbillards qui transportaient les victimes originaires de municipalités voisines s'étaient séparés tour à tour du cortège. Ainsi, une dizaine de fourgons mortuaires avaient emprunté le même chemin que l'autobus conduit par Marcel Fleury. Ils avaient traversé la voie ferrée où deux policiers assuraient la sécurité. La foule présente avait retenu son souffle lorsque la barrière s'était abaissée avant le passage du dernier corbillard. Le train était passé, teintant les larmes des dames qui l'observaient d'un goût amer. Certains hommes avaient quant à eux toussoté. C'était, paraît-il, l'astuce de ceux qui voulaient cacher leur peine.

Tout comme au moment de la tragédie, le train était passé et un autre avait rapidement suivi. Mais contrairement à ce soir-là, la barrière était demeurée baissée.

Après ce qui avait paru une éternité, la barrière s'était levée et le dernier corbillard avait traversé la voie ferrée sous le regard attentif de la foule trempée par la pluie qui n'avait jamais cessé.

De retour à la maison, contrairement à ses parents et à sa grand-mère qui entrèrent rapidement changer leurs vêtements mouillés, Marguerite s'assit sur le porche malgré le froid et la pluie.

Aline ouvrit la porte de son logement et s'avança sous la pluie.

— Margot, viens…

Sa petite-fille se tourna vers elle, mais ne broncha pas. Aline s'approcha.

— Margot, viens avec moi, insista-t-elle en lui tendant la main.

Résignée, Marguerite se leva et suivit machinalement sa grand-mère. Elles entrèrent dans le logement de la vieille dame. Aline l'invita à l'accompagner dans la salle de bain où elle lui tendit une serviette.

— Je vais te faire couler un bon bain chaud, dit-elle. Retire tes vêtements humides et installe-toi. Ça va te faire du bien. Je vais monter te chercher du linge sec.

— C'est pas nécessaire grand-maman, souffla-t-elle.

— Allez, fais ce que je te dis, ordonna gentiment Aline avant de refermer la porte derrière elle.

Marguerite se tourna vers la baignoire qui se remplissait d'eau. Sa grand-mère avait sans doute raison, un bain chaud ne pourrait que lui faire du bien. Elle retira ses vêtements mouillés et les déposa dans le lavabo.

Elle se glissa dans la baignoire, expira profondément, ferma les yeux et profita du moment. Pour la première fois depuis l'accident, elle éprouva pendant un très court instant une sensation de bien-être.

Une trentaine de minutes plus tard, Aline frappa doucement à la porte. Elle l'ouvrit suffisamment pour y glisser son bras et déposer une pile de vêtements sur le comptoir.

Marguerite retira le bouchon du bain. Elle se leva, se sécha, enfila ses vêtements puis rejoignit sa grand-mère à la cuisine.

— Je vais préparer une bonne soupe, dit-elle en sortant des carottes du réfrigérateur. Étendrais-tu une page de journal sur la table?

Marguerite s'étira vers les journaux déposés sur le coin de la table.

— Prends pas ceux-là, prends ceux de la pile là-bas, précisa-t-elle.

— Qu'est-ce qu'ils ont de différent ceux de la pile? demanda Marguerite.

— Rien, ils sont vieux. J'ai pas eu le temps de lire ceux de ce matin. Quand le veuf Lapointe finit de les lire le matin, il vient les déposer devant ma porte. Quand il passe de bonne heure, je les lis tôt, mais quand il passe après neuf heures, je les lis quand j'ai le temps, ou quand ça me tente, ajouta-t-elle en déposant sur le papier journal les carottes et un petit couteau.

— Voulez-vous que je vous aide à faire quelque chose? demanda Marguerite.

— Mets-nous donc de l'eau à bouillir pour un bon chocolat chaud. Après, tu pourrais prendre un crayon et faire les mots croisés dans le journal. À deux, on devrait pas avoir de misère à trouver les réponses.

Marguerite remplit la bouilloire d'eau, puis la plaça sur l'élément qu'elle alluma avant de s'asseoir en face de sa grand-mère. Elle approcha vers elle la pile de journaux posés sur la table. Un crayon roula vers elle. Elle s'étira pour le récupérer. Un journal dépassait légèrement de la pile désorganisée. En fixant la première page, elle sentit son cœur battre rapidement. Les majorettes qu'elle avait vues au gymnase étaient en première page du journal *Montréal-Matin*. Cette scène qui lui avait brisé le cœur était figée dans sa mémoire et sur cette page de journal posée devant elle.

Elle tourna malgré tout la page d'une main tremblante et aperçut deux photos sur lesquelles se trouvaient des visiteurs se recueillant devant des cercueils. Un d'entre eux était ouvert et exposait la dépouille d'un jeune. Sous les photos, un article informait les lecteurs du déroulement prévu pour les funérailles à venir.

Marguerite lut le texte rapidement. Dans un encadré figuraient le nom des victimes, leur âge et leur adresse.

Mais c'est la page suivante qui la laissa pantoise. Elle relut deux fois le titre de l'article pour être certaine que son cerveau ne lui jouait pas un mauvais tour. *Linda Blanchet: son cadavre retrouvé dans un buisson.*

La bouilloire siffla, mais Marguerite ne l'entendit pas.

— Grand-maman, bafouilla-t-elle. Ils ont retrouvé Linda Blanchet…

— T'es pas sérieuse ! Elle était où ? Ils l'ont retrouvée quand ?

— Je sais pas, j'ai pas encore lu l'article.

— Qu'est-ce que t'attends pour le lire ? Lis-le à voix haute, mes vieux yeux n'auront pas besoin de le lire après toi.

— « Linda Blanchet : son cadavre retrouvé dans un buisson par Claude Poirier ».

— Hein ? C'est toujours ben pas Poirier qui l'a retrouvée ?

— Je sais pas, c'est écrit en petit en dessous du titre « par Claude Poirier ».

— C'est lui qui l'a écrit… L'article, je veux dire. Je me disais aussi qu'il était toujours ben pas rendu à trouver lui-même les disparues. Continue de lire.

— « Disparition, enlèvement, suicide… tout se racontait au sujet de la jolie Linda Blanchet, une jeune fille habitant au 114 de la 9ᵉ rue, à Roxboro, depuis quelques jours. Âgée de dix-huit ans, Linda n'avait pas été revue des siens depuis le 10 septembre. En fin de semaine, plus précisément vers dix heures quinze lundi matin, deux chasseurs ont retrouvé le cadavre de la malheureuse dans un petit bois situé près de la Montée Saint-Charles à Saint-Lazare, soit à une dizaine de milles de Dorion. » Avez-vous entendu, grand-maman ? demanda Marguerite, abasourdie.

— J'en reviens juste pas ! s'exclama Aline. Je peux pas croire ce que je viens d'entendre. Icitte, dans le boutte…

Qu'est-ce qui nous arrive ? On dirait que le diable rôde autour. Qu'est-ce qu'elle faisait par icitte ? Tout ce temps-là, elle était juste là, tout près de nous autres…

— Ça dit que la fille était couchée sur le dos, poursuivit Marguerite. Près d'elle, on a retrouvé sa bourse qui a permis de l'identifier aussitôt. Son corps était en état de décomposition avancée. Elle était encore vêtue et portait ses souliers.

— Je me souviens avoir lu qu'elle portait de jolis souliers blancs. Je voulais pas te couper dans ta lecture, continue…

— « Les chasseurs ont aussitôt alerté la police provinciale du détachement de Dorion. »

— Nos pauvres policiers n'ont pas été épargnés cette semaine, pis c'est le cas de le dire.

— Je vais dire comme vous… « Le corps a peu après été transporté à la morgue de Rigaud. Mais ensuite au laboratoire médicolégal, pour l'autopsie. »

— Tant de tristesse en si peu de temps, marmonna Aline. Y a-tu d'autre chose d'écrit ou ça finit de même ?

— « Mademoiselle Blanchet travaillait au Centre d'achats Fairview de Pointe-Claire. L'une des premières personnes à être interrogées sera son ami de cœur. Il reste à l'autopsie de révéler si mademoiselle Blanchet a été violée ou agressée de quelque façon. » Qu'est-ce qu'il veut dire par là ? demanda Marguerite.

— Comment je t'expliquerais ben ça… Ils feront des examens pour savoir si un homme ne l'aurait pas forcée à faire des affaires qu'elle ne voulait pas.

Aline se tut. En avait-elle trop dit ? Son fils et sa belle-fille lui en tiendraient-ils rigueur d'aborder ces sujets avec leur fille ? Fernand se montrait parfois si prude et conservateur. Mais Aline croyait qu'il était important de nommer les choses. Cela éloignait l'ignorance. Le jour de son mariage, Aline ne savait pas comment un homme était fait. Personne ne l'avait informée de ce que son mari attendrait d'elle. Elle ne connaissait rien de l'intimité et de la conception. Enceinte d'Hubert, son premier fils qui décéda à la naissance, elle ne connaissait rien de la grossesse.

Aline n'avait jamais compris cette obstination des adultes à laisser les jeunes dans l'ignorance. Au grand dam de son mari, elle avait élevé leurs enfants en n'ayant pas peur des mots. Elle désirait qu'ils deviennent des jeunes adultes informés, qu'ils ne soient pas ignares comme elle l'avait été.

Elle observa Marguerite et son cœur se serra. Sa belle-fille, sans doute par pudeur, ne lui avait rien expliqué. Elle avait dix-sept ans et ne connaissait rien de la vie.

— Est-ce que tu vois ce que je veux dire par faire quelque chose qu'elle ne veut pas ?

— Oui, répondit Marguerite, incertaine. Voulez-vous que je continue de lire l'article ou vous en avez assez ?

— Lis-le jusqu'au bout, répondit Aline en souriant.

— « La disparition de Linda Blanchet intriguait vivement l'escouade des personnes disparues de la Sûreté provinciale depuis plusieurs jours. Le 10 septembre, elle avait quitté son ami devant le restaurant Excel, à Lachine, dans l'automobile de son papa, une Chevrolet 1962 de type familial. Quelques heures plus tard, on retrouvait la fameuse Chevrolet à Dorval. L'auto était intacte et le réservoir plein aux trois quarts. Dans la voiture, les enquêteurs ont retrouvé un chandail que la jeune fille avait acheté la veille. Linda mesurait cinq pieds et six pouces et pesait environ cent vingt livres. Elle avait les yeux bleus et les cheveux roux. »

— Une belle petite rouquine, souffla Aline. Comme ma belle Berthe. Tu ne l'as pas connue, elle a rejoint le bon Dieu le lendemain de ses cinq ans.

— Je ne savais pas, dit Marguerite, étonnée.

— Elle était ben curieuse, ma belle Berthe. Une petite fille allumée comme ça se peut pas… Fallait toujours garder un œil dessus parce que c'était pas long qu'elle prenait la poudre d'escampette. Elle avait toujours le nez fourré partout. Elle voulait tout voir, tout toucher, tout explorer. Ce jour-là, elle suivait ton grand-père sur la ferme. Elle aimait tellement les animaux, cette petite-là, que ton grand-père ne pouvait pas veiller à leurs soins sans qu'elle soit dans ses pattes. Elle l'aimait tellement lui… autant que les animaux, ajouta-t-elle le cœur en peine.

— Elle était malade ? demanda Marguerite.

— Berthe ? Non, elle avait une santé de fer celle-là. Je pense que je n'ai même jamais eu à lui moucher le nez. C'est pas la maladie qui l'a emportée, c'est sa curiosité. Ce matin-là, elle suivait ton grand-père dans ses besognes. Il s'est pas aperçu tout de suite qu'elle n'était pu là. Il en a pas fait de cas tout de suite, il s'est dit qu'elle devait être allée voir les cochons, elle les adorait. Il a rangé ses affaires et l'a cherchée. Faut comprendre qu'à la ferme, les enfants sont pas toujours collés sur leurs parents. Sont jamais ben loin, mais sont jamais collés dans nos culottes. Ton grand-père ne l'a pas trouvée. Il s'est en venu à maison en pensant que la petite avait décidé de me rejoindre sans lui dire. On s'est tous mis à la chercher partout. On s'est même dit qu'elle nous jouait un tour la petite bonjour, pis qu'elle devait être cachée quelque part. C'est pas les cachettes qui manquent dans une ferme.

— Elle était où ?

— C'est ton pauvre père qui l'a trouvée… La petite était dans le fossé qui séparait notre terre du chemin. Encore aujourd'hui, je me demande ce qu'elle a ben pu voir sur le chemin pour aller par là. Les bâtiments étaient en arrière de la maison, les enfants se tenaient en arrière, pas en avant… Elle était dans le fossé, elle était étendue face première. Notre petit soleil s'est noyée dans même pas un pied d'eau…

— Comment c'est arrivé ? demanda Marguerite sentant les larmes lui monter aux yeux.

— Je me le demande encore aujourd'hui, répondit Aline. Elle aurait pu se relever pis sortir du fossé par elle-même. On a essayé de comprendre autant comme autant ce qui avait ben pu arriver. On pense qu'elle a trébuché et qu'elle a atterri en pleine face dans le fossé. Elle avait le front scratché, elle a dû s'assommer en tombant. C'est la seule affaire que je vois…

— J'étais pas au courant de ça, grand-maman, bredouilla Marguerite. Je savais pas que papa avait perdu une sœur et encore moins que c'était lui qui l'avait trouvée.

— Il devait avoir une dizaine d'années, pas plus. Le cri qu'il a lâché quand il l'a trouvée me glace encore le sang après tout ce temps. Ton grand-père pis moi, on a couru vers le fossé. On a trouvé ton père qui tenait la petite contre lui. Pauvre Fernand, ça lui a brisé le cœur. On a eu peur de le perdre après ça. Il maigrissait à vue d'œil, il était pu capable de rien avaler. Des fois, la peine est tellement grande qu'il n'y a plus de place pour rien d'autre, même pas pour manger. Ton père a toujours été mon petit sensible. Ç'a pas été facile pour lui, c'est sans doute pour ça qu'il t'en a jamais parlé. Y a du monde qui aime mieux continuer en enterrant ben loin les souvenirs qui font mal. Ils préfèrent enfermer ça quelque part, pis jeter la clef. Ils ne savent pas que la peine n'a pas besoin de clef pour ouvrir la porte…

— Je suis tellement désolée, grand-maman, que vous ayez vécu ça.

— C'est la vie, ma petite-fille. On porte tous notre lot de malheurs, personne n'y échappe. Je me console en me disant que ma belle rouquine aux cheveux de feu est auprès du bon Dieu. On va pas s'épancher sur mes malheurs toute la journée… Continue donc de lire ce qui est arrivé à cette belle rouquine…

Marguerite essuya les larmes qui bordaient ses yeux.

— On était rendu où ? demanda-t-elle.

— Au passage où ça dit qu'elle avait les yeux bleus et les cheveux roux, répondit Aline.

— Oui, c'est ça… « Elle a été retrouvée avec la même robe qu'elle portait le jour de sa disparition. Une robe bleu foncé avec poignets et collet blancs, ainsi que des souliers blancs. Linda parlait parfaitement anglais et français. » Ça finit de même. Regardez, grand-maman, il y a des photos…

— Ç'a pas de bon sens de mettre des photos de même dans le journal ! s'exclama Aline en observant les clichés montrant le corps de la jeune fille tel qu'il avait été découvert. Je veux ben croire que les feuilles mortes cachent une partie de son corps, mais on voit toujours ben sa jambe… Je pense à son pauvre père qui voit ça, il doit avoir le cœur en lambeaux. Ils auraient pu se contenter de mettre juste cette belle photo-là, dit-elle en pointant le portrait de la jeune fille qui souriait.

— Elle était belle, hein !

— Certain qu'elle était belle, approuva Aline.

— Grand-maman, pensez-vous que je pourrais garder le journal ?

— Sans problème, pis si tu regardes dans la pile dans le coin là-bas, tu devrais trouver d'autres articles sur elle. Assure-toi juste que ton père tombe pas dessus, il n'aimerait pas ça savoir que je t'ai encouragée à lire ça et encore moins à garder ces journaux-là. Si jamais il dit quelque chose, tu lui diras de venir me voir.

— Grand-maman, est-ce que vous avez peur vous aussi ?

— Peur de quoi, Margot ?

— J'ai peur de toute depuis vendredi… J'ai peur du monde, j'ai peur de leur parler, comme si je savais pas quoi dire. J'ai peur de les regarder, comme si leur peine m'étouffait. J'ai peur de sortir dehors pis d'avoir un accident. J'ai peur du bruit des trains. J'ai peur de disparaître. J'ai peur que les malheurs ne nous lâchent plus. On dirait que j'ai peur de vivre, de voir ce qui va nous tomber dessus demain pis tous les autres jours. J'ai peur de retourner à l'école. Si vous saviez comment j'ai peur d'y retourner, j'ai de la misère à respirer juste à y penser.

— Je sais pas ce que demain te réserve, mais je sais que t'auras la force de l'affronter. On est toujours beaucoup plus forts qu'on le pense. On est faite de même, les humains. On encaisse les coups, on tombe, pis, par je sais pas quel miracle, on se relève encore plus forts. T'as raison de te sentir toute croche. Je me sens de même aussi. C'est pas rien ce qui nous est arrivé. Faut prendre le temps d'encaisser tout ça pis de se relever, chacun à son rythme. Tu vas faire comme tout le monde : prendre ton courage à deux mains pis affronter demain. Les premiers jours à l'école ne seront pas faciles, mais vous saurez vous réconforter ensemble. Vous allez passer au travers ensemble. Y a rien de plus fort pis de courageux que la jeunesse.

— Je voudrais ne jamais y retourner, insista Marguerite.

— Je sais, mais pense à ton rêve de devenir infirmière, ça va te donner du courage.

— Grand-maman, je pense que c'est pu ce que je veux… être infirmière, je veux dire.

— T'as les idées mêlées, c'est normal.

— Je suis pas faite pour ça, je l'ai su le soir de l'accident. J'ai pas cette vocation-là. Je suis pas capable de voir du monde souffrir. Je suis pas capable de voir du sang, pis du monde blessé. Grand-maman, je suis pas faite pour ça, je le sais, je le ressens icitte, dit-elle en posant la main sur sa poitrine.

— C'est une belle force que de savoir ce qu'on ne veut pas, observa Aline. Bon, à force de jaser de même, la soupe se préparera pas toute seule. Appelle en haut et dis-leur que je te garde à souper.

Marguerite alla informer sa mère qu'elle mangerait avec sa grand-mère, puis téléphona à Louise. Elle voulait lui raconter ce qu'elle avait appris sur Linda Blanchet.

— Louise n'est pas là, répondit son père au bout de la ligne. Elle ne reviendra pas avant demain. Elle passe la nuit chez son amie Agnès.

Surprise, Marguerite le remercia et raccrocha. Elle avait invité Louise à assister aux funérailles avec elle et à passer la nuit chez elle. Son amie avait gentiment refusé en prétextant que ses parents voulaient qu'elle passe du temps avec eux. Pourquoi lui avait-elle menti?

Marguerite décida alors de demeurer chez sa grand-mère pour la soirée.

— Dors donc icitte, suggéra Aline tandis qu'elles regardaient la télévision. Mon lit est en masse grand pour nous deux. On va dormir collées comme quand t'étais petite pis que tu venais à maison l'été. T'en souviens-tu? J'envoyais ton grand-père dormir dans la petite chambre pis il bourrassait tout le long.

Marguerite sourit. Elle accepta sachant que cela ferait plaisir à sa grand-mère. Elle aurait préféré passer la soirée à parler au téléphone avec Louise, mais son amie semblait préférer la compagnie d'Agnès à la sienne.

Le lendemain matin, Aline se réveilla tôt. Elle s'extirpa doucement du lit en prenant soin de ne pas réveiller sa petite-fille qui dormait à poings fermés. Elle enfila sa robe de chambre et quitta la pièce sur la pointe des pieds.

Marguerite se réveilla plus tard qu'elle en avait l'habitude. Pour la première fois depuis l'accident, elle avait dormi d'un sommeil profond, rassurée par la présence de sa grand-mère. Elle jeta un coup d'œil à sa montre: dix heures.

En se levant, la peine la submergea. Étourdie, elle s'assit sur le bord du lit, espérant reprendre ses esprits. Les images des derniers jours se bousculaient dans son esprit. Elle revit la détresse dans le regard de la jeune majorette, tous ces cercueils alignés dans le gymnase de son école et cette mère qui s'était écroulée sur le sol. Elle essuya ses larmes, soupira longuement et rejoignit sa grand-mère qui buvait son café, assise à la table de la cuisine.

— Bon matin marmotte, dit-elle en déposant sa tasse sur la table. T'as bien dormi?

— Oui, répondit-elle en s'étirant.

— C'est bien, je suis contente d'entendre ça. Une bonne nuit de sommeil, ç'a pas de prix. Assieds-toi, je vais te préparer à manger.

— Donnez-vous pas trop de peine pour moi. J'ai pas ben faim.

— Tu sais ce qu'on dit? L'appétit vient en mangeant. Allez, assieds-toi.

Marguerite obtempéra. Il était inutile d'argumenter avec sa grand-mère.

— Tu peux descendre dormir avec moi quand tu veux, dit Aline en cassant un œuf qui se répandit dans la poêle. J'ai grandi dans une famille de neuf enfants. Chez nous, ça grouillait toujours de monde. Je suis partie de la maison pour faire ménage avec ton grand-père. J'ai trouvé ça tellement difficile, ma petite-fille!

— Ah oui? demanda Marguerite, intriguée.

— J'étais habituée d'être entourée de monde, pis du jour au lendemain, je me suis retrouvée toute seule. Ton grand-père était là évidemment, mais il fallait ben qu'il travaille. Le matin, dès qu'il fermait la porte derrière lui, je me mettais à pleurer. J'étais pas arrêtable, une vraie madeleine! J'ai changé de paroisse en l'épousant, j'étais loin de ma famille. C'était pas comme aujourd'hui, on n'avait pas de téléphone ni de voiture. La mère de ton grand-père restait pas loin, mais elle ne m'a jamais vraiment aimée. Je pouvais pas compter sur sa compagnie pour me désennuyer.

— Pourquoi elle vous aimait pas? demanda Marguerite, étonnée.

— Je me le suis toujours demandé, répondit Aline, songeuse. Toujours est-il que je me suis ennuyée sans bon sens. Je tuais le temps en nettoyant. Crois-moi, c'était propre dans cette cabane-là, ajouta-t-elle en souriant. Pis, un jour, j'attendais un enfant. C'était comme si le soleil était revenu d'un coup. J'occupais le temps en tricotant le trousseau du bébé. Pour tout te dire, des fois, ça faisait ben mon affaire d'être seule pis de pouvoir m'étendre un peu. C'est là que j'ai commencé à aimer ma vie de jeune mariée. Trompe-toi pas, j'ai aimé être mariée avec ton grand-père, dès le premier jour. J'ai trouvé difficile de passer à être entourée de ma famille à une nouvelle maison trop grande pour deux. J'avais juste une chose en tête, pis c'était de bâtir une grande famille. Dieu en a décidé autrement… Hubert était mort à sa naissance. Ton père est né l'année d'après. Il devait avoir trois ans quand les jumelles sont nées. Elles étaient tellement petites, comme si j'avais pas fourni assez de manger pour les deux, se rappela-t-elle tristement. Y en a une qui est morte dans même semaine et l'autre a suivi un mois plus tard. Deux ans après, notre belle Berthe s'est pointée le bout du nez. L'année d'après, ta tante Monique est née, pis deux ans plus tard, ç'a été le tour de ta tante Suzanne. J'ai pas eu la grande famille que je souhaitais, mais celle que j'ai eue remplissait en masse les pièces de la maison.

— Trouvez-vous que vous avez eu une belle vie, grand-maman ?

— Une très belle vie, ma petite-fille, répondit-elle en souriant. J'ai eu mon lot de peines, comme tout le monde, mais je remercie chaque soir le bon Dieu pour tout ce qu'il m'a offert. J'ai été chanceuse de tomber sur un homme comme ton grand-père. Je l'ai tellement aimé. Un amour comme ça, c'est un cadeau du ciel. On a été mariés quarante-six ans, pis tu le croiras peut-être pas, mais on s'est jamais couchés fâchés l'un contre l'autre. Il bourrassait une fois de temps en temps, mais jamais pour vrai. Je l'appelais mon petit bougon, pis ça le faisait sourire. C'était un homme bon, ton grand-père. Un homme comme on n'en trouve pas à tous les coins de rue. Quand y est mort, pis que je me suis retrouvée seule dans notre grande maison, j'ai supplié le bon Dieu de venir me chercher au plus sacrant. La peine pis l'ennui étaient en train d'avoir raison de moi. Je n'ai jamais eu autant mal de toute ma vie. Pis sais-tu ce qui s'est passé ?

Marguerite hocha la tête.

— Ton père pis ta mère m'ont parlé de leur projet de vendre leur maison et de se faire bâtir icitte. J'ai commencé par dire non. Ta mère aimait tellement votre maison, je pouvais pas accepter qu'elle y renonce pour moi.

— Maman vous aime beaucoup, souligna Marguerite.

— Et moi je l'aime comme ma propre fille. Depuis que je suis ici avec vous autres, je suis pu pressée d'aller rejoindre mon Germain. Quand ça sera le temps, je serai prête, mais en attendant ce jour-là, je ne suis pas en peine. Tout ça pour dire que tu peux venir passer autant de temps que tu veux en bas. Je ne dirai jamais non à de la bonne compagnie, ajouta-t-elle en lui tapotant affectueusement la main.

Marguerite avala sa dernière bouchée, en songeant combien elle était chanceuse d'avoir une grand-mère comme la sienne. Elle aimait être avec elle. Contrairement à ses parents, sa grand-mère ne la considérait pas comme une enfant. Elle lui faisait confiance et ses confidences en étaient la preuve.

— On n'a pas fait de mots croisés finalement hier. Ça vous tente-tu que je débarrasse la table, pis qu'on en fasse ensemble? demanda Marguerite.

— Avec plaisir! répondit-elle.

Elles complétèrent plusieurs grilles sans grande difficulté. Malgré sa quatrième année de scolarité, Aline était une femme cultivée. Sa curiosité et ses nombreuses lectures compensaient son manque d'éducation.

Marguerite retourna chez elle en fin d'après-midi, les bras chargés d'un grand sac de papier brun dans lequel sa grand-mère avait glissé plusieurs journaux, un plat de sucre à la crème, une paire de gros bas de laine tout juste tricotés et les effets de Marguerite qu'elle avait récupérés la veille pendant son bain.

Absorbés par leur dispute, Fernand et Claire n'entendirent pas la porte d'entrée se refermer sur leur fille.

— Marguerite! lança Claire en l'apercevant sur le seuil de la cuisine. Je t'ai pas entendu arriver… Ça fait-tu longtemps que t'es revenue?

— À l'instant, répondit-elle en observant ses parents d'un air suspicieux. Est-ce que tout va bien?

— Ta mère pis moi, on s'obstinait pour une niaiserie, mentit Fernand.

— Je voudrais que ton père me fasse un mur de tablettes dans l'ancienne chambre de Nicole pour que je puisse y exposer mes plats Tupperware, inventa à son tour Claire.

— Si c'est ça que ça prend pour te faire plaisir, je vais le faire. C'est pas comme s'ils ne prenaient déjà pas trop de place, c'est rendu qu'il leur faudrait une salle d'exposition !

— On ne choisit pas tout le temps ce qui prend la place qu'il faudrait pas, répondit sèchement Claire en faisant allusion à Pierrette Bougie. J'ai pour mon dire que les plats Tupperware, c'est pas un grand mal non plus.

— J'ai compris, Claire, trancha Fernand. Je vais les faire tes tablettes, pis de toute façon au moins dans chambre, je les verrai pu. Y a ça de bon. Avec ce qui se passe, le monde ont pu le cœur à rien pis encore moins à acheter des plats hors de prix. Pourquoi tu ferais pas juste une grande vente pour te débarrasser de tout ça ?

— C'est mal me connaître, Fernand Lalonde, que de penser que je vais abandonner mon rêve d'être la meilleure conseillère de la région. De toute façon, je pensais que ça faisait ton affaire que je sois occupée… que ça te donnait l'occasion de t'occuper de ton bord.

— Je sais pas si je me fais des idées, mais vous m'avez l'air de vous être tous les deux levés du mauvais pied à matin, observa Marguerite.

— T'as raison, Margot, répondit Fernand. C'était pas le meilleur des accueils, excuse-nous. On recommence, veux-tu ? Bonjour, Margot ! C'était bien chez ta grand-mère ?

— C'est une femme épatante ma grand-mère, répondit-elle en souriant.

— Pour ça, t'as ben raison ! approuva-t-il. J'en déduis que ça s'est ben passé ?

— Ça se passe toujours ben quand je suis avec elle. Est-ce que Louise a appelé ?

Ses parents hochèrent la tête. Déçue, elle déposa le sac sur son lit, récupéra le téléphone et retourna à sa chambre. Elle ferma la porte, alluma la radio, s'installa sur son lit et observa longuement le téléphone en espérant qu'il sonne. Elle le décrocha et s'assura qu'il fonctionnait bien. « Veux-tu ben me dire pourquoi tu m'appelles pas, Loulou ? »

Après avoir résisté pendant plus d'une heure, elle composa le numéro de téléphone de son amie qui répondit après plusieurs sonneries.

— Loulou ! s'exclama-t-elle aussitôt. T'étais où ? J'étais super inquiète…

— Inquiète pourquoi ? Y avait rien à être inquiète là.

— Coudonc, qu'est-ce que t'as à être bête de même ? demanda sèchement Marguerite.

— Je suis pas bête, j'ai juste mal à tête.

— Pourquoi tu m'as pas appelée ?

— Parce que j'ai mal à tête… Je viens de te le dire ! J'allais t'appeler, j'attendais juste que ça passe un peu.

— T'as dormi chez Agnès que ton père m'a dit ?

— Oui pis non… Si je te dis de quoi, tu le dis pas ?

— Franchement! Tu me connais, tu le sais ben que je suis pas du genre à bavasser les secrets du monde. Comment ça, oui pis non?

— J'étais avec Agnès, mais on n'a pas dormi chez elle. On était chez un gars que tu connais pas. Il s'appelle Yvan, il a vingt et un ans. Il reste chez ses parents sans vraiment rester avec eux autres. Il a un appartement en haut de chez eux. Il travaille au Ladybird.

— Qu'est-ce que tu faisais chez ce gars-là?

— Rien de spécial! rétorqua Louise, agacée. On a passé la soirée à jaser, à écouter de la musique, à jouer aux cartes et à boire un peu. Ç'a fait du bien.

— T'as bu de l'alcool? s'étonna Marguerite.

— J'ai pas tué quelqu'un, j'ai bu de l'alcool, répliqua Louise sur la défensive. Réagis pas de même, c'est pas la fin du monde.

— T'étais avec qui d'autre?

— Y avait Yvan, Agnès, Simone, un gars qui s'appelle Simon pis un autre qui s'appelle Lucien. Tu les connais pas ces deux-là, y travaillent dans je sais pu quel garage.

— Je t'avais invitée à venir à maison, pis tu m'as répondu que tes parents voulaient que tu restes avec eux autres. Tu penses que je me suis sentie comment quand ton père m'a dit que t'étais chez Agnès?

— Quand tu m'as invitée, ça me tentait pas de devoir convaincre ma mère de changer d'idée. Est pas évidente ma mère, ces temps-ci.

— Pourquoi tu m'as pas invitée à venir chez ton ami d'abord?

— Margot… arrête! Tu sais comme moi que t'aurais pas voulu pis que tu m'aurais fait sentir mal de vouloir aller avec Agnès pis pas chez vous. Ça me tentait pas de me chicaner avec toi. J'en mène pas plus large que tout le monde en ce moment, pis j'essaie juste de me changer les idées comme je peux.

— J'en reviens pas Loulou… T'as dormi chez un gars plus vieux que tu connais pas, pis t'as bu…

— Sais-tu quoi? l'interrompit Louise. Des fois je me dis que t'es restée accrochée à la Loulou de douze ans. C'est elle que t'aimes, pas celle que je deviens. Tu dis que tu me reconnais pas, mais qui tu reconnais pas au juste? Celle que j'étais quand on était petites ou celle que je suis maintenant?

— Tu dis n'importe quoi! objecta Marguerite. T'as pas raison de dire que j'aime pas celle que t'es aujourd'hui.

— Es-tu certaine de ça? Parce que t'essaies toujours de me changer. Tu me prends pas comme je suis. T'es toujours en train de me faire la morale pour que je reste sage comme toi. Je suis pas toi, je le serai jamais. Moi, je te pousse pas à être comme moi! Je te prends comme t'es. Je te reproche jamais d'être toi. T'as toujours été ben plus sage que moi, pis moi ça me va. Pourquoi j'ai toujours l'impression de pas être assez bonne pour toi?

— Je sais pas pourquoi tu dis ça… T'es parfaite comme t'es, pis t'es en masse bonne pour moi. C'est pas mal plus le contraire que je pense. J'ai toujours peur que tu finisses par me trouver tellement plate que tu veuilles pu être mon amie. J'ai peur que tu me remplaces par quelqu'un de plus le fun.

— J'aime ça être ton amie, Margot. T'es ma meilleure amie depuis toujours et ça changera jamais. J'ai juste besoin de sortir pis de vivre des affaires. J'ai besoin que ça bouge. Je suis faite de même. Ça m'empêche pas d'avoir aussi envie de passer du temps avec toi. Ça me fait du bien, ça me calme. Ça change rien à notre amitié… Tu comprends ?

— Je sais pas trop quoi dire, Loulou. On s'en reparlera. Pour l'heure, j'ai pogné mal à tête moi aussi… Si ça te dérange pas, je vais raccrocher pis me reposer, ajouta-t-elle en retenant ses larmes.

— Je te connais, t'as pas mal à tête, t'es fâchée.

— Je suis pas certaine que tu me connaisses tant que ça…

— Tu le sais comme moi que je te connais par cœur. Je le sais que tu te retiens pour pleurer, je l'entends à ta voix. Margot, je veux pas te faire de peine. Si je t'ai dit tout ça, c'est parce que je t'aime et que je tiens à notre amitié.

— Si tu le dis…

— Margot Lalonde, j'ai mis vingt-deux paires de gants blancs pour te dire ce que j'ai à dire en essayant de pas te faire de peine. Je veux ben, mais y a des limites, t'es juste de mauvaise foi. Je vais être plus directe : si t'as l'intention de me faire sentir coupable à chaque fois que je veux faire des affaires sans toi, on est aussi ben de prendre chacune notre chemin.

— On va se rappeler, Loulou… J'ai l'impression d'être pris dans un cauchemar depuis vendredi pis que j'en sortirai jamais. Je m'attendais pas à ça. Je pensais que t'aurais besoin de moi autant que j'ai besoin de toi.

— Mais j'ai besoin de toi ! J'ai jamais dit le contraire.

— On se rappelle, Loulou, conclut Marguerite avant de déposer le combiné.

Elle s'effondra sur son lit et étouffa ses sanglots dans son oreiller. Tout son corps tremblait violemment. Louise était sa seule amie ; elle n'avait jamais ressenti le besoin de tisser d'autres liens d'amitié. Elles étaient inséparables depuis la petite école. Pourquoi Louise désirait-elle soudainement prendre ses distances ? Agnès était parvenue à l'éloigner d'elle. « C'est pas pour rien que je l'haïs de même, elle », songea-t-elle.

CHAPITRE 8

Rumeurs, colère et solitude

Trois mois s'étaient écoulés depuis l'accident d'autobus. Partout en ville, les gens cherchaient à désigner un coupable. Les rumeurs allaient dans tous les sens et alimentaient les hypothèses de tout un chacun. Si certains témoignages se rejoignaient, d'autres se contredisaient. Certains affirmaient qu'un adolescent avait levé la barrière afin de laisser passer l'autobus. D'autres rapportaient que c'était plutôt un policier qui l'avait levée, alors que de nombreux autres témoins juraient que la barrière s'était levée d'elle-même.

La ville endeuillée était en colère. Le rapport de police présenté lors de l'enquête du coroner mentionnait les nombreuses interventions des policiers en raison de la barrière défectueuse. Plusieurs incidents relataient des circonstances similaires au soir du 7 octobre 1966. Selon l'opinion générale, la tragédie aurait pu être évitée et le Canadian National était imputable.

Fernand Lalonde assistait à toutes les assemblées publiques relatives à l'accident. Il connaissait chacune des rumeurs qui circulaient, chacun des témoignages, chaque nouvelle information qui sortait. Rien ne lui échappait. Il était convaincu que la barrière s'était levée sans l'aide de personne. Cette fichue barrière qui était toujours défectueuse l'avait été une fois de plus.

Il rageait intérieurement chaque fois que quelqu'un mettait en doute les compétences du conducteur. Il n'était pas le responsable, il était une victime au même titre que tous les autres. « C'est facile de rejeter le blâme sur quelqu'un qui n'est pas là pour donner sa version des faits », avait souligné Fernand lors d'une assemblée.

Trouver un responsable importait peu à Claire. Cela ne changerait pas le cours des évènements. Elle comprenait la colère de la communauté, mais n'y adhérait pas. Il valait mieux se concentrer sur les solutions à apporter que sur les coupables à condamner.

Sa colère était plutôt dirigée contre son mari. Elle n'était pas dupe. Son sixième sens lui faisait ressentir la trahison de Fernand. Elle aurait aimé avoir une oreille pour se confier et une épaule pour pleurer, mais elles étaient déjà si sollicitées qu'elle garda sa peine pour elle.

Fernand n'accumulait plus d'heures supplémentaires. Claire était persuadée qu'il n'en avait jamais fait. Selon elle, il avait mis fin à sa relation avec Pierrette Bougie. Il était redevenu attentionné, disponible et intéressé, mais Claire ne l'était plus. Elle n'avait pas baissé sa garde et se montrait froide. Il lui arrivait même de se mordre la lèvre pour ne pas rire à ses blagues. Elle se faisait violence pour ne pas l'accueillir en souriant. Elle voulait qu'il comprenne qu'il l'avait profondément blessée. Elle finirait par lui pardonner, elle se connaissait, mais elle lui en voulait encore.

Claire se faisait un devoir d'épargner Marguerite. En présence de sa fille, elle affichait son plus beau sourire et ne laissait rien paraître. Les derniers mois avaient été difficiles pour elle et cela l'inquiétait. Marguerite pleurait souvent, elle l'entendait de la cuisine. Elle avait tenté à plusieurs reprises de la réconforter, mais elle l'avait doucement repoussée en prétextant qu'elle allait bien.

Marguerite se réfugiait dans sa chambre dès qu'elle en avait l'occasion et n'en sortait que lorsqu'elle y était contrainte. Elle trouvait réconfort dans ses interminables appels téléphoniques. Elle passait ses soirées pendues au bout du fil à discuter tantôt avec Louise, tantôt avec sa sœur Nicole dont elle s'était rapprochée au cours des derniers mois. Marguerite n'avait jamais l'impression de l'ennuyer en parlant inlassablement des mêmes sujets et surtout de l'accident. Elle était avide d'en apprendre plus. Nicole connaissait plusieurs des victimes et aurait aimé être à Dorion pour vivre son deuil en compagnie des siens. Elle se sentait seule à Valleyfield et avait l'impression que personne ne comprenait l'ampleur de sa peine. « Reviens-en donc », lui avait même dit son mari Gaston quelques jours après l'accident.

Gaston travaillait six jours par semaine. Lorsqu'il n'était pas à l'usine, il était à la taverne du coin à boire sa paie avant même de la gagner. Rares étaient les soirs où il rentrait à la maison avant minuit. Ce n'était pas l'union dont Nicole avait rêvé. Son mari n'était pas un mauvais bougre, mais il n'était pas le plus brillant et encore moins le plus vaillant des hommes. Il s'acquittait de ses quarts de travail à l'usine sans jamais se tuer à l'ouvrage. Lors de ses journées de congé, il en profitait pour se reposer puis se rendait à la taverne sans se soucier du fait qu'on l'attendait à la maison. Malgré tout, Nicole se plaisait dans son rôle de mère, d'épouse et de femme au foyer.

Marguerite l'ignorait, mais les longues heures à parler au téléphone avec elle étaient mutuellement bénéfiques aux deux sœurs.

Nicole était devenue sa confidente. Elle était la seule à connaître l'identité de son amoureux secret. Elle lui avait confié regretter de ne pas lui avoir rendu son bonjour. Elle lui avait mentionné que le chemin menant à l'école n'était plus le même sans ses pas qu'elle suivait discrètement.

Chaque soir, au bout du fil, Nicole accueillait sans rien dire le désespoir de Marguerite. Elle l'écoutait pleurer ses amis, remettre en question son amitié avec Louise et se plaindre de l'école. « C'est pas mêlant, c'est comme aller à l'école dans un cimetière. Les morts sont pas enterrés dans terre, sont partout dans les murs. C'est aussi pire », disait-elle.

Nicole lui rappelait qu'elle était en dixième année et que la fin approchait. Marguerite répondait chaque fois que la fin était trop loin. Les journées étaient interminables. Chaque heure semblait s'éterniser. Louise brillait par ses absences répétées. Elle ne fréquentait presque plus l'école, laissant Marguerite affronter seule les souvenirs funestes imprégnés dans chaque coin de l'établissement.

Marguerite ne lui en tenait pas rigueur, du moins pas ouvertement. Louise ne tolérait plus le moindre reproche. Elle désirait abandonner l'école et travailler à temps plein. Sa mère, la plupart du temps en état d'ébriété, fermait les yeux sur les absences de sa fille, préférant enfiler les verres de gin plutôt que perdre son temps à la discipliner. Louise passait ses journées à flâner avec Agnès et d'autres jeunes plus âgés.

Marguerite souhaitait se créer de nouveaux repères plutôt que fréquenter des gens qui ne lui ressemblaient pas. Le soir, lorsqu'elle ne parlait pas au téléphone, elle occupait son temps en lisant les journaux que sa grand-mère lui filait en douce.

Certains soirs, elle lui rendait visite. Elles complétaient des grilles de mots croisés, discutaient et écoutaient les programmes télé préférés d'Aline.

Mais les jours de semaine, elle était incapable de combler le vide de l'absence de Louise. Elle détestait chacune des secondes passées à arpenter les corridors de la Cité-des-Jeunes. Elle enviait ces élèves qui déambulaient le cœur léger comme si la vie suivait candidement son cours. Sa grand-mère lui rappelait que chaque personne se relevait à sa façon et selon son rythme. «Je me relèverai jamais si je continue à aller à l'école. Ça m'enfonce dans le désespoir comme vous n'avez pas idée», avait-elle confié un soir à sa grand-mère. Sensible à sa détresse, Aline ne comprenait pas pourquoi son fils s'entêtait à refuser que Marguerite quitte l'école. Elle n'était pas un garçon, les études ne lui permettraient pas d'accéder à une grande carrière. Aline se doutait bien que Fernand croyait que tant qu'elle fréquenterait l'école, Marguerite éviterait l'erreur qu'avait faite Nicole en épousant le premier venu.

Aline avait promis à Marguerite qu'elle parlerait à son fils. Depuis, Marguerite vivait dans l'attente de cette discussion dont elle espérait un dénouement en sa faveur.

Ce jour-là, comme chaque après-midi à son retour de la polyvalente, sa grand-mère et sa mère préparaient le repas du soir. Marguerite les rejoignit à la cuisine. Elle déposa sur le sol son sac à dos en cuir brun et observa les deux femmes qui épluchaient des pommes de terre. Sa mère semblait préoccupée. Elle le percevait à sa façon de froncer les sourcils. Elle jeta un coup d'œil à sa grand-mère et comprit que quelque chose n'allait pas.

— Quelque chose est arrivé ? s'inquiéta-t-elle aussitôt.

— C'est ta sœur, répondit sa mère en déposant la pomme de terre épluchée. C'est plus Gaston… Il est mort ce matin.

— Voyons donc ! s'exclama Marguerite, assommée par la nouvelle. C'est pas possible ! Tout le monde meurt ! Êtes-vous ben certaine qu'il est mort ?

— J'en suis ben certaine malheureusement, répondit tristement Claire.

— Il est mort comment ? demanda Marguerite.

— La première impression du docteur serait un problème au cœur. Il paraît qu'il n'avait pas dormi de la nuit parce qu'il avait de la misère à digérer. Quand Nicole s'est levée, il était assis à table pis se plaignait qu'il avait mal à l'estomac. Sur le coup, ta sœur s'en est pas inquiétée, elle dit qu'il se plaint tout le temps qu'il a mal quelque part. Dix minutes après, il est tombé en bas de sa chaise, raide mort.

— On dirait ben que le bon Dieu a besoin de rajeunir ses troupes, remarqua Aline. Y a un paquet de vieux comme moi qui se demandent ben pourquoi c'est pas nous autres qu'il vient chercher.

— Pauvre Nicole! dit Marguerite. Elle doit avoir tellement de peine! C'est épouvantable tout ça. Elle était comment quand vous lui avez parlé?

— Elle est bouleversée comme de raison, murmura Claire.

— Faut aller la voir, maman. Elle a besoin de nous autres!

— On va y aller pour les obsèques. On va être là pour la soutenir, sois pas inquiète là-dessus.

— C'est quand ça? demanda Marguerite.

— Sûrement ce samedi, répondit Aline.

— Mais, c'est ben trop loin samedi! Maman, faut y aller quand papa va revenir. Est toute seule Nicole, elle a besoin de nous autres. Notre place est là-bas avec elle!

— Inquiète-toi pas pour ta sœur, rassura Claire. Sa belle-famille est là, elle n'est pas toute seule.

— C'est nous autres sa famille, c'est pas eux autres! s'exclama Marguerite. Faut que je l'appelle...

— Non, pas maintenant, s'opposa Claire. C'est pas le moment de l'appeler, elle doit être sollicitée d'un bord pis de l'autre. Fais-moi confiance, il faut lui laisser le temps de souffler un peu.

Marguerite obtempéra malgré elle.

Ce soir-là, dans son lit, elle capta la conversation de ses parents. Elle entendit sa mère informer son père qu'elle irait passer quelques jours chez Nicole.

— Ben voyons donc! objecta-t-il. Pourquoi c'est pas Nicole qui viendrait icitte avec le p'tit à place? Tu veux qu'on fasse quoi Margot pis moi si t'es pas là?

— Fernand, tu te débrouilleras pis c'est toute. Ta mère est en bas, tu lui demanderas de t'aider. Quand Nicole m'a appelée tantôt, je lui ai offert de s'en venir à maison. Elle m'a répondu qu'elle y penserait pour plus tard, mais que pour là, elle peut pas laisser son loyer de même. Elle a ben des affaires à gérer par là-bas. Pis faut un peu de temps pour réorganiser nos affaires si elle pis le petit s'en viennent ici. On n'a pas l'espace vite de même pour les accueillir à long terme.

— On en a de la place. La maison est en masse grande pour nous autres pis eux autres, rétorqua Fernand.

— Je veux ben, mais tu veux qu'on les couche où?

— Dans son ancienne chambre! Celle où tes plats Tupperware dorment sur les tablettes que tu m'as fait poser. Une chambre, c'est faite pour coucher du monde, pas pour des plats qui coûtent les yeux de la tête. Tes plats, on peut les sacrer dans le cabanon, c'est pas la fin du monde. De toute façon, ils prennent la poussière dans chambre.

— Voyons, Fernand, tu dis pas ça sérieusement? Des plats de même, on sacre pas ça dans un cabanon! Pis tu le sais que je veux devenir représentante étoile? C'est toujours ben pas de ma faute si les femmes n'ont pas le cœur à assister à des soirées Tupperware en ce moment. J'ai confiance que la vie va reprendre son cours tranquillement. Je vais recommencer mes présentations, faut juste laisser un peu de temps à tout le monde. On dirait que tu crois pas en moi!

— C'est pas ce que je dis, Claire. Y a toujours moyen de moyenner, on peut les mettre dans la p'tite chambre en bas chez ma mère. L'important, c'est de ramener notre fille par icitte.

— On verra en temps et lieu, répondit-elle. Pour l'heure, c'est pas ce qu'elle veut. Comprends-moi ben, c'est certain que si elle veut revenir, on va l'accueillir à bras ouverts. C'est juste que j'ai l'impression que c'est pas pantoute ce qu'elle veut. Elle a juste besoin de soutien pis d'aide pour pouvoir se virer de bord, c'est pour ça que je vais aller passer un peu de temps là-bas.

— Je continue de penser que c'est elle qui devrait venir icitte. Je suis pas chaud à l'idée que tu partes.

— Notre fille vient de devenir veuve. Elle a besoin de sa mère.

— Elle a peut-être besoin de sa mère, mais moi j'ai besoin de ma femme. Si elle s'en venait icitte, on aurait tous les deux ce qu'on a besoin, pis y en aurait pas de problème.

— T'es pas un enfant, Fernand. Si t'as besoin de ta mère, t'as juste à descendre en bas. C'est drôle, mais t'avais pas besoin tant que ça de ta femme, y a pas ben longtemps.

— Recommence pas, Claire. T'as dit que tu me pardonnais. Tu le sais que je vais regretter ce que j'ai fait jusque dans ma tombe.

— J'ai dit que je te pardonnais, pas que j'oubliais. Pis ça change rien au fait que notre fille a besoin d'aide. Elle est toute seule, pis elle sait pu où donner de la tête.

Marguerite n'avait pas manqué un mot de la conversation. Elle se rendit à la cuisine, déterminée à saisir l'occasion de convaincre ses parents qu'elle était celle qui devait aider Nicole.

— Maman, je pourrais prendre votre place! lança-t-elle sans détour. Je peux aller l'aider, moi, Nicole. Je suis bonne avec les enfants, je pourrais l'aider à prendre soin du p'tit. Je peux faire le ménage, le lavage pis je peux même l'aider à faire à manger! Je sais que je suis pas bonne comme vous maman, pour consoler le monde, mais je suis capable moi aussi.

— Je pense pas que ce soit une bonne idée, répondit Claire.

— Pourquoi? demanda Marguerite.

— Parce que ta place est icitte, pas là-bas, lança Fernand.

— Mais pourquoi? insista-t-elle.

— Parce que c'est de même!

— C'est pas une réponse ça, papa! Je vous ai toujours écouté sans jamais rouspéter. J'ai toujours fait ce que vous me disiez de faire. J'ai jamais remis vos décisions en question, mais là, je peux pas le faire. Y a pas juste votre fille Nicole qui a besoin d'aide, moi aussi j'en ai besoin!

— T'avais qu'à le dire pis on t'aurait aidée, répondit Fernand.

— Je le dis, là! J'ai besoin d'aide… J'ai besoin de partir loin d'icitte. Pas de la maison, je parle de la ville. Je suis en train de mourir par en dedans à me démener pour sortir d'un cauchemar qui finit jamais. J'étouffe icitte. J'étouffe dans ma peine pis dans celle de tout le monde. Y a pas moyen de regarder quelque part sans voir les traces qu'elle laisse partout autour. Laissez-moi y aller… Je vous en supplie, envoyez-moi à place de maman.

— On peut pas décider ça vite de même. Faut qu'on prenne le temps d'en parler, ta mère pis moi.

— J'ai pu douze ans, papa. Vous pouvez en parler autant comme autant, mais c'est certain que je vais finir par partir. Si c'est pas chez Nicole, ça sera ailleurs. Vous pourrez pas dire que je vous aurai pas averti.

— J'aime pas la tournure que prend cette conversation, gronda Fernand.

— Moi, j'aime pas la tournure que prend ma vie, pis je peux rien faire pour changer ça.

— Margot, je te cacherai pas que j'aimerais mieux te garder près de moi, glissa doucement Claire. Mais je comprends ce que tu dis et je veux que tu puisses traverser tout ça de la façon dont tu le sens. Si tu penses que c'est chez ta sœur que t'as besoin d'être, ben tu dois y aller.

— Vous êtes sérieuse, maman ? demanda Marguerite.

— On aurait pu en parler ensemble avant, grommela Fernand à l'intention de sa femme.

— Des fois, Fernand, y a pas place à discussion. Des fois, faut juste écouter notre cœur pis c'est ce que je fais en ce moment. Je montre à notre fille que sa mère veillera toujours à ses besoins. J'ai eu son âge, j'ai eu sa peine. Je suis mieux placée que quiconque pour comprendre son désespoir.

— Je sais tout ça, répondit Fernand. Je pense juste qu'on devrait en parler ensemble en privé, avant de s'avancer de même.

— J'ai pas besoin de discuter pour entendre sa détresse pis y répondre. J'espère, Fernand Lalonde, que t'entends la même affaire que moi, sinon, je serais ben déçue de comprendre qu'on entend pu pareil toi pis moi.

— C'est correct, murmura Fernand.

— Qu'est-ce que vous avez dit, papa ? demanda Marguerite, étonnée.

— T'as ben compris… C'est correct, tu peux aller chez ta sœur. De toute façon, comment voulez-vous qu'un homme décide dans sa propre maison quand tout le monde est contre lui ?

— Mon pauvre Fernand, se moqua gentiment Claire en lui tapotant affectueusement la main. Un homme sait quand il doit laisser sa femme décider. Y a des moments où peu importe ce qu'il pourrait faire, la bataille est perdue d'avance. On fait la bonne affaire. Fais-moi confiance, une femme, ça sent ces affaires-là.

Fernand sourit. Claire avait sans doute raison.

CHAPITRE 9

Loin de Dorion

Mai 1967 se pointa sous une pluie torrentielle. Déçue, Marguerite avait dû laisser tomber la promenade quotidienne avec le petit Denis. Il adorait sortir se promener dans son landau. Elle ne s'aventurait pas trop loin du logement de Nicole, car cette ville lui était encore inconnue, mais elle rallongeait chaque jour son trajet, découvrant le quartier à son rythme. Elle demeurait chez sa sœur depuis près de trois mois et redoutait le moment où elle devrait retourner chez leurs parents.

Les premières semaines avaient été difficiles. Aussitôt arrivée, Marguerite avait regretté sa décision. Elle s'était retenue pour ne pas retourner chez ses parents, dépassée par la peine de sa sœur et par l'indifférence de son neveu qui la repoussait chaque fois qu'elle l'approchait. Nicole était inconsolable et Marguerite ne trouvait pas les mots pour la réconforter. Denis, sensible aux tourments de sa mère, pleurait autant qu'elle.

Au fil des semaines, le bambin s'était familiarisé avec sa présence. Deux mois plus tard, il ne la quittait plus d'une semelle. Nicole pleurait de moins en moins souvent. Elle se relevait tranquillement de son deuil.

Elle avait même trouvé un emploi à la distillerie Schenley. Les premiers jours avaient été insupportables. Jamais elle n'avait autant été à bout de souffle. Chaque muscle de son corps était douloureux. Ses pieds étaient si enflés qu'elle arrivait à peine à se chausser.

Un mois plus tard, elle était à l'aise et se plaisait à son travail. Marguerite lui était d'une aide précieuse à la maison. Elle veillait sur Denis durant ses quarts de travail et à son retour, elles préparaient le repas du soir ensemble.

Marguerite s'adaptait bien à sa nouvelle réalité. Elle prenait soin de Denis et veillait aux tâches domestiques. Les jours pluvieux comme aujourd'hui, elle en profitait pour nettoyer le logement en profondeur. Modestement meublé, l'appartement était propre et chaleureux.

Un matin, alors qu'elle rangeait l'aspirateur dans le placard, on cogna à la porte. Marguerite s'avança vers la fenêtre du salon et tira doucement le rideau pour apercevoir le visiteur. Son regard croisa celui de l'inconnu qui lui sourit cordialement. Elle referma brusquement le rideau. Elle sentit les battements de son cœur s'accélérer. « Quelle idiote ! » Elle ne broncha pas, l'homme allait peut-être rebrousser chemin. Il frappa doucement à la porte. Elle fit signe à Denis de la rejoindre sans faire de bruit. Le bambin n'y prêta pas attention. L'inconnu frappa de nouveau. Elle s'approcha de la porte avec méfiance. Elle l'ouvrit en prenant soin de garder le loquet verrouillé.

— Bonjour Mamzelle, dit-il en souriant. Je voulais surtout pas vous faire peur. Je m'appelle Benoit Lefebvre, mais tout le monde m'appelle Ben Lef. Je fais le tour du quartier pour informer le monde que je suis disponible pour faire des travaux en tous genres. Je suis charpentier de métier et je prends des contrats en attendant que les chantiers repartent. Je vous laisse mon numéro, ajouta-t-il en lui tendant un bout de papier. N'hésitez pas à m'appeler, y a personne dans le coin qui fait un aussi bon ouvrage à un aussi bon prix.

Il la salua et tourna les talons. Marguerite le regarda s'éloigner sous la pluie. « Quelle drôle d'idée de faire du porte-à-porte par un temps pareil », songea-t-elle en refermant la porte.

Elle déposa le bout de papier sur le comptoir sous le téléphone mural. Elle jeta un coup d'œil à sa montre; il était onze heures dix.

— C'est l'heure de préparer ton dîner petit bonhomme, dit-elle en regardant Denis.

La journée passa rapidement. Marguerite profita de la sieste de Denis pour lire les journaux en sirotant une tasse de café. Elle n'était pas familière avec cette boisson qu'elle buvait depuis son arrivée chez sa sœur. Les quatre cuillères de sucre qu'elle y ajoutait rendait le café instantané supportable.

Nicole rentra du travail en affichant une mine déconfite. Elle accrocha son parapluie et son manteau, puis s'affala sur le fauteuil.

— Quelle journée! soupira-t-elle. Je suis pas fâchée qu'elle soit finie celle-là.

— C'était si pire que ça?

— L'ouvrage en tant que tel a bien été, c'est plus le reste. Tu te rappelles que je t'ai parlé de Rita Théroux ? Tu sais, la blonde qui se prend pour une Miss Univers ? Je sais ben pas ce que je lui ai faite à celle-là, mais elle fait tout pour me piquer.

— Qu'est-ce qu'elle a fait ? demanda Marguerite, intriguée.

— Tu te souviens de Michelle Durocher ? Elle est fine, elle, je m'entends ben avec. Rita lui aurait dit que ma belle-mère aurait dit que j'aurais de la misère à tenir ma maison.

— La mère de Gaston aurait dit ça ?

— Selon Michelle, oui. Elle aurait dit à sa coiffeuse que la propreté, c'était pas mon fort. Elle aurait aussi dit que Denis était souvent crotté pis que j'en prenais pas tant soin.

— Penses-tu qu'elle a vraiment dit ça ? La mère de Gaston, je parle, précisa Marguerite.

— J'en ai aucune idée ! C'est pas l'amour fou entre nous deux, c'est un secret pour personne. Elle m'a jamais vraiment aimée, comme si j'étais pas assez bonne pour son beau Gaston. Est convaincue que son gars, c'était la perfection incarnée. Elle me regarde toujours de haut… Pourtant, elle a pas de raison de le faire. C'est une bonne femme ben normale qui n'a aucune raison de péter plus haut que le trou.

— Mais pourquoi elle aurait dit ça ? C'est propre chez vous, pis ton gars est loin d'être crotté.

— Elle a toujours son petit mot pour critiquer. Est de même, la belle-mère, je fais avec. C'est pas pour rien que je me tiens loin. C'est pas tout… Michelle voulait pas me le dire pour pas me faire de peine, mais Rita aurait dit que mon Gaston couraillait pas mal. Elle aurait dit qu'il partait pas tout le temps de la taverne pour s'en venir direct icitte.

— Est donc ben pas fine de dire des affaires de même!

— Je sais ben, mais tout d'un coup qu'il y a un peu de vrai dans ça? C'est pas toute... Il paraît que Gaston se cachait pas pour dire qu'il m'aimait pas vraiment pis que ben du monde savait qu'il s'était épris d'une Monique je-sais-pu-quoi.

— Ben voyons donc! s'offusqua Marguerite.

— Je sais même pas ce que ça me fait, confia Nicole. Je sais pas si j'ai de la peine, si je suis fâchée, ou si dans le fond je m'en doutais. Ce qui me choque, c'est que je passe pour une épaisse partout. Ma belle-mère me prend pour une moins que rien et se gêne pas pour me le faire sentir, pis le dire aux autres. À entendre des affaires de même sur moi, le monde de ma job doit ben me prendre pour la dernière des niaiseuses.

— T'es loin d'être une niaiseuse, Nicole! répondit Marguerite.

— Je me demande ben ce qui me retient par icitte. C'est vrai, pourquoi je prends pas mes cliques pis mes claques pis que je retourne pas à Dorion? Y est là mon monde, est là ma famille. Je voulais rester icitte parce que je suis toute installée, pis que j'avais pas la force de déménager, mais y a rien qui me retient dans le fond.

— Nicole, oublie pas que ça se peut qu'il n'y ait rien de vrai dans ce que Miss Univers a raconté. Y en a du monde de même qui sont méchants, pis qui sont prêts à tout pour foutre le trouble. J'ai pour mon dire que tu devrais lui parler.

— Parler à qui?

— À Miss Univers! Si j'étais toi, j'y demanderais c'est quoi son problème. Ceux qui n'ont pas le courage de dire les affaires en pleine face sont plus souvent qu'autrement ben petits dans leurs culottes quand on les confronte.

— Peut-être que t'as raison, je sais pas trop... Faut que je pense à tout ça. Je me dis que je devrais donner ma notice à mon propriétaire et retourner par chez nous. Me semble que tout serait plus simple. Pour toi aussi. Tu pourras toujours ben pas rester tout le temps avec moi. Je vais avoir besoin d'aide pour le p'tit à long terme. Être proche de maman et grand-maman serait ben plus logique.

— Casse-toi pas la tête avec moi, dit Marguerite. Ça me dérange pas pantoute d'être ici. Au contraire, ça me fait du bien. Si tu veux qu'on retourne à Dorion, je vais te suivre, c'est ben certain. Mais si tu veux rester icitte, je vais rester icitte avec toi.

— Assez lamenté sur mes problèmes, le souper se fera pas tout seul, pis y a un p'tit gars qui doit commencer à avoir faim.

Nicole alluma la radio et les deux sœurs préparèrent le repas du soir pendant que Denis, installé dans sa chaise haute, jouait avec ses cubes en bois.

Ce soir-là en se couchant, Marguerite se surprit à prier pour que Nicole ne décide pas de retourner à Dorion. Elle espérait passer l'été loin de tout ce qui lui rappelait l'accident. Tout comme sa sœur, elle s'ennuyait de leurs parents et de leur grand-mère, Louise lui manquait également, mais elle n'était pas prête à rentrer au bercail.

Quelques jours plus tard, Nicole revint du travail, fière de raconter à sa sœur qu'elle avait confronté Rita Théroux devant tout le monde. « C'est pas mêlant, elle bégayait. »

Depuis, Nicole tissait tranquillement des liens avec l'ensemble de ses collègues. Certains lui avaient même confié qu'il était grand temps que quelqu'un remette Rita Théroux à sa place. Nicole s'était également rapprochée de Michelle qui avait d'ailleurs passé quelques soirées au logement à jouer aux cartes.

Pour la première fois, Nicole avait une amie de femme, comme elle se plaisait à dire.

Le printemps était confortablement installé depuis quelques semaines. Le soleil de mai invitait Marguerite à multiplier les promenades avec Denis. Le matin, elle parcourait les rues du quartier Bellerive dont elle connaissait désormais les moindres recoins. L'après-midi, elle marchait jusqu'à ce que Denis s'endorme dans son landau. Il était plus facile de l'endormir au grand air que dans sa couchette. Le soir, elle insistait auprès de Nicole pour que tous les trois sortent se promener.

Ce samedi-là, les deux sœurs installèrent Denis dans son landau et marchèrent en direction du lac. L'endroit tenait lieu de rassemblement pour des centaines d'outardes pour le plus grand bonheur de Denis qui les adorait. Nicole immobilisa le landau près d'un banc en bois installé face au lac.

— On va se le dire, c'est une belle place, Valleyfield, observa Nicole en s'assoyant.

— J'ai pas vu toute la ville encore, mais j'aime ben à date.

— Attends cet été, je suis certaine que tu vas aimer ça. Penses-tu que tu seras encore icitte cet été?

— Si tu te tannes pas de moi avant! répliqua Marguerite en souriant.

— Je suis loin d'être à veille de me tanner, répondit Nicole en contemplant le lac. Je suis plus inquiète que toi tu te tannes ou que nos parents décident qu'il est temps que tu retournes à maison. Je comprendrais... C'est pas à toi à prendre soin de mon gars à journée longue...

— Je te l'ai déjà dit, ça me dérange pas pantoute de prendre soin de lui. Pis j'aime cent fois mieux m'occuper de Denis que d'aller à l'école.

— Je pensais que t'aimais ça l'école. T'avais des bonnes notes, ça allait ben ton affaire que maman me disait.

— J'ai pas mal toujours eu des bonnes notes, répondit Marguerite. J'aimais ça l'école avant l'accident, c'est après que ç'a changé. De toute façon, je veux pu faire l'école d'infirmières, alors ça me donnait plus grand-chose de continuer.

— Je sais ben, mais tu aurais pu suivre un autre cours... comme celui de secrétaire par exemple.

— J'y ai pensé, mais c'est pas trop mon truc.

— C'est quoi ton truc?

— C'est ça l'affaire... J'en ai aucune idée. Je veux pas être hôtesse de l'air ni infirmière ni secrétaire. Je me contenterais d'une vie ben normale avec un mari, une maison pis deux enfants.

— C'est précis ton affaire!

— Je dis ça de même... Je pourrais aussi m'occuper de Denis pendant que tu travailles, ou me faire engager à la distillerie comme toi. Je pourrais continuer de vivre avec vous autres, pis je pourrais te payer une pension pour t'aider.

— Me semble que t'avais de grandes ambitions y a pas longtemps. Je dis pas que t'en as pas, mais je trouve ça triste un peu de voir que tu vises l'ordinaire. Prends-le pas mal, mais t'as le potentiel de faire tout ce que tu veux, je comprends pas pourquoi tu vises pas plus haut que ça.

— Je vise d'avoir la paix, d'avoir une vie pas compliquée. J'ai pas tant envie de prendre des risques, pis de passer mes journées à me faire du mauvais sang. Je veux juste faire mes petites affaires tranquille.

— Regarde le gars qui s'en vient par icitte, chuchota Nicole. Il a l'air de bonne humeur celui-là.

Marguerite reconnut le jeune homme qui marchait en ponctuant ses pas de quelques mouvements de danse.

— Il est passé au logement au début du mois, répondit-elle. C'est le gars qui est venu se proposer pour des travaux à faire. Tu sais, le bout de papier tout froissé par la pluie… C'était lui.

— Ç'a l'air d'être un moyen moineau celui-là.

— Je saurais pas dire, il avait l'air ben motivé en tout cas. Nicole, on dirait qu'il s'en vient vers nous autres!

— Regarde ailleurs! ordonna Nicole. Faisons semblant de jaser en regardant le lac, il n'osera pas venir nous déranger.

— Pas besoin de faire semblant, on jasait déjà pour vrai, non?

— Il continue-tu son chemin ou il s'en vient vers nous autres? murmura Nicole.

— Je sais pas, je regarde le lac comme toi, répondit Marguerite.

— Ben, regarde !
— Toi, regarde !
— Non, moi je regarde le lac. Toi, regarde ! C'est toi qui le connais, pas moi.
— Je le connais pas plus que toi. C'est chez vous qu'il est venu cogner, c'est à toi qu'il voulait parler.

Nicole se retourna discrètement :
— Veux-tu ben me dire ce qu'il nous veut, murmura Nicole.
— Comment ça ? demanda Marguerite.
— Il marche par icitte. Ben il danse par icitte ou je sais pas quoi.
— On dirait qu'il est trop content de toute… Quand il est venu chez vous, il avait l'air content même s'il mouillait à siaux.
— On devrait crier, ça lui ferait peur. Si on est chanceuses, il va virer de bord en courant.
— Quelle belle journée, n'est-ce pas chères demoiselles ! s'exclama le jeune homme en s'approchant d'elles. Enchanté de vous revoir, mademoiselle, poursuivit-il en soulevant légèrement sa casquette en guise de salutation. Comme vous voyez, cette fois, je suis bien au sec. Est-ce que ma mémoire fait défaut où vous ne m'avez pas dit votre nom la dernière fois ? Faut dire que la chaînette derrière laquelle vous vous cachiez n'invitait pas aux discussions. J'espère que vous avez moins peur de moi, sous ce beau soleil. Quel est votre nom déjà ?
— Margot, bafouilla-t-elle. C'est Marguerite, mais j'ai l'habitude qu'on m'appelle Margot.

— Marguerite, quel joli prénom ! lança-t-il en souriant. Si j'avais la chance de porter un prénom de fleur, je tiendrais à ce que les gens ne le changent pas.

— C'est quand même dommage que votre prénom ne soit pas Rose, me semble que ça vous irait ben, répondit Nicole en souriant.

— Malheureusement, mes parents étaient plus conventionnels. Et vous, quel est votre nom ?

— C'est ma sœur, Nicole, répondit Marguerite.

— À ce que je vois, la beauté est de famille chez vous. Moi, c'est Benoit Lefebvre, mais presque tout le monde m'appelle Ben Lef, Ben ou Lef.

— Ben Lef, répéta Nicole. Ça sonne drôle quand même...

— J'aime ben mieux Ben Lef que La bine. C'est de même que le monde appelle mes oncles pis mon père, pis ça, j'haïs ça.

— Pourquoi La bine ? demanda Marguerite.

— Lefebvre... une fève, une bine, expliqua-t-il.

— Oh ! C'est pas évident de faire le lien vite de même, dit Nicole.

— Exact ! C'est pour ça que j'haïs ça. Et quel est le nom de ce petit garçon ?

— C'est mon fils Denis, répondit fièrement Nicole. Il aime ben quand on vient s'asseoir icitte pour regarder le lac.

— Ben nous on regarde le lac, mais lui, c'est pas mal les outardes qu'il aime regarder, corrigea Marguerite en souriant.

— Je le comprends, sont belles à regarder sauf que ce ne sont pas des outardes, ce sont des bernaches.

— C'est la même affaire ! dit Nicole.

— Pas vraiment, mais qui s'en soucie vraiment ? Sur ce, mesdemoiselles, je vous souhaite une excellente journée. N'oubliez pas que si vous avez des travaux à faire, je suis l'homme qu'il vous faut.

— C'est ben gentil, mais c'est à mon propriétaire de se charger des travaux, souligna Nicole.

— Vous habitez dans un des immeubles de Lemaire. Si j'étais vous, je ne compterais pas trop sur lui pour mettre sa main dans sa poche. Faudrait que les rénovations soient ben urgentes pour qu'il se décide à faire de quoi. Y est pas méchant, mais y est pas mal radin. Votre mari serait mieux de se charger des travaux pis demander à Lemaire de déduire ça sur votre loyer, vous auriez plus de chance que ça se fasse.

— J'aimerais ben que mon mari se charge des travaux, mais ça va être difficile d'où il est, répondit Nicole.

— Son mari est décédé, précisa Marguerite.

— Vous me voyez navré de l'apprendre. Est-ce qu'il y a ben des affaires à faire chez vous ?

— Rien d'urgent, répondit Nicole.

— Si jamais vous avez besoin de moi, n'hésitez pas à m'appeler. Vous avez encore mon numéro ?

Marguerite opina. Le papier qu'il lui avait tendu était si trempé que l'encre avait coulé rendant le numéro illisible.

— J'insiste, n'hésitez pas à m'appeler. J'ai aussi une voiture si jamais vous avez besoin d'être conduites quelque part, ajouta-t-il avant de s'éloigner.

— Il m'a l'air quand même fin, souleva Nicole.

— Je sais pas s'il est fin, mais je sais qu'il n'est pas gêné. Faut pas être barré pour arrêter jaser de même avec du monde que tu connais pas.

— T'as raison, mais d'un autre côté, comment tu penses que le monde que tu connais pas finit par être tes amis ? En t'arrêtant pour leur jaser. C'est pas mal de même qu'on se fait de nouvelles connaissances.

— C'est pas trop mon fort. Je me satisfais en masse de mes anciennes connaissances, répondit Marguerite.

— Tu sais que je te trouve parfaite comme t'es, mais si j'avais un seul conseil à te donner, ce serait de t'ouvrir un peu plus au monde. J'ai compris que la vie, c'était par en avant et pas en arrière. À trop vouloir rester les deux pieds dans nos vieilles affaires, on laisse passer de belles opportunités. Faut que tu oses un peu. Dégourdis-toi. T'es jeune, c'est le temps pour ça.

— J'ai pas les deux pieds dans le passé, la preuve, c'est que je suis icitte avec toi. J'ose aussi… C'est juste que je suis plus du genre à prendre mon temps et à être prudente.

Marguerite se tut. Elle observa le lac en silence en se demandant si sa sœur avait raison.

CHAPITRE 10

C'était l'année de l'Expo

Assise à la table de la cuisine, Marguerite feuilletait le journal de la veille tandis que Nicole s'apprêtait à partir pour la distillerie. Marguerite leva les yeux et observa sa sœur. Nicole était une femme magnifique. Ses longs cheveux blonds pâlissaient l'été, ce qui lui donnait un air angélique. Ses grands yeux étaient d'un bleu nuancé tantôt de vert, tantôt de gris. Elle avait une taille à rendre jalouses toutes les femmes des alentours. Nicole était non seulement jolie, elle était également brillante et gentille. Elle était dotée d'un sens de l'humour particulier : elle était douée pour taquiner les gens tout en demeurant très sérieuse, ce qui déstabilisait ses interlocuteurs. Plaisantait-elle, était-elle sérieuse ? Il était parfois difficile de le savoir.

Avant de sortir rejoindre son amie Michelle qui devait passer la chercher en voiture, Nicole embrassa Denis en lui murmurant d'être sage. Elle se dirigea vers la porte et salua Marguerite.

— Mais qu'est-ce que c'est que ça? s'étonna-t-elle en récupérant un sac de papier brun posé sur le seuil.

— C'est quoi? demanda Marguerite.

— Je sais pas, c'est noué avec une ficelle.

— Ouvre le sac! s'exclama Marguerite.

Nicole dénoua la ficelle d'une main.

— C'est donc ben mignon! s'écria Nicole en sortant du sac un joli canard en bois sur lequel était gravé le nom de Denis.

— Qui a déposé ça là?

— D'après moi, c'est la même personne qui a fait ce canard, répondit Nicole. Regarde sur un côté, il a écrit le nom du p'tit, pis de l'autre il a signé le sien… Ben Lef. Tiens mon gars, c'est pour toi, dit-elle en lui tendant le jouet en bois.

À l'extérieur, Michelle klaxonna pour signaler sa présence.

— Je dois y aller! Soyez sages vous deux, lança-t-elle avant de refermer la porte.

Marguerite retourna vers Denis qui s'amusait à faire rouler son petit camion à contresens des longs poils du tapis.

— Qu'est-ce qu'on fait nous deux aujourd'hui mon p'tit bonhomme? demanda-t-elle en examinant le nouveau jouet de l'enfant.

Elle scruta le canard de tous les côtés. « Il a même fait un long cou. »

— On peut pas dire que t'es pas gâté p'tit bonhomme, dit-elle. Un beau *ou-ou* juste pour toi.

— *Ou-ou*, répéta Denis.

— Dis outarde, ou-tar-de, dit-elle en insistant sur chaque syllabe. Allez Denis, dis ou-tar-de.

— Mam-mam-man, bafouilla-t-il.

— On repassera pour l'outarde. Ça te tente-tu qu'on aille se promener ? On va passer au dépanneur, faut que j'aille chercher le *Châtelaine* du mois de mai. J'ai demandé à madame Leduc de me le garder le temps que je ramasse mes trente sous. Qu'est-ce que t'en penses p'tit bonhomme si on change ta couche pis on y va ?

Marguerite tendit les bras vers Denis qui étira les siens dans sa direction. Elle le prit dans ses bras, se rendit à la salle de bain où elle le coucha sur la laveuse pour changer sa couche. Elle remonta son pantalon et lui enfila une paire de chaussettes propres. Elle le reprit et se dirigea vers l'entrée où elle le chaussa de ses bottines. Elle mit ses chaussures et ouvrit la porte. Denis s'agita en pointant le canard en bois sur le sol.

— Tu veux apporter ton canard en promenade ?

L'enfant approuva d'un signe de la tête.

— Je te dis que je t'aime toi ! s'exclama-t-elle en récupérant le jouet.

Elle installa Denis confortablement dans son landau en plaçant un petit coussin derrière son dos. Elle ferma la porte à clef puis s'engagea en direction du Dépanneur Perreault tenu par la veuve Leduc.

Arrivée à destination, elle sortit Denis du landau qu'elle laissa près de la façade du commerce.

— Bien l'bonjour, mademoiselle Lalonde ! lança la petite dernière de Fleurette Leduc.

— Bonjour, ma belle Manon, c'est toi qui t'occupes du dépanneur aujourd'hui?

— Oui, mais pas toute la journée, répondit la fillette avec aplomb. Je suis la responsable jusqu'à ce que ma mère revienne de chez le docteur.

— T'avais pas d'école?

— Oui, mais c'est pas ben grave. Comme ma mère dit, je travaille mes mathématiques avec la caisse. J'apprends même si je suis pas à l'école.

— Mais il y a d'autres matières que les mathématiques à l'école, répliqua Marguerite en souriant.

— Inquiétez-vous pas pour ça, mademoiselle! répondit Manon avec assurance. Moi, partout où je suis, j'apprends sur toute, tout le temps. En ce moment, je parle avec vous en français. Une autre matière que je pratique! Croyez-moi, je suis une des meilleures en art oratoire.

— J'ai pas de misère à te croire.

— Je suis bonne en géographie aussi! Ça, c'est parce que j'ai de la famille qui reste dans d'autres pays.

— Ah oui? s'étonna Marguerite.

— Oh oui mademoiselle! J'ai une tante qui reste à Gatineau, une en Ontario pis une en Bitibi-Temescouamaide, affirma-t-elle fièrement.

— C'est où ça?

— Je sais pas, mais je sais que c'est vraiment loin! Maman dit que là-bas, y a de l'or partout! Il y a même une place qui s'appelle Vol d'Or. Ça, c'est parce que dans ce pays-là, y a eu plein de monde qui se sont fait voler de l'or.

— Je vais dire comme toi, t'en connais des affaires!

— C'est ce que maman dit tout le temps! Vous savez que maman a la jambe dans le plâtre? Elle peut pas conduire à cause de ça, mais par chance, mon frère Robert peut le faire à sa place. D'habitude, c'est lui qui remplace maman au dépanneur quand elle a des affaires à faire, mais là il peut pas, il conduit maman chez le docteur. S'il la conduit, y peut pas la remplacer icitte. Moi, je peux pas conduire, mais au moins, je peux être icitte.

— Ça m'a pas l'air simple tout ça, dit Marguerite.

— Vous trouvez que je parle trop, hein ? Maman me dit tout le temps de moins parler, mais j'ai ben de la misère parce que j'aime vraiment ça parler.

— Rassure-toi, je trouve pas que tu parles trop.

— Saviez-vous qu'il paraît que ceux qui parlent beaucoup sont plus intelligents que les autres ?

— Non, ma belle Manon, je savais pas ça.

— Je pense pas que ce soit vrai parce que je parle vraiment plus que Lucille Monette dans ma classe, mais elle est ben plus intelligente que moi. Elle a souvent la meilleure note de la classe et moi la moins bonne. Je sais pas si ça compte vu qu'elle écoute tout ce que dit l'institutrice tandis que moi, pour être ben franche, je l'écoute presque jamais.

— D'après moi, ça compte. Écouter l'institutrice, ça aide à avoir des bonnes notes, dit Marguerite.

— Ouin, mais on dirait qu'elle parle en dormant. Je vous le dis mademoiselle, c'est pénible longtemps l'écouter.

— Tu me fais rire ! Dis-moi, t'as quel âge ma belle Manon ?

— J'ai eu dix ans en mars dernier.

— T'es en cinquième année ?

— Exactement !

— Manon, ton chien est embarqué dans le comptoir à bonbons et il a l'air de se bourrer la face dans les lunes de miel, avertit Marguerite en pointant le pinscher roux.

— Peanut! s'écria l'enfant aux joues rebondies. Excusez-le, mademoiselle Lalonde, il a la dent sucrée. Comme maman dit tout le temps, il est peut-être p'tit ce chien-là, mais y est têtu comme une mule.

— Je vois ça. Je me demandais, Manon, si ta mère m'avait gardé un *Châtelaine* du mois de mai.

— Oh! Bonne question, mademoiselle Lalonde. Je dirais même que c'est une excellente question. Laissez-moi voir si je trouverais pas ça dans le tiroir des mises de côté. Voilà! dit-elle en brandissant la revue. Quand maman promet de quoi à ses clients, c'est sûr qu'elle tient parole.

— Est ben fine ta mère, pis toi aussi.

— C'est gentil de me dire ça, mademoiselle Lalonde. Voudriez-vous un p'tit bonbon pour la route? Je vous le dis, les bonbons, ça donne des forces.

— C'est gentil, mais contrairement à ton chien, j'ai pas vraiment la dent sucrée.

— Voudriez-vous un bon Coke ben frette? Ça rafraîchit quand y fait chaud comme aujourd'hui.

— T'es ben fine Manon, mais y me reste pas cinq cents dans les poches.

— Faites-vous-en pas pour ça, c'est moi qui offre!

— Vous allez faire banqueroute assez vite si tu donnes au lieu de vendre.

— J'ai le droit à un Coke quand je tiens le dépanneur. C'est ma paie. Ça, pis un p'tit sac de bonbons. Ceux que je veux en plus. Comme j'ai pas pris mon Coke encore, je vous l'offre.

— Merci, mais garde-le, tu l'as mérité.

— Prenez-le donc, ça me ferait vraiment plaisir. Plus que de le boire même. En plus, le Coke, ça me donne des gaz.

— C'est effrayant comment tu me fais rire! Tu sais Manon qu'il y en a pas deux comme toi.

— J'espère ben! Mon frère Robert dit que c'est une bonne affaire que je sois la dernière de la famille. Si ma mère m'avait eue en premier, elle en aurait pas voulu d'autres.

— C'est pas fin ça. Écoute pas ton frère, il dit n'importe quoi.

— OK, je l'écouterai pas, mais prenez mon Coke, insista la fillette.

— Comment te refuser quelque chose toi! Merci, ma belle Manon. Je te revaudrai ben ça, répondit-elle en se dirigeant vers le réfrigérateur.

— Il y a un débouche-bouteille drette où vous êtes.

Marguerite décapsula sa bouteille d'une main en replaçant Denis sur sa hanche.

— C'est pas que je m'ennuie à jaser avec toi, mais le p'tit commence à être pesant.

— Je comprends ça. Repassez nous voir quand vous voulez. On est pas ben sorteux comme ma mère dit tout le temps.

— Je repasserai certain, répondit Marguerite. Tu salueras ta mère de ma part, mais pas ton frère Robert, il le mérite pas. Et écoute ton institutrice, pis tu vas voir que toi aussi t'auras des bonnes notes.

La fillette sourit à pleines dents. Marguerite lui rendit son sourire puis sortit les bras chargés. Elle déposa Denis dans le landau et rangea la revue dans le panier accroché entre les roues et l'assise.

Elle parcourut les rues en portant attention aux moindres détails. Elle aimait observer discrètement l'environnement des gens. Certains terrains étaient impeccables. Rien ne traînait, l'herbe était fraîchement coupée, les plates-bandes parfaitement agencées. D'autres étaient plus négligés, des jouets d'enfants traînaient ici et là, le boyau d'arrosage abandonné près de la plate-bande dans laquelle cohabitaient fleurs et mauvaises herbes. Mais Marguerite préférait les maisons où tout semblait rangé à sa place.

Elle tourna sur la rue Mignonne. Le nom la fit sourire. « Il y a des rues beaucoup plus mignonnes que celle-ci », songea-t-elle en observant les immeubles à logements défraîchis. Elle arriva devant un immeuble où la porte de garage était ouverte. Elle jeta un coup d'œil discret. Des outils étaient alignés sur une table de fortune faite d'une planche de bois posée sur des tréteaux. Dans le fond du garage, un homme fouillait dans un énorme coffre. Il releva la tête.

— Si c'est pas le beau Denis avec sa charmante tante! lança Benoit Lefebvre en s'avançant dans le garage. Qu'est-ce que vous faites par icitte?

— On fait notre promenade du matin, répondit-elle.

— Vous faites ben de profiter du beau soleil, dit-il en s'approchant. À ce que je vois, mon petit canard s'est bien rendu à ce petit monsieur.

— Oui, bafouilla Marguerite. Il ne le quitte plus depuis ce matin. C'est ben gentil de votre part.

— Je suis content de voir qu'il l'aime. L'Expo vous intéresse à ce que je vois, ajouta-t-il en regardant la couverture du *Châtelaine* consacrée à l'Exposition universelle qui se déroulait cette année à Montréal.

— Oui pis non, répondit-elle. J'aime cette revue tout court et je m'intéresse à pas mal tout ce qui se passe.

— J'y suis allé avec mon cousin pis sa femme, il y a trois semaines. On a ben aimé ça. J'ai l'intention d'y retourner bientôt. Une journée, c'est loin d'être assez pour tout voir. Est-ce que vous y êtes allée ?

— Non, mais on a justement prévu d'y aller, mentit-elle.

— Si vous voulez, ça me ferait plaisir de vous en parler et de vous aider à prévoir votre visite.

— On a pas mal déjà prévu ce qu'on veut voir, mais c'est gentil.

— Vous avez en tête de commencer par quel pavillon ?

— Euh… C'est plus ma sœur qui pourrait vous répondre.

— Mon préféré est celui du téléphone, mais faut être patient parce que la file est longue longtemps. Est-ce qu'on peut se tutoyer ou préférez-vous qu'on continue de se vouvoyer ?

— On peut se tutoyer, répondit-elle. Je n'ai pas l'habitude de me faire vouvoyer par du monde de mon âge.

— Ma mère a pour son dire que les gens font plus facilement confiance à ceux qui font usage de politesse. Elle dit que quelqu'un de poli dégage du sérieux.

— Elle est sage ta mère.

— Elle a été enseignante durant quelques années avant d'épouser mon défunt père. Elle nous a bien éduqués, ça, personne ne peut lui enlever. Elle rêvait que ses enfants fassent de grandes études, mais la santé de mon père s'est dégradée. Ils n'ont pas eu les moyens de nous envoyer longtemps à l'école. C'est un des grands regrets de ma mère. Moi, ça fait ben mon affaire. Rester assis toute la journée, le nez plongé dans des livres, ce n'est pas trop mon truc. Je suis un manuel, j'aime quand ça bouge.

— C'est vrai que tu parles ben. Tu parles drôle, mais tu parles ben.

— Comment ça, je parle drôle ?

— Je sais pas trop comment l'expliquer… Tu parles sérieux comme le vendeur d'assurances qui est déjà passé chez nous à Dorion. Il parlait en prenant des grands mots.

— Je parle pas tout le temps comme ça non plus… C'est plus quand je veux bien paraître. Pour mes affaires, pas pour bien paraître avec les filles… Je veux pas que tu penses que je veux bien paraître devant toi parce que t'es une fille. Pas que j'aurais pas de raison de vouloir bien paraître devant toi… Bon, ce que je veux dire, c'est que je suis pas un beau parleur avec les filles.

— T'en fais pas, répondit Marguerite. J'ai jamais pensé que tu voulais ben paraître devant moi parce que je suis une fille. Je suis pas trop le type de fille que les gars essaient d'impressionner.

— Laisse-moi en douter.

— Pas besoin d'en douter ! s'offusqua Marguerite. Si je le dis, c'est que c'est vrai.

— Je voulais pas te choquer, se défendit Benoit. C'est juste que je trouve ça surprenant.

— On doit y aller. Denis tardera pas à avoir faim.

— N'hésite pas à arrêter si tu repasses dans le coin, ça va me faire plaisir de te jaser. Mon offre de vous aider ta sœur et toi à préparer votre visite à l'Expo tient toujours. N'hésitez pas à me téléphoner si ça vous tente. Vous avez encore mon numéro ?

— Oui, dit Marguerite, qui ne voulait pas expliquer pourquoi elle ne l'avait plus.

— Bye, Denis, prends soin de ton canard… On se revoit bientôt j'espère.

Marguerite répondit par un sourire et s'éloigna sans se retourner. Elle n'avait pas l'habitude de converser avec des garçons et ce jeune homme la déstabilisait.

Elle retourna au logement où elle prépara le dîner. Le repas terminé, elle rangea la cuisine, puis emmena de nouveau l'enfant en promenade pour sa sieste de l'après-midi. À son retour, elle croisa Michelle qui venait de déposer Nicole. Elle accéléra le pas en direction du logement.

— À marcher de même, tu dois commencer à avoir les mollets musclés ! lança Nicole.

Marguerite déposa Denis sur le sol.

— Le p'tit aime ben ça se promener, pis moi j'haïs pas ça non plus.

— Je te dis qu'on est chanceux de t'avoir. Hein Denis, qu'on est chanceux d'avoir matante Margot.

— T'as donc ben l'air de bonne humeur, observa Marguerite.

— Pas plus que d'ordinaire, répondit Nicole.

— Je te connais, t'es plus de bonne humeur que d'habitude.

— On dirait ben que je peux rien te cacher. Je sais pas si c'est ça qui fait que je me sens de bonne humeur de même, mais mettons qu'il y a un gars à l'ouvrage qui me fait des belles façons. Ben, y a de l'air en tout cas. Je suis pas une experte pour ce genre d'affaires là, mais Michelle a l'air de penser comme moi.

— C'est quoi le nom de ce gars-là?

— Il s'appelle Lucien Monette, y est ben fin.

— Pis c'est lui qui te rend de bonne humeur de même?

— Ben, pas lui... C'est juste que ça remonte le moral de savoir que je peux encore pogner.

— Dis-moi pas que t'en doutais, Nicole?

— Quand même... On sait jamais ce que le monde pense de nous autres. Je suis quand même veuve avec un enfant. Y a ben des gars qui préfèrent jeter leur dévolu sur des filles qui traînent pas des vieilles histoires avec elles. C'est plus simple de bâtir de quoi quand les deux partent à zéro. Même moi, je suis pas certaine que ça me tenterait de rencontrer un veuf qui a la charge de son enfant. Ça complique les affaires.

— Moi, j'ai pour mon dire que ça devrait rien changer.

— Tu te marierais avec un homme qui a déjà des enfants?

— Je sais pas. J'ai tendance à penser que oui. Toujours faudrait-il que quelqu'un veuille se marier un jour avec moi.

— J'ai aucun doute que ce jour finira par arriver. As-tu déjà eu un copain?

— J'ai jamais été douée avec les gars. J'avais pas mal l'habitude de me tenir juste avec Loulou. J'ai jamais vraiment eu l'occasion de parler avec des gars.

— Faudrait qu'on change ça! s'exclama Nicole. C'est pas les gars de ton âge qui manquent dans le coin. Faut juste trouver des célibataires qui soient de ton goût.

— T'es ben fine, mais je suis pas pressée pantoute. Je suis ben de même. En parlant de ça, j'ai jasé avec Benoit Lefebvre tantôt pendant ma marche.

— Comment est-ce qu'il va Ben Lef? L'as-tu remercié de ma part pour le cadeau du p'tit?

— J'ai pas manqué de le faire.

— Il travaille ben le bois quand même. Pis, vous avez parlé de quoi?

— De toute pis de rien. Il m'a raconté qu'il avait été à l'Expo avec son cousin pis qu'il avait ben aimé ça.

— Ça serait dur de pas aimer ça, dit Nicole en feuilletant le *Châtelaine* laissé sur la table. Ç'a tellement l'air le fun! On devrait y aller, qu'est-ce que t'en penses? Sauf que Montréal, c'est pas à porte. Je vais avoir mes licences bientôt, mais je serai jamais capable de nous conduire jusqu'en ville. Y paraît qu'on peut y aller en autobus pis en métro, mais j'aurais ben trop peur de me perdre, pis de me retrouver je sais pas où.

— J'avoue que je sais pas si je serai un jour capable de monter dans un autobus.

— C'est vrai, j'avais pas pensé à ça! Je m'excuse…

— C'est pas grave, répondit Marguerite.

— Ça règle le problème, on vivra l'Expo à travers les reportages à la télé pis dans les magazines. On n'en sera pas plus malheureuses pour autant. As-tu vu comment est belle la *Maison Châtelaine*? demanda Nicole en montrant la photo d'une cuisine moderne décorée avec soin. D'après moi, faut être riche rare pour se payer une maison de même.

— As-tu vu la chambre d'enfant? Elle est tellement belle!

— Tout est beau dans cette maison-là. C'est écrit qu'on peut la visiter en vrai. Si elle est belle de même en images, j'ose pas imaginer comment elle doit être belle en vrai. Regarde ça, c'est pas des farces, elle a même un atelier de bricolage. Qui a un atelier juste pour faire du bricolage?

— Elle a aussi une cave à vin, ajouta Marguerite.

— Faut que t'aimes ça en maudit du vin pour avoir une cave juste pour ça. Y a pas de limites pour les riches on dirait ben. Je me contenterais de moins, moi. Une belle petite maison avec suffisamment de chambres pis un petit terrain clôturé ferait ben mon bonheur. Vu que c'est pas demain la veille que je pourrai me payer ça, je vais devoir me contenter d'icitte pour un boutte.

Nicole referma le magazine et sortit le sac de pommes de terre du garde-manger. Elles préparèrent le repas ensemble comme elles avaient l'habitude de le faire. Après le souper, elles s'installèrent sur le perron où Nicole endormit Denis en le berçant.

— Le téléphone sonne-tu? demanda Nicole.

Marguerite confirma et entra répondre:

— Hey! Ç'a été long avant que tu répondes! s'exclama Louise au bout du fil. J'étais sur le bord de raccrocher.

— Nicole pis moi, on était dehors, répondit Marguerite.

— Je t'appelais parce que Gilles pis moi on se demandait si ça vous tenterait pas d'avoir de la visite?

— C'est qui Gilles?

— Quelqu'un que je veux te présenter, justement. Pis, ça vous tente-tu qu'on monte vous voir?

— Quand ça?

— En septembre prochain… À soir, franchement!

— À soir? Je sais ben pas, y est déjà presque sept heures.

— Gilles dit qu'on pourrait être là dans quarante-cinq minutes.

— Tu me prends par surprise, là… Faudrait que je demande à ma sœur. On est du monde tranquille nous autres, on n'a pas l'habitude de recevoir à cette heure-là.

— Margot, y est sept heures, y est pas minuit! Va donc demander à ta sœur… À moins que tu veuilles pas me voir.

— J'ai pas dit ça, Loulou.

— Ben, qu'est-ce que t'attends pour aller demander à ta sœur si on peut venir?

Marguerite déposa le combiné et sortit demander à Nicole si elle voulait bien recevoir Louise et son ami. Nicole accepta sans hésiter en soulignant qu'elle pouvait se permettre de veiller puisqu'elle avait congé le lendemain.

— Si vous ne tardez pas trop en chemin pis que vous arrivez avant huit heures, ma sœur est d'accord, dit-elle à Louise.

— C'est super! On part dans quelques minutes.

Nicole entra et déposa Denis dans son lit.

— Aide-moi, on va sortir deux chaises. On va être ben dehors, au frais.

Marguerite lui donna un coup de main. La visite inopinée de Louise la désarçonnait. Elle s'ennuyait d'elle et était heureuse de la revoir, mais elle aurait préféré qu'elle ne s'annonce pas à la dernière minute. Louise était ainsi; elle faisait ce qu'elle désirait au moment où elle le voulait.

Louise et son ami arrivèrent comme convenu avant huit heures. Elle débarqua de la voiture et courut vers Marguerite les bras grands ouverts.

— Margot, Nicole, je vous présente Gilles, dit-elle. Gilles, je te présente ma meilleure amie Margot pis sa sœur Nicole.

— Loulou parle tout le temps de toi, dit-il en serrant la main de Marguerite. J'avais hâte de te rencontrer pour pouvoir mettre un visage sur cette fameuse meilleure amie.

— On s'est pas souvent parlé dernièrement, répondit Marguerite. Elle a pas eu la chance de me parler de toi, mais je suis heureuse de faire ta connaissance.

— C'est vrai que j'ai été pas mal occupée dernièrement, souligna Louise. Avec l'ouvrage pis toute, c'est pas évident de trouver le temps de mémérer au téléphone comme avant.

— Y a-tu quelqu'un qui voudrait un café, un verre d'eau ou de quoi d'autre à boire? offrit Nicole.

— C'est ben gentil, mais on a apporté un paquet de six bières, répondit Louise. En voulez-vous une? Sont pas frettes, Gilles aime ça quand sont tablettes.

— C'est ben fin, mais j'aime pas trop la bière, répondit Marguerite.

— Moi non plus, enchaîna Nicole. Mais buvez-en vous autres, gênez-vous pas.

— Je m'en doutais ben que t'en prendrais pas Margot, observa Louise.

— Pourquoi ?

— Parce que t'aimes rien de ces affaires-là.

— J'aime rien de quelles affaires ? Arrête de penser que tu me connais, tu me connais pas. Finalement, je vais en prendre une bière ! lança Marguerite à l'intention de Gilles qui sortait un carton de bières de la valise de son auto et qu'il déposa au pied de Louise. Il en prit une, puis l'ouvrit avec l'ouvre-bouteille qu'il sortit de sa poche. Il la tendit à Louise, en offrit une à Marguerite, puis se servit.

— Gilles pis moi, on pense faire un petit voyage dans l'Ouest canadien, annonça-t-elle.

— Un de mes amis dit qu'il a ramassé pas mal d'argent l'été passé en travaillant dans les champs. Y paraît que c'est ben payant travailler par là-bas, précisa Gilles.

— On voudrait ramasser assez d'argent pour aller en Grèce, ajouta Louise.

— Pourquoi la Grèce ? demanda Marguerite en prenant une gorgée de bière.

— On commencerait par la Grèce, pis après, on irait à Paris, mais on aimerait aller partout.

— Loulou a ben aimé le pavillon de la Grèce à l'Expo. Depuis, elle en parle tout le temps. J'y ai dit que si elle voulait aller en Grèce, on irait.

— Je veux faire le tour du monde, Margot ! Y a tellement d'affaires à voir en dehors d'icitte que je sais même pas si j'aurai assez de temps dans ma vie pour tout voir. Y a tellement de monde différent de nous autres qui ont des idées différentes pis des façons de voir différentes. Je veux toute voir ce qu'il y a à voir sur la Terre.

— T'as des projets pas mal ambitieux, répondit Marguerite.

— J'en manque pas, j'ai juste pas l'argent de mes ambitions.

— Ça va venir, rétorqua Gilles. Un voyage à la fois, avant de s'en rendre compte, on aura fait le tour du monde.

— Je vous le souhaite, dit Nicole.

— Merci. Vous autres, y avez-vous été à l'Expo ? demanda Louise.

— Non, répondit Marguerite. Vous y êtes allés comment vous autres ? En char ou en autobus ?

— On est descendus en char, pis rendus à Montréal, on a pris l'autobus jusqu'au métro. Une fois dans le métro, on est sortis drette à une des entrées de l'Expo. Ça se fait ben, expliqua Louise.

— On verra, pour l'instant, on pense pas y aller. Nicole travaille à semaine longue, pis on profite des fins de semaine pour faire l'ouvrage qu'il y a à faire dans le logement.

— Vous savez les filles que l'ouvrage sera là à vous attendre contrairement à l'Expo qui sera pas là à vie. Quand vous serez vieilles, vous garderez pas de souvenirs de votre bel ouvrage, mais de l'Expo, oui par exemple. Vous êtes ben pareilles toutes les deux, vous êtes trop sérieuses. Apprenez donc à lâcher votre fou une fois de temps en temps.

— On sait lâcher notre fou, objecta Marguerite. T'as toujours ben pas le monopole du plaisir, Loulou Lemieux.

— C'est pas ça que j'ai dit non plus. Ça te tenterait pas de venir avec nous autres dans l'Ouest canadien? T'aimerais pas ça découvrir le pays avec nous autres?

— Je vois pas ce que je ferais à travailler à l'autre boutte du pays. Pas besoin de traverser le Canada pour travailler dans les champs, y en a en masse par icitte. Je te comprends pas pantoute, Louise, dit sèchement Marguerite. Qu'est-ce que tu cherches au juste? Je veux dire, pourquoi t'as besoin de ça?

— Besoin de quoi?

— De tout ça! De tout balancer pour traverser le pays avec un gars que tu connais à peine!

— Tu sauras qu'on se connaît plus que tu penses! répondit Louise. Toi, Marguerite Lalonde, pourquoi t'as toujours besoin de mettre ton grain de sel partout? Pourquoi faut toujours que tu juges ce que je fais? On en veut pas de ton avis, il est toujours négatif de toute façon! À t'entendre, je fais jamais rien de correct, pis je décide jamais dans le bon sens!

— C'est exactement ça! Tu prends des décisions sans réfléchir. C'est tout le temps des coups de tête, ton affaire!

— En quoi ça te regarde? En quoi ça te dérange que je décide ce que je décide? T'es-tu demandé si c'était pas toi le problème dans le fond? Je vais te le dire ce qui te dérange…

— Vas-y, dis-le-moi, la défia Marguerite.

— C'est que je sois pas comme toi! Que je me laisse pas mourir par en dedans! T'es pas morte toi, ce soir-là, mais on dirait que tu le sais pas! On dirait que tu réalises pas la chance que t'as de vivre. Tu le sais que tu peux être heureuse ? Que tu peux avoir du fun ? Que t'es pas morte ?

— Je le sais, qu'est-ce que tu penses !

— Non, tu le sais pas. T'es plate, t'es morte par en dedans pis tu veux que tout le monde soit aussi malheureux que toi. Tu m'en veux de pas être comme ça. Tu m'en veux d'être capable d'être heureuse. T'es juste jalouse parce que toi t'as trop la trouille pour faire des folies, toi t'es juste plate, pis c'est toute.

— Je suis peut-être plate, mais au moins, je suis pas tête en l'air.

— J'aime ben mieux être tête en l'air que d'être morte par en dedans.

— Si c'est ça que tu penses, on n'a plus rien à se dire ! Pars, va faire tes niaiseries à l'autre boutte du monde pis rappelle-moi pu jamais.

— Avec plaisir ! répliqua Louise en soutenant son regard. De toute façon, tu nuis à mon bonheur plus que d'autre chose.

— Pars ! cria Marguerite.

Louise se dirigea vers la voiture de Gilles qui la suivit en bafouillant à Nicole qu'il était désolé de la tournure que prenait la soirée.

Lorsque la voiture s'éloigna, Nicole se tourna vers Marguerite qui refusa de discuter. Elle se dirigea dans sa chambre où elle fondit en larmes. Que venait-il de se passer ? Les paroles de Louise l'avaient percutée de plein fouet. Était-elle réellement comme elle disait ? Elle ne voulait pas être celle que son amie avait décrite. Était-elle jalouse de son bonheur, ce même bonheur qu'elle se refusait obstinément ?

CHAPITRE 11

Repousser le bonheur

Nicole déposa Denis dans son lit en espérant qu'il s'endorme rapidement. Les derniers jours avaient été pénibles. Fiévreux, il avait pleuré jour et nuit. Les boutons étaient apparus sur l'ensemble du corps de son fils. Nicole avait consulté le docteur qui l'avait rassurée ; Denis avait la picote et ses symptômes finiraient par s'estomper.

Elle jeta un coup d'œil à son fils, puis sortit de sa chambre.

— Il s'est endormi d'une traite, dit-elle à Marguerite qui préparait du café. Je pense qu'il commence à s'en remettre.

— Je l'espère pour lui. Pauvre p'tit, il fait pitié à voir de même.

— Je l'avais jamais vu dans cet état-là. Je pensais que le cœur allait me fendre en deux à l'entendre brailler de même. Espérons qu'il fasse une bonne nuit, on en a tous besoin.

— Assieds-toi pis relaxe, tu l'as mérité. Ton café s'en vient.

— T'es fine, Margot. Je radote, mais je suis chanceuse que tu sois là pour moi, pour nous. Je le disais justement à maman, pas plus tard qu'hier. Elle s'ennuie de toi, je pense qu'elle a hâte que tu y retournes. Elle l'a pas dit, mais c'est l'impression que j'ai eue.

— Je m'ennuie moi avec, mais je suis pas pressée d'y retourner. Plus ça va et plus je me sens chez nous icitte. Je ferais quoi de mes journées si j'y retournais? Denis pis toi, vous feriez quoi?

— Tu pourrais te trouver une job, pis te ramasser un peu d'argent. Icitte, tu passes tes journées à garder pour pas une cenne.

— J'ai pas besoin d'argent, répondit Marguerite en déposant le café de Nicole devant elle. C'est toi qui as besoin d'argent, pis ça me fait plaisir de t'aider à en gagner en m'occupant du p'tit.

— Faut pas que tu t'empêches de vivre pour moi, tu sais. Denis, c'est ma responsabilité, pas la tienne. Si t'as envie de retourner à Dorion ou de te trouver une job par icitte, fais-le. Je vais m'arranger, tu m'as assez aidée de même.

— J'ai envie de rien de ça, lança Marguerite. Ma vie comme elle est en ce moment me convient parfaitement.

L'attention des deux sœurs fut captée par un bruit à la porte d'entrée:

— As-tu entendu cogner? demanda Marguerite.

— Attends-tu quelqu'un?

— Non, toi?

— J'attends personne, répondit Nicole en se levant.

— Va pas répondre à porte toute seule! s'exclama Marguerite. Je vais y aller avec toi, on n'est jamais trop prudentes.

— Je vois ben pas ce que ça va changer qu'on soit deux à répondre. Tu devrais apporter le rouleau à pâte, on sait jamais...

— Bonne idée! s'exclama Marguerite en se dirigeant vers le pot d'ustensiles.

— C'est une blague, Margot!

Nicole ouvrit la porte en laissant le loquet en place.

— Bonsoir mesdemoiselles Lalonde, dit Benoit Lefebvre. Pardonnez-moi de passer vous voir à cette heure-là, mais je me disais que si ça vous tentait, je pourrais vous montrer mon passeport de l'Expo et la carte du site que j'ai ramenée? Ça vous aidera pour votre visite... À moins que vous y soyez déjà allées?

— À l'Expo? demanda Nicole, en retirant le loquet.

— On a changé d'idée, mentit Marguerite. On a décidé de pu y aller.

— De pus aller où? demanda Nicole, un peu perdue.

— Oh! C'est bien dommage, mesdemoiselles.

— Voulez-vous entrer prendre un café, monsieur Lefebvre? invita Nicole.

— Je dirais pas non, mais j'insiste pour que vous me tutoyiez et que vous m'appeliez Ben.

— Avec plaisir, entre! dit-elle.

— Nicole, non! chuchota Marguerite.

— Qu'est-ce que tu dis, Margot? demanda Nicole en se tournant vers sa sœur.

— Rien. J'ai rien dit…

Nicole guida Benoit jusqu'à la cuisine où elle l'invita à s'asseoir.

— Margot, y doit ben rester de l'eau chaude pour un autre café? Tu mets quoi dedans? demanda-t-elle à leur invité.

— Cassez-vous pas la tête pour moi. Je veux pas vous donner du trouble pour rien.

— On peut pas dire que mettre une cuillère de café pis de l'eau chaude dans une tasse soit ben du trouble, dit Marguerite, agacée.

— Ben, merci, c'est apprécié.

— Qu'est-ce que tu mets dedans? répéta Marguerite.

— Un café noir, ça va être ben correct.

Marguerite s'exécuta sans enthousiasme.

— Est-ce que je peux vous demander pourquoi vous avez changé d'idée? Pour l'Expo, je parle…

— On a changé d'idée? demanda Nicole en fronçant les sourcils.

— J'avais cru comprendre l'autre fois que vous aviez planifié d'y aller? répondit Benoit, déconcerté.

— Bon, on n'étirera pas ça pendant dix ans, interrompit Marguerite. On n'avait pas pantoute planifié d'y aller. Je sais pas pourquoi j'ai dit ça. Je l'ai regretté dès que je l'ai dit, mais il était trop tard. T'avais l'air fier de dire que tu y étais allé, ça me donnait l'impression que tu voulais t'en vanter pis ça m'a dérangée.

— Je suis vraiment désolé! s'excusa Benoit. C'était pas mon intention de me vanter. Quand je suis nerveux, je parle trop. Pis quand je parle trop, je deviens encore plus maladroit que je le suis déjà. Quand j'ai vu ton magazine, je me suis dit que l'Expo avait l'air de t'intéresser. J'étais juste content d'avoir trouvé un sujet à te parler. Je suis gêné, là.

— T'as pas à être gêné, le rassura Nicole. C'est juste un malentendu.

— C'est moi qui suis gênée, murmura Marguerite, en déposant le café sur la table.

— Qu'on y aille ou qu'on n'y aille pas, rien ne t'empêche de nous montrer ce que t'as apporté. Je sais pas pour toi, Margot, mais moi, ça me tente de voir ça.

— Je suis partante moi aussi.

— Ça, c'est mon passeport, indiqua-t-il fièrement, après avoir étalé passeport et carte sur la table. À chaque pavillon, on se le fait estampiller. C'est comme un vrai passeport d'avion, pis chaque pavillon, c'est comme visiter ce pays-là. Sont tous à couper le souffle. En une journée, j'ai eu l'impression de voyager dans six pays. Regardez, mes six estampilles sont là.

— C'est-tu aussi gros que tout le monde dit?

— Mets-en que c'est gros! s'exclama-t-il. En une journée, je sais même pas si j'ai visité le quart du site. Je veux y retourner bientôt. Est-ce que c'est trop indiscret de vous demander pourquoi vous y allez pas, vous deux?

— C'est compliqué, répondit Marguerite. Les autobus, le métro, la grosseur du site.

— C'est pas si compliqué que ça, tempéra Benoit. Les autobus, vous pouvez pas vous tromper, leur numéro est écrit en gros sur le devant. Vous avez juste à attendre le bon, pis c'est toute.

— J'aime pas vraiment les autobus, confia Marguerite. Je me vois pas pantoute faire la route jusqu'à Montréal là-dedans.

— Margot était censée être dans l'autobus de Dorion qui a eu un accident l'automne dernier.

— Nicole! s'offusqua Marguerite. On dit pas ça à tout le monde!

— C'est pas tout le monde, c'est Ben Lef!

— T'en fais pas Marguerite, je suis pas du genre à mémérer à tout le monde.

— J'ai jamais dit que je pensais que t'étais pas quelqu'un de bien, dit Marguerite. Je trouve juste que t'es un peu étrange, mais je dirais pas que t'es un mauvais gars.

— Comment ça, étrange? demanda-t-il en souriant.

— Ben... la première fois que je t'ai vu, t'étais sous la pluie. C'est étrange ça, je trouve. Qui fait du porte-à-porte à grosse pluie?

— Je vais te dire un secret: ça fait partie de ma stratégie d'affaires. Le monde, en voyant un gars qui se déplace à grosse pluie pour promouvoir sa job, se dit que ce gars-là, c'est assurément un travailleur. Ils se disent que j'ai pas peur de travailler et ils prennent le temps d'écouter ce que j'ai à dire. Moi, j'ai comme idée d'acheter ma maison avant mes vingt-cinq ans, pis pour y arriver, j'ai pas peur de me relever les manches pis de foncer. Je suis un gars ambitieux, pis quand j'ai une idée derrière la tête, je l'ai pas dans les pieds.

— C'est juste que t'étais un peu trop de bonne humeur pour un gars qui dégoulinait sous la pluie.

— Tant qu'à le faire, aussi ben le faire en étant de bonne humeur. Qui voudrait engager quelqu'un qui se pointe chez eux en ayant l'air bête?

— C'est ben vrai ça, approuva Nicole.

— T'es trop de bonne humeur, tout le temps. C'est bizarre, insista Marguerite.

— J'aimerais ben ça te dire que j'ai l'air bête des fois, mais ça serait mentir. Je préfère être heureux que d'être tourmenté. Je suis fait de même, répondit Benoit. Je peux essayer de moins sourire si ça peut te rassurer, mais je te garantis pas que je vais réussir. C'est plus fort que moi, je souris tout le temps.

— Ben non. Mets-toi juste à notre place, on est deux filles qui te connaissent pas, pis tout d'un coup, t'arrives de nulle part en étant super gentil. T'es même venu porter un canard pour Denis que t'as fait après l'avoir vu une fois.

— J'espère que je vous ai pas fait peur, c'est vraiment pas ça que je voulais.

— Un peu, mais là, ça va, avoua Nicole.

— Je suis soulagé de l'entendre! lança-t-il en riant. Je me retiens pour ne pas vous proposer quelque chose, j'ai peur que ce soit inapproprié de le faire et que mes intentions soient mal interprétées.

— Propose, on verra ben, répondit Nicole.

— Je sais pas ce que vous en pensez, mais si ça vous tente, on pourrait y aller ensemble à l'Expo? J'ai un char, vous seriez pas obligées de prendre l'autobus. On pourrait prendre le métro rendu à Montréal, à moins que tu préfères pas, Marguerite. C'est vraiment pas comme un autobus, c'est une expérience unique. Je pourrais vous servir de guide. Je connais pas le site comme les hôtesses, mais assez pour savoir où aller. Je conduis prudemment, y a pas d'inquiétude à avoir. Je suis même prêt à vous inviter si vous voulez. Je peux imaginer qu'une mère qui a tout à sa charge a peut-être des dépenses plus importantes à faire que se payer une sortie. Je travaille comme un forcené, j'ai en masse de quoi vous inviter.

— C'est ben gentil, Ben, mais on n'est pas du genre à demander la charité, répondit Marguerite.

— Je n'ai pas parlé de charité, j'ai dit que ça me ferait très plaisir de vous inviter. J'aimerais que vous m'accompagniez. J'aurais beaucoup plus de plaisir en votre compagnie que seul.

— C'est sûr que pour être de bonne compagnie, on est de très bonne compagnie, répondit Nicole. Surtout ma sœur, elle est un vrai rayon de soleil.

— T'es même pas drôle! s'exclama Marguerite. Je sais être d'excellente compagnie, tu sauras.

— Je le sais, je profite de ta compagnie tous les jours.

— Vous avez juste à me dire oui, pis je m'organise avec toute!

— Vite de même, je sais pas trop, répondit Nicole. Ça coûte combien une journée comme ça? Je veux dire avec le métro, l'entrée pis toute?

— Le passeport pour une journée coûte 2,50 $. En tout, je dirais qu'avec 3,25 $, on passe une journée mémorable.

— C'est donc ben cher! s'exclama Nicole. Oublie ça, je peux pas me permettre ça.

— Pis moi, on n'en parle même pas, dit Marguerite en riant. Les grandes sorties, c'est pas pour nous autres.

— Comme je disais, ça me ferait vraiment plaisir de vous inviter.

— Pourquoi être aussi généreux avec du monde qu'on connaît pas? fit remarquer Marguerite.

— Je vous connais, répondit Benoit. Je n'ai pas l'habitude de me retrouver dans la cuisine de monde que je connais pas à boire tranquillement un café. Je veux pas vous tordre un bras, l'offre est là, si jamais ça vous tente. Vous méritez de sortir vous amuser une journée. Vous n'avez rien à perdre et je peux vous garantir que vous ne le regretterez pas.

— Merci pour l'offre, rétorqua Nicole. C'est vraiment très généreux. On va y penser.

Benoit n'insista pas, puis leur présenta le plan du site, espérant qu'elles acceptent en voyant toutes les merveilles qu'il contenait.

Un peu après huit heures, il les remercia pour leur hospitalité, laissa le plan sur la table et sortit en les saluant.

— C'est vraiment un gentil garçon, dit Nicole.

— Peut-être, répondit Marguerite.

— On peut pas dire qu'il n'est pas généreux en tout cas. J'ai trouvé ça vraiment fin de sa part. Je sais pas ce que t'en penses, mais moi ça me tente d'accepter. C'est une chance qui reviendra pas.

— Tu trouves pas ça étrange, toi ? Il veut payer pour nous autres en plus de nous conduire, pis de tout organiser. Y a personne qui agit de même dans vie ?

— Peut-être qu'on n'a juste jamais rencontré quelqu'un comme lui avant. Choque-toi pas, mais je trouve que ça serait un bon parti pour toi.

— Pourquoi pour moi ?

— Ben parce qu'il est trop jeune pour moi, pis j'ai l'impression qu'il a l'œil sur toi.

— Des fois Nicole, tu dis n'importe quoi ! Y est pas trop jeune pour toi, on sait même pas l'âge qu'il a.

— Je dis qu'il doit avoir dix-huit ou dix-neuf ans.

— Nicole! T'as vingt ans, c'est pas comme si t'étais ben plus vieille.

— T'as raison, mais moi, j'ai déjà été mariée, pis j'ai un enfant. Mine de rien, ça vieillit une fille ça.

— De toute façon, y est vraiment pas mon genre.

— C'est quoi ton genre? demanda Nicole.

— Je sais pas, mais je sais que c'est pas comme son genre à lui.

— J'haïrais pas ça que Lucien vienne avec nous autres. Penses-tu que ça se fait de l'inviter?

— Non, pantoute!

— Pourquoi?

— Parce que Ben ne l'a pas invité. En partant, ça se fait pas d'imposer quelqu'un d'autre. En plus, ça se fait pas d'inviter un gars à sortir. C'est à lui de t'inviter, pas le contraire. Tu sais même pas s'il est intéressé pour vrai.

— Je suis presque certaine qu'il est intéressé. Ça m'a l'air d'être un gars timide, le genre qu'il faut aider un peu pour que ça aboutisse. Pis comment veux-tu qu'il m'invite s'il sait même pas que je suis intéressée? En tout cas, je pense que ça vaudrait la peine qu'on prenne le temps d'y penser sérieusement.

— Je pense que ça serait pas correct pour Ben que tu invites Lucien.

— Je comprends pas pourquoi, insista Nicole.

— Parce que d'après moi tu l'intéresses, pis peut-être qu'il espère te conquérir à l'Expo.

— Je suis certaine que c'est toi qu'il espère conquérir, Margot.

— J'espère pour lui que c'est pas son intention, parce que si c'est ça, il perd son temps.

— Regarde-moi donc dans les yeux, pis dis-moi que tu le trouves laid.

— J'ai jamais dit qu'il était laid.

— Tu admets que c'est un beau gars?

— J'admettrai pas ça non plus.

— Ben s'il n'est pas laid, c'est qu'il est beau! s'exclama Nicole.

— Non, ça veut juste dire qu'il n'est pas laid.

— Je te laisse t'obstiner toute seule, je vais aller lire un peu. Je me coucherai pas tard, je sais pas quel genre de nuit Denis va passer.

— Si jamais t'as besoin que je prenne la relève, réveille-moi, ça va me faire plaisir.

— T'es fine. T'es obstineuse, mais t'es fine, ajouta Nicole en lui tapotant affectueusement l'épaule.

Nicole se retira dans sa chambre et Marguerite l'imita peu après. Elle enfila sa robe de nuit, alluma la radio comme à son habitude, ferma la lumière et s'étendit dans son lit.

Elle soupira longuement en songeant à ces derniers mois qui avaient bouleversé sa vie. Elle avait changé, mais pas comme elle l'aurait souhaité. Elle s'était réfugiée dans sa peine, s'interdisait d'être heureuse. Elle était devenue craintive. Elle refusait de s'amuser, de rire, de vivre normalement. Elle se punissait tous les jours, en refusant de s'ouvrir, de faire confiance, de nouer de nouvelles relations. Une partie de sa jeunesse était partie le soir du 7 octobre 1966.

CHAPITRE 12

Terre des hommes

Ce samedi-là, Nicole et Marguerite se levèrent très tôt. Il était prévu que Benoit passe les chercher à sept heures. La veille, il les avait conduites chez leurs parents à Dorion qui avaient accepté de garder Denis pour la fin de semaine. Fernand s'était montré méfiant envers Benoit, mais s'était adouci au fil de la soirée.

Claire était si heureuse de revoir ses filles qu'elle n'avait pu retenir ses larmes. « On peut pas empêcher une mère de s'ennuyer de ses enfants », avait-elle maintes fois répété.

Aline avait voulu savoir si Marguerite était heureuse chez Nicole. « Si tu veux revenir, mais que t'as peur de faire de la peine à ta sœur, dis-le-moi. Je vais trouver une solution pour te ramener icitte », lui avait-elle murmuré tandis qu'elles étaient à l'écart. Marguerite l'avait rassurée en précisant qu'elle était très heureuse chez Nicole.

Cette brève visite à Dorion avait été bénéfique pour tout le monde. Elle avait quelque peu comblé l'ennui que chacun ressentait.

Sur le chemin du retour, Nicole avait pleuré jusqu'à leur arrivée. C'était la première fois qu'elle se séparait de son fils et se sentait coupable d'aller s'amuser à l'Expo sans lui. Marguerite l'avait convaincue que Denis était en bonne compagnie avec leurs parents. « Souviens-toi, on aimait ça nous autres aller passer du temps chez nos grands-parents. J'en garde de super bons souvenirs. C'est la même chose pour le p'tit », avait-elle dit.

Le lendemain matin, Marguerite se réveilla tôt. Elle était fébrile à l'idée de passer la journée dans la grande ville avec sa sœur. Après sa toilette du matin, elle s'installa à la table pour déjeuner. Nicole ne tarda pas à la rejoindre.

— Penses-tu que je suis correcte habillée de même ? demanda Nicole en tournant sur elle-même pour montrer sa tenue.

Elle avait opté pour une courte robe sans manche rose foncé ornée de fleurs blanches. Pour sa part, Marguerite avait arrêté son choix sur une robe sans manches d'un orange vif sur laquelle étaient imprimées de petites étoiles noires.

— Tu es parfaite ! s'exclama Marguerite. La seule affaire que je changerais si j'étais toi, c'est tes bottes. Si je me fie à ce que Ben a dit, tu vas avoir mal aux pieds avec. Tu devrais mettre tes petits souliers plats noirs.

— Je suis prête à avoir mal aux pieds, répondit Nicole. Je veux pas avoir l'air de pas savoir m'habiller. Je veux ben paraître devant Lucien, tu comprends ?

— Je suis certaine que Lucien ne portera même pas attention à tes souliers. T'auras pas l'air plus fine si tu te ramasses avec les pieds pleins de cloques, incapable de finir la journée. Imagine qu'il soit obligé de te porter dans ses bras parce que t'es pu capable de marcher.

— Des fois, tu m'énerves tellement! marmonna-t-elle en retirant ses bottes de cuir blanches. En plus, je vais te dire que je suis pu certaine que c'était une bonne idée. Ça m'énerve sans bon sens qu'il vienne avec nous autres. Ça aurait été moins stressant si on avait été juste moi, toi pis Ben. Là, on a l'air de faire une sortie de couple, pis ça me rend ben nerveuse.

— Calme-toi avec ta sortie de couple à matin! Toi pis lui, peut-être, mais moi pis Ben, pas pantoute. J'espère qu'il pense pas ça non plus. Moi, j'y vais pour vivre ça avec toi. J'aurais aimé qu'on y aille juste nous deux.

— Je mets-tu un bandeau ou je laisse mes cheveux de même? l'interrompit Nicole.

— Mets ton bandeau, ça va garder des petites couettes en place si jamais t'as chaud.

— T'as ben raison!

— Dépêche-toi, y est presque sept heures. Ben devrait être sur le bord d'arriver.

— J'ai mal au ventre! Faut que j'aille à la toilette.

— Nicole! Tu pognes toujours mal au ventre quand il faut pas.

— Toi, t'es prête?

— Plus prête que moi, tu meurs.

— Va attendre Ben dehors! Je vais sortir te rejoindre dès que j'aurai fini, ajouta-t-elle en courant vers la salle de bain.

Marguerite soupira et s'exécuta. Elle prit au passage le passeport et la carte du site que Ben leur avait laissés.

À peine était-elle assise sur la berçante à l'extérieur, que Benoit immobilisait sa voiture en bordure de la rue. Il débarqua de sa voiture en affichant un large sourire.

— On est chanceux, le soleil est au rendez-vous! s'exclama-t-il en s'approchant d'elle.

— Pour être au rendez-vous, il l'est! dit Marguerite qui, aveuglée par le soleil, plaça sa main au-dessus de ses yeux.

— Tu devrais t'apporter des lunettes de soleil, conseilla-t-il.

— J'en ai pas, mais c'est pas grave... Je vais survivre, faut pas s'en faire.

— Ma mère nous a préparé un petit panier, si jamais on a faim en route.

— Est donc ben fine! répondit Marguerite.

— Elle fait dire qu'elle a hâte de vous rencontrer.

Marguerite se contenta de sourire.

— Ta sœur est-tu prête? demanda Ben.

— Oui, elle devrait s'en venir dans pas long.

— Y va juste nous rester à prendre Lucien en chemin, pis à nous autres Montréal!

— Me semble que j'oublie de quoi, moi là! dit Nicole en les rejoignant. J'ai mes clés pis mon porte-monnaie, ajouta-t-elle en vérifiant le contenu de sa bourse. Je pense que j'ai toute!

Elle verrouilla la porte puis annonça qu'ils pouvaient partir. Marguerite se dirigea vers la voiture et ouvrit la portière arrière.

— Y en a pas une de vous deux qui voudrait s'asseoir en avant avec moi ? demanda Ben en ouvrant sa portière.

— Margot va s'asseoir en avant. Hein, Margot ? insista Nicole en la dévisageant.

— C'est la meilleure place ! lança Ben avec enthousiasme. Tu seras la responsable de la radio en plus d'être aux premières loges pour voir tout ce qu'il y a à voir en chemin.

— Super ! dit Marguerite en fusillant sa sœur du regard.

Ils prirent place dans la voiture, puis Benoit démarra. Il s'engagea sur le chemin en direction de chez Lucien qui les attendait. Le trajet jusqu'à Montréal se déroula sous l'œil attentif des passagers qui contemplèrent le paysage qu'ils découvraient pour la première fois. Arrivés à destination, Benoit gara sa voiture dans l'immense stationnement longeant l'autoroute Bonaventure où des centaines de véhicules étaient stationnés. Benoit aurait préféré se rendre sur le site en empruntant le métro, mais ils avaient convenu que se garer directement près du site leur permettrait de gagner un temps précieux qu'ils utiliseraient pour visiter plus de pavillons.

Ils se rendirent au point de rassemblement indiqué et attendirent l'arrivée de la Balade, un petit train sans rail servant de navette jusqu'au site.

Marguerite était très nerveuse. Cette grande ville inconnue, sans aucun repère, l'angoissait. Elle embarqua en dernier à bord du train et s'assit près de sa sœur qui lui serra la main en lui souriant. « J'en reviens pas qu'on soit ici ! » chuchota-t-elle en se trémoussant sur le banc. Marguerite lui répondit par un sourire forcé.

Le train s'arrêta devant une foule qui attendait de franchir les tourniquets de l'entrée du site. Marguerite ne portait pas attention à ce qui l'entourait. Elle suivait Benoit machinalement. Les jambes tremblantes, les battements de son cœur résonnant dans ses tempes, elle regardait devant en se répétant que tout irait bien. En guide dévoué, Benoit entama un interminable monologue dans lequel il décrivit en détail ce qui les attendait.

Devant le comptoir de l'accueil, Marguerite s'apaisa. Lucien insista pour payer le passeport de Nicole qui perçut son geste comme un signe d'intérêt à son égard. Benoit se chargea comme prévu de celui de Marguerite qui l'accepta en bredouillant un timide merci.

Leur passeport en main, Benoit les conduisit à la station de l'Expo-Express qui les transporta à l'île Sainte-Hélène.

— Le métro ressemble pas mal à ça, expliqua-t-il. La différence, c'est que le métro est en dessous de la terre.

— C'est fascinant de penser qu'en ce moment même, il y a des gens en dessous de la terre! s'exclama Nicole. J'ai de la misère à croire que c'est possible.

— Pour être franc avec vous autres, ça fait mon affaire qu'on n'ait pas eu à prendre le métro, confia Lucien. Juste à l'idée d'être enfermé dans un train sous la terre me donne des frissons. On doit étouffer sans bon sens.

— C'est vraiment pas si pire que ça, rassura Benoit. On ne le sent pas qu'on est sous la terre. Je peux pas parler pour les autres, mais moi, je n'ai pas eu l'impression d'étouffer. Regardez juste là! s'exclama-t-il. C'est l'Habitat 67.

— C'est donc ben faite drôle, s'étonna Marguerite. J'aurais peur qu'un des blocs carrés lâche pis tombe.

— J'adore ça! s'émerveilla Nicole.

— La modernité est dans l'originalité, souleva Benoit.

— Alors ça, c'est moderne pis pas à peu près, dit Marguerite.

Ils débarquèrent à la station près de la Place des nations où Benoit les guida jusqu'au pavillon de la Scandinavie.

— Regarde les fontaines sur l'eau, Margot! lança Nicole.

— C'est vraiment beau! Je sais même pas où regarder tellement qu'il y a des affaires à voir!

— Pis on vient juste d'arriver, souligna Benoit.

Ils firent estampiller leur passeport, puis se déplacèrent d'une œuvre d'art à une autre.

— À quoi tu penses? demanda Nicole à l'oreille de sa sœur.

Marguerite observa la structure inclinée texturée de céramique émaillée d'un bleu saisissant.

— C'est écrit que c'est le *Lac aux violettes*, répondit Marguerite en lisant la fiche descriptive. C'est particulier, ajouta-t-elle en scrutant l'œuvre d'art.

— C'est particulier beau, ou particulier laid? demanda Nicole.

— Je saurais pas dire. Particulier beau, je pense. Tout est tellement particulier. Beau, mais particulier.

— Regarde la murale juste là, on peut pas dire que c'est pas beau.

— T'as ben raison, approuva Marguerite, impressionnée par les œuvres abstraites qui les entouraient.

Après la Scandinavie, Benoit leur proposa de se rendre au pavillon des États-Unis avant de traverser à l'île Notre-Dame.

Marguerite s'immobilisa devant l'immense dôme vitré, saisie par la beauté de la structure. « C'est grandiose », songea-t-elle. Le pavillon des États-Unis était l'un des préférés de Benoit et Marguerite comprenait pourquoi. Elle marcha d'un pas rapide, impatiente de découvrir ce qui les attendait à l'intérieur.

— Suivez-moi, faut que je vous montre quelque chose, dit Benoit en les conduisant à un escalateur où les visiteurs montaient à l'étage sans faire le moindre effort.

— Ils montent l'escalier sans marcher ? demanda Nicole, hébétée.

— L'escalier monte tout seul. Faut juste attendre notre tour et embarquer sur la première marche. Après, on bouge pu jusqu'en haut, expliqua Benoit.

— C'est dangereux ? s'inquiéta Marguerite. Et si on bascule pis qu'on perd pied ?

— Pourquoi tu perdrais pied ? Tu te tiendras après ta sœur, Lucien ou même après moi si t'as peur, ajouta Benoit.

— Je sais pas trop si j'ai le courage d'embarquer là-dessus, dit Nicole. C'est haut longtemps quand même.

— Comme Benoit disait, si t'as peur, tu peux t'accrocher à ta sœur, à lui ou à moi. Je peux te tenir aussi, si tu veux, suggéra Lucien.

— C'est vraiment pas dangereux, insista Benoit. Faites-moi confiance, vous ne le regretterez pas. Je vous promets que vous allez être ben contentes une fois en haut.

— Je sais pas trop, répondit Nicole.

— On y va ! lança Marguerite. Regarde la face du monde qui sont dessus, Nicole. On peut pas dire qu'ils ont l'air en danger.

Ils s'approchèrent de l'escalier. Nicole et Marguerite mirent le pied sur la première marche. Marguerite sentit son cœur battre plus rapidement. Nicole se tourna vers elle et lui sourit. Elle lui rendit son sourire, heureuse de partager ce moment exaltant avec elle. Au sommet de l'escalier, Benoit leur fit signe d'avancer. Marguerite regardait partout, la bouche entrouverte. Elle n'en croyait pas ses yeux. Tout laissait croire qu'ils dérivaient dans l'espace. Une scène présentait deux astronautes en mission. C'était donc à cela que ressemblait l'espace ? Elle admira les engins spatiaux en s'attardant à chaque détail. Elle se demandait comment les satellites tenaient en place dans l'espace. Tout la fascinait. Elle avait l'impression de ne rien voir tout en voyant tout. Tout allait trop vite, elle ne pouvait pas assimiler autant de nouvelles informations en même temps.

Ils prirent l'escalateur en sens inverse. Marguerite trouva la descente périlleuse et fut prise d'un vertige qui s'estompa lorsqu'elle posa le pied sur le sol.

Ils explorèrent chaque recoin du pavillon, des images des vedettes de cinéma apparaissaient ici et là. « Dire que j'ai failli rater tout ça », songea Marguerite.

La visite terminée, sur la suggestion de Benoit, ils embarquèrent dans un wagon pour se rendre à l'île Notre-Dame. Sur place, ils s'arrêtèrent à un restaurant mobile. « Vous devriez essayer la pizza », conseilla Benoit qui offrit de payer le repas de Nicole et de Marguerite.

— C'est gentil, mais je tiens à payer pour ma sœur pis moi, répondit Nicole.

Les deux sœurs savourèrent leur pointe de pizza.

— C'est tellement bon ! s'exclama Marguerite en s'essuyant le menton à l'aide d'une serviette de papier.

— Moi, je suis pas certain, hésita Lucien entre deux bouchées.

— C'est vraiment bon, dit Nicole. Comment t'as dit que ça s'appelait? demanda-t-elle à Benoit.

— C'est de la pizza, répondit-il. J'étais certain que vous aimeriez ça.

— J'ai pas dit que j'aimais pas ça, corrigea Lucien. C'est correct, je me range de votre bord. C'est vrai que c'est pas mauvais.

— À date, aimez-vous votre journée? demanda Benoit.

— Si j'aime ça? C'est le plus beau jour de ma vie! s'exclama Nicole.

— J'ai hâte de dire à Denis que le jour de sa naissance passe après ta visite à l'Expo, se moqua Marguerite.

— Le plus beau jour de ma vie après la naissance de mon gars, précisa Nicole. Quoique tu m'en reparleras après un accouchement pour voir si on peut vraiment qualifier ça du plus beau jour d'une vie. Denis, c'est la plus belle chose qui me soit arrivée dans vie, mais pour sa naissance, on repassera.

— Je dirais pas que c'est le plus beau jour de ma vie, mais c'est vraiment une belle journée, dit Lucien.

— C'est quoi le plus beau jour de ta vie? demanda Nicole.

— Facile! répondit-il. Quand mes enfants me demanderont quel est le plus beau jour de ma vie, je répondrai le 4 avril 1967. C'est le jour où une p'tite nouvelle est entrée à job pis que j'ai su qu'elle serait leur mère.

— Bon ben, t'as ta réponse asteure! lança Marguerite à Nicole.

— Margot! s'offusqua-t-elle.

— Quelle réponse ? demanda Lucien, intrigué.
— Rien, répondit Nicole, gênée.
— Je veux savoir, insista Lucien.
— Nicole était pas certaine de comment tu la trouvais, répondit Marguerite. Ben quoi ! dit-elle en se tournant vers sa sœur. La vie est trop courte pour s'enfarger les pieds dans les fleurs du tapis. C'est pas mêlant, si un gars me dit des affaires de même, je l'épouse sur-le-champ.
— C'est quoi que t'as dit encore ? demanda Benoit à Lucien, ce qui déclencha un fou rire général.
— C'est une façon de parler, précisa Marguerite en riant. Bon, on change-tu de sujet avant que je me mette encore les deux pieds dans les plats ? On fait quoi asteure ?
— Je me disais qu'on pourrait visiter le pavillon de la France, pis après celui du Canada. J'ai pour mon dire que c'est impensable de venir à l'Expo sans passer par le Canada. S'il nous reste du temps, on pourrait finir par celui qui nous tentera.
— Moi, je te suis ! répondit Lucien. T'as l'air à savoir où tu vas, pis à date, je suis loin d'être déçu des affaires que tu nous as fait voir.
— Y a un enfant qui braille là-bas, dit Nicole en pointant une fillette en pleurs.
— Est-tu toute seule ? demanda Marguerite. On dirait qu'elle est toute seule.
— Je vois pas ses parents, répondit Nicole. Viens, on va aller voir !
Marguerite et Nicole se levèrent d'un bond et se dirigèrent vers l'enfant, suivies de leurs compagnons.

— Est-ce que ça va? demanda Nicole en s'approchant doucement de la fillette aux cheveux bouclés noués par deux rubans bleus.

L'enfant ne répondit pas. Sa respiration s'accéléra au rythme de ses sanglots.

— Calme-toi, ça va ben aller, ajouta Marguerite. On est là pour t'aider.

— Sais-tu sont où tes parents? demanda Lucien.

La fillette hocha la tête.

— Comment tu t'appelles? Moi, c'est Nicole.

— Et moi, c'est Marguerite. Le grand juste là, c'est Lucien. Et lui, c'est Benoit. Toi, c'est quoi ton nom?

— Marie, bredouilla l'enfant.

— Quel joli prénom! s'exclama Nicole. Est-ce que ça fait longtemps que t'es perdue?

La fillette haussa les épaules.

— Comment ils sont tes parents? Elle est comment ta maman? demanda Marguerite.

Elle haussa de nouveau les épaules.

— On peut l'amener à un gardien, suggéra Benoit. Il l'amènera au bureau des enfants perdus.

— Y a vraiment un bureau des enfants perdus? s'étonna Marguerite.

— Vrai comme je suis là, répondit-il.

— Je veux pas aller au bureau des enfants perdus. Je vous en supplie, apportez-moi pas là, implora la fillette.

— Dis-moi Marie, comment y s'appellent tes parents? demanda Marguerite. T'es ben venue ici avec tes parents?

— Je suis venue icitte avec mon frère Xavier, il a six ans. Avec ma mère, elle s'appelle Rosalie. Avec mon père qui s'appelle Alexis Comptois, pis avec ma tante Suzanne.

— C'est une belle grande famille que t'as là, répliqua Marguerite en souriant. Ta famille doit te chercher en ce moment. Tes parents vont aller voir un agent de sécurité, c'est sûr et certain. L'agent de sécurité va les emmener au bureau des enfants perdus pour te retrouver. Si tu veux, on va rester avec toi jusqu'à ce qu'on trouve un agent pis tes parents. Est-ce que tu es d'accord, Marie?

L'enfant accepta.

— T'en fais pas, on va les retrouver tes parents, promit Marguerite. Viens, veux-tu me donner la main? Est-ce que c'est la première fois que tu viens à l'Expo?

— Non, papa veut qu'on vienne toutes les fins de semaine. Ma tante Suzanne aime vraiment ça venir, elle en parle toute la semaine. Moi aussi j'aime ça.

— Je comprends donc! s'exclama Nicole. Nous autres, c'est notre première fois. À part lui, dit-elle en pointant Benoit. Vous restez à Montréal pour venir aussi souvent?

— On reste à Saint-Eustache, répondit-elle.

— Y a un agent de sécurité là-bas, indiqua Benoit.

— Regarde le monsieur habillé en gris, tu le vois? demanda Nicole à la fillette. On va aller lui demander de nous aider à trouver tes parents, t'es d'accord?

Alors qu'ils se dirigeaient vers l'agent de sécurité, l'enfant retira brusquement sa main de celle de Marguerite.

— Maman! s'écria-t-elle. C'est ma maman, dit-elle en courant vers une femme en pleurs qui marchait en direction de l'agent de sécurité.

— Marie! lança la femme, soulagée, en accourant vers la fillette.

— Votre petite était ben en peine d'avoir perdu sa famille, expliqua Nicole. On l'amenait voir l'agent qui est là, en espérant qu'il nous aide à vous retrouver.

— Ma pauvre Marie, dit la femme en serrant sa fille dans ses bras. Je vous remercie d'avoir pris soin d'elle, ajouta-t-elle à leur endroit.

— Marie ! s'exclama un homme en les rejoignant. J'ai eu peur, ma fille ! Fais pu jamais ça à ton vieux père, y s'en remettra pas.

— Xavier pensait que t'étais morte, ajouta la femme qui suivait le père et le petit frère de la fillette. Xavier, est pas morte Marie, est juste là ! Hein, t'es pas morte Marie ?

— Non, je suis pas morte matante Suzanne.

— J'en ai oublié les politesses, dit la mère de l'enfant. Moi, c'est Rosalie, voici mon mari Alexis, notre fils Xavier, ma sœur Suzanne et elle, vous avez déjà fait sa connaissance, mais c'est notre belle Marie.

— Enchantée, Rosalie, répondit Marguerite en se présentant avant de faire de même pour ses compagnons.

— Votre fille nous a dit que vous veniez de Saint-Eustache, c'est dans quel boutte ça ? demanda Benoit.

— C'est pas loin de Laval et de Deux-Montagnes, répondit Alexis.

— Je vois, mentit Benoit qui ignorait où se trouvaient les deux villes mentionnées. Nous, de Valleyfield. C'est-tu une bonne *ride* venir jusqu'ici ?

— Ça se fait ben… Ça prend un peu moins d'une heure, précisa l'homme. Je me trompe-tu ou Valleyfield, c'est là qu'il y aura les régates mondiales dans pas long ?

— Vous ne vous trompez pas cher monsieur, c'est chez nous que ça va se passer ! répondit fièrement Benoit.

C'est tellement proche de chez nous que j'entends les moteurs de mon salon. Avez-vous déjà assisté à des courses de régates? C'est quelque chose à ne pas manquer, croyez-moi.

— J'ai pas encore eu cette chance-là, mais peut-être un jour.

— Vous devriez monter voir ça à Valleyfield, c'est dans deux semaines justement. Avez-vous de quoi pour noter? Je vais vous laisser mon numéro, vous aurez juste à me lâcher un coup de fil. Vous ne trouverez pas un meilleur guide que moi pour vous apprendre tout ce qu'il y a à apprendre sur les régates.

— Est-ce que vous serez là, vous? demanda Marie à Marguerite et Nicole.

— Je sais pas, répondit Marguerite. Je pense pas.

— Papa, dites oui! supplia Marie.

— Dis oui, Alexis! ajouta Suzanne. Marie veut que tu dises oui!

— Je sais pas trop, Valleyfield, c'est pas à porte…

— Prenez quand même mon numéro en note, insista Benoit. Si jamais l'envie vous prend, vous n'aurez qu'à m'appeler. Ça me fera très plaisir de vous montrer que les gens de Valleyfield savent recevoir.

— J'en doute même pas, répondit Alexis. Rosalie, t'as sûrement un crayon pis un bout de papier qui traînent dans ta sacoche?

— C'est ben certain que j'ai ça, répondit-elle en ouvrant son sac.

Ils échangèrent leurs numéros, se saluèrent et poursuivirent leur chemin chacun de leur côté.

— Elle était mignonne la p'tite Marie, souleva Marguerite en se dirigeant vers le pavillon du Canada.

Marguerite et Nicole étaient en admiration devant l'impressionnante structure du pavillon, une immense pyramide inversée.

— Venez, c'est encore plus spectaculaire à l'intérieur! lança Benoit.

Au sommet, ils admirèrent différentes sculptures: des sabliers géants en mouvement, des masques représentant chacun une émotion différente, des accessoires utiles aux navigateurs. Ils empruntèrent la passerelle longeant le centre de la pyramide. L'endroit proposait une vue d'ensemble fascinante de plusieurs pavillons.

— On redescend voir le reste? demanda Benoit.

Ils étaient impatients de découvrir l'entièreté du pavillon représentant ce pays qu'ils aimaient tant.

— Ce serait le temps de traverser le pont vers un autre pavillon, dit Benoit en riant. À moins que ça vous tente de retraverser à l'île Sainte-Hélène pour aller à La Ronde? On pourrait aller faire un tour de Pitoune, je suis certain que vous allez aimer ça.

— Moi, ça me tente! répondit Nicole avec enthousiasme.

— Ça ne me dérange pas pantoute, dit Lucien.

— Je suis partante pour La Ronde! enchaîna Marguerite.

— Avez-vous le cœur solide? demanda Benoit en sourcillant.

— Je pense pas que ma plus grande force soit d'avoir un cœur solide, répondit Marguerite. Je dirais même que c'est pas mal plus le contraire. Mais pourquoi tu demandes ça? J'ai pas confiance tout d'un coup.

— Tu pourras toujours faire des tours de carrousel, si t'es pas assez solide pour le reste, taquina Benoit.

— J'ai pas dit que j'étais pas assez solide, j'ai dit que j'avais pas le cœur solide.

— Les filles ne peuvent pas toujours suivre, je comprends ça. Lucien pis moi ferons des manèges à vous virer le cœur à l'envers pendant que vous ferez les manèges pour femmes et enfants, répondit Benoit en se mordant la lèvre pour ne pas rire. Les sensations fortes, c'est pas pour tout le monde, je respecte ça.

— Heille! s'exclama Nicole. J'aime ça les sensations fortes, moi.

— Écoutez… C'est pas que je veux pas, mais la pizza de tantôt passe pas vraiment. Je pense que ce serait mieux que je reste tranquille, annonça Lucien.

— Arrête de niaiser! dit Nicole en lui tapotant l'épaule. Tu vois Benoit, y'a pas juste les filles qui sont pas faites pour les sensations fortes. Les gars aussi, ça l'air. Une poule mouillée, c'est une poule mouillée. C'est pas une affaire de gars ou de filles, se moqua-t-elle gentiment.

— Je vais te le montrer que je suis pas une poule mouillée! répondit Lucien en riant. On verra après qui a le cœur solide pis qui l'a pas.

Ils empruntèrent de nouveau l'Expo-Express, fébriles de découvrir La Ronde. La balade en hauteur leur permettait d'admirer la vue du site.

Ils se promenèrent d'un manège à l'autre en anticipant le prochain.

Ils refusaient d'admettre qu'ils craignaient certains manèges et acceptaient d'essayer chaque attraction proposée par Benoit: La Pitoune, La Grande Hermine et le téléphérique. Au Safari, Marguerite, fascinée, ne détachait pas les yeux d'un éléphant transportant sur son dos un jeune couple.

Ils attendirent plus d'une heure en file pour entrer dans l'Aquarium où ils assistèrent à un spectacle mettant en scène de magnifiques dauphins.

Marguerite se surprit à ressentir une profonde allégresse. Elle se sentait libre, euphorique et vivante. Cette vision futuriste qu'elle avait captée dans plusieurs pavillons lui avait permis de se projeter ailleurs durant plusieurs heures. Elle s'était accordé la permission de rire et d'être heureuse. Pour la première fois depuis l'accident, elle n'avait pas éprouvé de culpabilité. Elle s'était laissée porter par le moment présent en le vivant pleinement.

Cette journée qui tirait à sa fin lui manquait déjà. Elle aurait voulu qu'elle ne se termine jamais.

Sur le chemin du retour, Marguerite se tourna vers sa sœur sur la banquette arrière. Elle tenait discrètement la main de Lucien. Marguerite détourna le regard en souriant.

— Qu'avez-vous pensé de votre journée ? demanda Benoit sans détacher les yeux de la route.

— J'ai ben aimé ça, répondit Marguerite. Merci pour l'invitation. J'ai pas le choix d'admettre que c'est pas mal grâce à toi si on y est allés.

— Es-tu en train de me dire que j'ai ben fait d'insister comme je l'ai fait ?

— Pour être insistant, ça, tu l'étais, dit Marguerite en riant. Merci d'avoir insisté. Je pense que c'était la plus belle journée de ma vie.

— Bon! s'exclama Nicole. Tu me comprends asteure!

— La différence, Nicole, c'est que moi, j'ai pas d'enfant, se moqua-t-elle. C'est correct que ce soit le plus beau jour de ma vie. Toi, ça devrait être Denis.

— C'est Denis! répliqua-t-elle. N'empêche que Margot a raison, merci pour l'invitation Ben Lef.

— Tout le plaisir était pour moi! J'ai aimé y aller la première fois, mais je dois avouer que j'ai encore plus aimé y aller cette fois-ci avec vous autres. Qu'est-ce que vous avez le plus aimé?

— Toute! répondit Marguerite. Absolument toute! J'ai aimé les hôtesses avec leur bel habit et leur beau chapeau rond. Je suis certaine que ma meilleure amie, Louise, les a aimées elle aussi. Louise voulait être hôtesse de l'air avant… Elle aurait été super bonne, j'en suis certaine. J'ai toute aimé, pour vrai! J'ai jamais vu autant d'affaires futuristes.

— Moi aussi, j'ai toute aimé! renchérit Nicole. J'ai aimé voir des gens qui venaient du monde entier. Les Chinoises étaient tellement belles! Je pensais pas que ça existait des femmes belles de même.

— J'en connais une qui est encore plus belle que la plus belle qui était là-bas, dit Lucien en la regardant.

— Arrête donc, répondit Nicole en rougissant.

— Y a rien de plus vrai que ce que je viens de dire, insista-t-il.

— C'est beau les amoureux en arrière, coupa Marguerite. Mariez-vous pour l'amour du saint ciel. C'est vrai qu'elles étaient belles, les Chinoises. Les femmes du pavillon de l'Afrique aussi… avec leurs belles grandes robes colorées.

— Je me demandais ça, pensez-vous qu'elles pognent des coups de soleil comme nous autres ? demanda Lucien.

— C'est une bonne question ça ! dit Marguerite. Je sais pas hein ! J'en reviens pas de tout ce qu'on a vu aujourd'hui. Je pensais même pas que ça pouvait exister tout ça. Je savais même pas qu'il y avait tant de gens différents dans le monde. Je comprends mon amie Louise de vouloir voyager. Je pense à ça, tout ce qu'on a fait étamper dans notre passeport, toi tu l'avais déjà étampé, observa Marguerite.

— Oui, mais je me suis dit que vous aimeriez vraiment voir les pavillons qu'on a vus aujourd'hui.

— Mais tu les avais déjà vus, dit Marguerite.

— C'est vrai, mais vous ne les aviez pas vus.

Marguerite se tut. Elle observa la route qui défilait rapidement. « Il avait hâte de voir ce qu'il n'avait pas eu le temps de voir, mais il a revu tout ce qu'il avait déjà vu juste pour nous », songea-t-elle, reconnaissante. Il était quelqu'un de bien, elle en avait eu la preuve ce jour-là.

CHAPITRE 13

Se relever comme on peut

En ce début de juillet 1967, Salaberry-de-Valleyfield se métamorphosait depuis quelques jours déjà. Hôtesse des Régates mondiales cette année-là, la ville se devait d'être parfaite pour accueillir les milliers de visiteurs qui fouleraient son sol. Tout près du logement de Nicole, des estrades s'élevaient là où les outardes de Denis se dandinaient habituellement.

Les régates étaient sur toutes les lèvres campivallensiennes. Si certains n'aimaient pas particulièrement cette période estivale où leur ville était soudainement envahie par des étrangers qui, l'espace de quelques jours, se croyaient tout permis, la plupart des habitants attendaient impatiemment ce moment où leur havre de paix vibrait sous les applaudissements et les cris des amateurs d'hydroplanes.

Durant ses promenades quotidiennes, Marguerite s'amusait à observer les préparatifs qui évoluaient constamment. Benoit, fébrile à l'approche de la tenue de son évènement annuel préféré, ne parlait que des régates. Depuis leur visite à l'Expo, il visitait les sœurs Lalonde presque tous les soirs, tout comme Lucien qui fréquentait officiellement Nicole. Les amoureux ne se quittaient que pour la nuit.

Benoit, Lucien, Nicole et Marguerite s'appréciaient mutuellement. Les soirées passées à bavarder, à jouer aux cartes et à rire aux éclats les avaient rapprochés. Une amitié prometteuse s'installait doucement.

Marguerite avait dû s'avouer que Benoit n'était pas celui qu'elle croyait au départ. Il n'était pas étrange. Il était simplement jovial et sociable. Il aimait prendre le temps de discuter avec tous ceux qu'il croisait. Il ne cherchait pas l'attention, il cherchait à en donner aux autres. Sa gentillesse, son sens de l'humour et son enthousiasme la rassuraient. Elle trouvait en lui un ami qui lui inspirait confiance.

Ce soir-là, ils étaient tous attendus à la maison familiale. Nicole avait informé Claire qu'elle désirait leur présenter celui qu'elle fréquentait et potentiellement deuxième époux. Sa mère avait saisi l'occasion pour inviter ses filles à souper. La voiture de Lucien n'étant pas assez en ordre pour emprunter la grande route, Nicole s'était tournée vers Benoit qui, fidèle à lui-même, avait accepté sans hésiter de les conduire à Dorion.

Après le travail, Lucien avait déposé Nicole chez elle afin qu'elle puisse se préparer, puis était parti chez lui pour faire de même. Benoit arriva comme prévu à seize heures. Marguerite l'accueillit en le scrutant de la tête aux pieds. Il portait des souliers bruns cirés à la perfection et des bas blancs qui lui couvraient les mollets, des bermudas beiges et une chemise jaune à manches courtes.

— T'es pas un peu trop ben habillé? demanda-t-elle.

— Je savais pas trop comment m'habiller, avoua-t-il. Ma mère m'a conseillé de m'habiller propre. Elle dit que ça fait toujours meilleure impression.

— Tu veux faire bonne impression à mes parents? Ils t'ont déjà vu, leur impression est déjà faite.

— Penses-tu qu'elle est bonne ou qu'elle est mauvaise?

— Je sais pas, je ne leur ai pas demandé, dit-elle en un pieux mensonge.

« Le jeune homme qui vous accompagnait m'a l'air bien élevé et gentil », avait souligné sa mère lors d'une conversation téléphonique. Claire croyait qu'il s'intéressait à Nicole et était soulagée qu'elle soit courtisée par un jeune homme qui lui semblait être à la hauteur de ses espérances pour sa fille. Elle avait laissé paraître une certaine déception lorsque Marguerite l'avait informée que Nicole semblait se rapprocher d'un de ses collègues de travail.

— Penses-tu que je devrais retourner me changer vite fait? demanda Benoit.

— T'es parfait comme ça! Ma mère sera juste ben contente de savoir que tu t'es ben habillé pour aller souper chez eux.

— Es-tu en train de te moquer de moi là? Je le sais jamais avec toi.

— Misère, tu t'en vas où beau de même? demanda Nicole en les rejoignant.

— Je suis trop habillé, hein ? Je vais aller me changer, dit-il.

— Pourquoi t'irais te changer ? demanda Nicole. T'es ben correct de même. J'espère que Lucien sera ben habillé lui aussi parce que ma mère risque d'être déçue que ce ne soit pas toi que je leur présente à soir. Je suis prête à partir ! Laissez-moi deux minutes pour prendre les affaires du p'tit, pis on part.

Quelques minutes plus tard, Nicole avait tout le nécessaire pour Denis et ils étaient prêts à partir.

Marguerite prit place sur la banquette avant et Nicole se glissa à l'arrière en tenant Denis sur ses genoux.

Benoit immobilisa sa voiture devant la maison de Lucien qui les attendait assis sur le porche.

— J'espérais que vous ne m'oubliiez pas ! lança-t-il en prenant place près de Nicole.

— Pas de danger, répondit Benoit. C'est toujours ben pour que tes nouveaux beaux-parents te rencontrent qu'on va à Dorion. Je veux pas te faire peur, mais moi, je les ai rencontrés et laisse-moi te dire que t'es mieux de marcher drette avec ton beau-père.

— Tant que ça ? répondit nerveusement Lucien.

— Quand même, renchérit Benoit. Monsieur Lalonde est ben dur d'approche. Il ne m'a pas adressé un mot du temps que j'étais là. Madame Lalonde était un peu du même genre. Elle n'a pas l'air commode comme belle-mère. J'ai entendu dire qu'elle n'avait pas apprécié qu'on reste dans le char quand Nicole est allée chercher Denis en revenant de l'Expo.

— Pour vrai ? rétorqua Lucien. Je me sens tellement mal là… Nicole, tu voulais pas qu'on sorte avec toi. Tu disais qu'il était tard et que ça irait plus vite si tu débarquais seule. Lui as-tu dit à ta mère ?

— Je pouvais pas vraiment… Elle ne m'a pas laissée parler. Elle était trop désappointée, ça n'aurait rien donné de toute façon.

— Mes p'tits comiques, avez-vous l'intention de le laisser se décomposer longtemps de même ? demanda Marguerite. Ils te niaisent, Lucien ! Nos parents sont loin d'être durs d'approche, pis ma mère n'était pas pantoute désappointée parce que Ben et toi avez attendu dans le char l'autre soir.

— Vous n'êtes pas drôles ! s'exclama-t-il. J'ai le cœur qui vire à cent milles à l'heure. Sérieusement, j'étais en train de dire qu'il valait mieux que je vire de bord pis que je retourne chez nous. Je pense que je pourrais jamais être avec une femme qui a des parents qui me détestent. C'est long longtemps une vie à se faire haïr. C'est pas mêlant, j'ai encore la patate qui me débat.

— Je m'excuse, c'était trop tentant de te niaiser un peu, dit Nicole en riant.

— Ça va, je t'ai déjà pardonnée. Toi Ben Lef, t'as pas fini avec moi, avertit Lucien. Crois-moi, je t'en dois une, pis tu me verras pas venir.

— Des menaces, des menaces…

— Une promesse, une promesse…

— Petit conseil, ne mets pas Margot dans le coup parce que ça ne sera pas long avant qu'elle m'informe que t'es en train de me piéger, se moqua Benoit.

— C'est faux, répliqua Marguerite. Si c'est toi la cible de la blague, je jure que l'idée de t'avertir ne m'effleurerait même pas l'esprit.

Ils éclatèrent tous de rire.

Arrivés à destination, Benoit se gara devant la maison des Lalonde. Il se tourna vers Lucien et le taquina en lui souhaitant bonne chance.

— J'en aurai pas besoin, ils vont m'aimer, c'est certain, répondit-il en sortant de la voiture. Il tendit les bras vers Denis qui hocha la tête et tendit plutôt les bras vers Benoit.

— J'espère que tes beaux-parents ne feront pas comme Denis, dit Benoit en souriant. J'aurai pas assez de bras pour tout le monde.

— Arrête d'agacer Lucien, pis déguédine un peu! coupa Marguerite.

Fernand, qui guettait leur arrivée, ouvrit la porte:

— Si c'est pas de la belle visite! lança-t-il. J'espère que ça vous a pas trop occasionné de troubles de descendre un soir de semaine? J'y ai dit à votre mère que ça serait mieux en fin de semaine… Pensez pas que ça me dérange, c'est pour vous autres. Moi, j'ai pas de route à faire un soir où je travaille le lendemain matin.

— Faites-vous-en pas papa, répondit Nicole en le rejoignant. Comme je disais à maman, en fin de semaine, c'est les régates, on n'aurait pas vraiment pu descendre. On mourra pas de sortir de la routine de semaine une fois de temps en temps.

— Les régates… J'y ai été deux fois, y a un bail de ça.

— Papa, je vous présente Lucien, lança Nicole.

— Moi, c'est Fernand Lalonde, dit-il en serrant la main tendue.

— Si c'est pas mon p'tit-fils! lança Fernand en voyant approcher Marguerite, Benoit et Denis. Comme ça, vous êtes des p'tits cachottiers, Nicole pis toi, ajouta-t-il à l'intention de Benoit.

— Papa, c'est pas lui mon petit ami, corrigea Nicole. C'est Lucien.

— C'est mon erreur, dit Fernand. J'ai pensé que c'était lui vu qu'il t'aidait avec le p'tit. Bienvenue à la maison jeune homme, poursuivit-il en invitant Lucien à entrer.

— Pensez pas que je veux pas aider Nicole avec le p'tit, bredouilla Lucien. C'est qu'il voit Benoit dans sa soupe depuis qu'il lui a gossé un canard pis un bateau en bois. Croyez-moi, je me pratique tellement à gosser dans le bois que j'en ai les mains pleines d'échardes. Je perds pas espoir, je vais l'avoir en lui faisant un canard qui conduit un bateau.

Au grand soulagement de Lucien, sa réplique les fit rire. Il dissimula derrière un sourire le sentiment de jalousie qu'il éprouva soudainement envers Benoit. Il enviait la facilité avec laquelle il tissait rapidement des liens avec ceux qu'il rencontrait. Contrairement à Benoit, il ne parlait pas en faisant de belles tournures de phrase. Ses connaissances et habiletés étaient limitées, ce qui n'était pas le cas pour Benoit qui semblait doué dans tout ce qu'il entreprenait.

D'avoir réussi à briser la glace avec son beau-père en le faisant rire apaisa quelque peu sa nervosité.

— Claire, regarde la belle visite que je te ramène! lança Fernand en entrant dans la cuisine, suivi de ses filles, de Lucien et de Benoit qui portait toujours Denis dans ses bras.

— Maman, je vous présente Lucien. C'est mon amoureux, précisa Nicole.

— Contente de vous rencontrer jeune homme, dit Claire en lui tendant la main.

— Tout le plaisir est pour moi, dit-il en lui serrant la main. Je vous en prie, madame Lalonde, tutoyez-moi.

— Je le ferai volontiers à condition que tu laisses tomber le madame et que tu m'appelles Claire.

— Grand-maman ne mange pas avec nous autres ? demanda Marguerite.

— Elle devrait arriver d'une minute à l'autre, répondit Claire en retournant à ses chaudrons. Elle est chez la coiffeuse. Vous connaissez votre grand-mère, les filles, elle voulait avoir belle allure pour rencontrer l'amoureux de sa petite-fille chérie.

— Pas besoin d'aller chez la coiffeuse pour ça, elle a toujours belle allure grand-maman.

— T'as ben raison, Margot ! approuva Claire. Assoyez-vous, restez pas plantés comme des piquets, ajouta-t-elle en pointant la table de cuisine d'un signe de la tête. Fernand, va donc dans chambre de Margot chercher la chaise haute pour le p'tit. Figure-toi donc, Nicole, que ton père a acheté une chaise haute exprès pour quand le p'tit vient à maison.

— La dernière fois qu'on l'a gardé, on n'a pas trouvé ça commode de pas avoir de place pour l'installer. J'ai embarqué dans mon char pis j'ai été en acheter une. J'ai ben faite, ça n'aura pas pris de temps avant qu'on en ait encore besoin.

— Avez-vous besoin d'aide ? demanda Lucien.

— C'est ben gentil de l'offrir, mais le jour où je serai pu capable d'apporter une chaise de bébé tout seul, ça voudra dire que je suis bon pour lever les pattes pis aller manger les pissenlits par la racine.

— Margot, tu me rendrais service si tu servais à boire à visite, dit Claire.

— Je vais le faire avec plaisir maman, mais c'est pas de la grosse visite, dit Marguerite. C'est juste Lucien pis Benoit.

— La visite qui est importante pour ta sœur l'est aussi pour nous, précisa Claire. Vous buvez quoi ? Y a de la bière tablette, de l'eau, du Coca-Cola, du lait pis du jus. Margot, sors mon pot à jus Tupperware, y est sur la première tablette dans le frigidaire. Avouez qu'il est beau pas juste un peu ! Un beau brun chocolat. Là, y est fermé… pour l'ouvrir, pousse sur le piton avec ton pouce. Tu vois la partie arrière s'abaisse et celle d'en avant monte. Là, y est ouvert. C'est merveilleux, ce p'tit pichet-là. Il t'en faudrait un Nicole. T'as le choix entre orange ou brun. L'orange aussi est vraiment beau. Quelle couleur t'aimes le mieux ?

— Vite de même, je dirais orange, répondit Nicole.

— Je pense à ça ! Tu dois ben connaître une couple de femmes à Valleyfield qui aimeraient ça assister à une présentation Tupperware.

— Je connais pas tant de femmes, hésita Nicole. Je suis pas mal tout le temps à job ou à maison.

— T'as pas besoin de connaître grand-monde pour qu'une représentante tienne une présentation chez vous. Faut juste rassembler au moins quatre ou cinq femmes, pis le tour est joué. Toutes les femmes veulent assister à une soirée Tupperware. Avoir la chance de découvrir en primeur des produits qui changent le monde, y a aucune femme sensée qui dirait non à ça. Penses-y comme faut. Je pourrais faire la présentation chez vous, ça te donnerait plein de cadeaux.

— Je vais y penser, maman. Vous me prenez un peu par surprise…

— C'est pas que je veux me mêler de votre conversation, interrompit Benoit, mais je pourrais regarder de mon côté. J'ai l'impression que ça pourrait intéresser ma mère, ses sœurs et d'autres femmes qu'elles connaissent.

— Regarde ça certain ! s'exclama Claire avec enthousiasme. Je pourrais en faire une chez ta mère. Reviens-moi avec ça, pis on regardera pour une date.

— Lucien pourrait aussi demander à sa mère, suggéra Benoit. C'est certain que t'es capable de trouver une couple de femmes toi aussi, hein Lucien ?

— Je pense ben que oui, bafouilla-t-il.

— Non mais, ça commence-tu ben une soirée ça ! s'enthousiasma Claire.

— Laissez-vous pas embarquer dans ses affaires Tupperware, avertit Fernand en déposant la chaise haute près de la table. Sont pas drôles les bonnes femmes avec leurs plats en plastique. Vous devriez les entendre jacasser comme des vraies mémères pendant les présentations. Y a pas moyen d'écouter la télé tranquille, elles s'énervent tellement qu'on s'entend même pu penser.

— Fernand, arrête-moi donc ça ! coupa Claire. Mes p'tits plats de plastique, t'es ben content d'en profiter.

Les soirs où j'ai des présentations, t'as juste à descendre écouter tes programmes chez ta mère.

— Pour dire vrai, ça rend ma femme heureuse, pis c'est tout ce qui compte. Quand ma femme est heureuse, moi je suis heureux. C'est tout ce que je souhaite pour mes filles : un mari qui est heureux quand sont heureuses.

Aline les rejoignit à ce moment. Marguerite et Nicole se levèrent aussitôt et l'accueillirent en l'embrassant.

— Vous êtes donc ben belle, grand-maman ! s'exclama Marguerite.

— C'est vrai que vous êtes belle, approuva Nicole.

— Vous êtes donc ben gentilles avec votre vieille grand-mère, répondit-elle en souriant.

Nicole lui présenta Lucien en soulignant qu'ils étaient fiancés, ce qui le fit rougir, car il n'avait pas encore eu le courage de la demander en mariage. Aline lui serra chaleureusement la main.

Claire demanda à ses filles de mettre la table.

— Avez-vous besoin d'aide ? demanda Benoit.

— Je viens de déposer la dernière fourchette sur la table, répondit Marguerite. C'est gentil, mais la prochaine fois, n'attends pas que tout soit fait pour te proposer, le nargua-t-elle.

— Comme ça, Lucien, Nicole et toi travaillez ensemble ? demanda Claire en déposant la dernière assiette sur la table.

— Oui, répondit-il. Pis votre fille est appréciée à la distillerie. C'est une bonne travaillante. Elle est toujours de bonne humeur, tout le monde trouve ça plaisant de travailler avec elle.

— C'est vrai que notre Nicole a toujours eu le sourire facile. Même bébé, elle pleurait pratiquement jamais pis riait tout le temps. Pas vrai, Fernand ?

— C'est ben vrai ! On peut pas dire la même chose de Margot, ajouta-t-il en riant.

— Ça compte pas vraiment, elle digérait pas son lait, ça lui donnait des gros maux de ventre.

— Même en grandissant, Nicole allait vers tout le monde en souriant, pis Margot était notre p'tite gênée, ajouta Fernand. On a été chanceux, Claire pis moi, on a eu de bonnes p'tites filles. On est ben fiers d'elles, hein Claire ?

— T'as ben raison, dit Claire en tapotant affectueusement son épaule. Nos filles sont ma grande fierté. Mangez, avant que ce soit froid, ajouta-t-elle en s'assoyant à la table.

— C'est délicieux, dit Benoit en avalant sa première bouchée.

— Merci pour l'invitation, madame Lalonde, renchérit Lucien.

— Pas de madame Lalonde, rappela-t-elle. Pis toi Benoit, travailles-tu à même place qu'eux autres ?

— Non, Claire. Je peux vous appeler Claire moi aussi ? demanda-t-il.

— Certainement ! répondit-elle.

— Je travaille en construction. J'ai comme projet d'être entièrement à mon compte, mais en attendant de bâtir mon nom dans le domaine, je travaille pour d'autres. J'ai toujours aimé construire des affaires, pis je pense en toute modestie que je me débrouille pas mal. Je suis pas si mal en mécanique, en plomberie et en électricité.

Mon père pis mon grand-père me traînaient sur leur ouvrage quand j'étais petit. J'ai beaucoup appris d'eux. Aujourd'hui, je reste avec ma mère pis ma plus jeune sœur, j'ai pas de grandes dépenses à faire, je ramasse mon argent pour m'acheter ma maison. J'aimerais ben un jour en construire une de mes mains, mais pour la première, je vise plutôt une petite construction neuve.

— Je reste aussi avec mes parents, souligna Lucien. J'ai un peu d'argent de côté. J'en ai moins que je voudrais, mais c'est parce que j'aide mes parents. Mon père a eu un accident d'auto il y a trois ans et depuis il travaille moins qu'il voudrait. Il fait des petits contrats de comptabilité pour un notaire, un docteur pis pour quelques entreprises du coin, mais c'est ben moins qu'avant. Il a des gros vertiges pis se fatigue vite. Ma mère travaille à l'usine de coton, mais elle est certaine qu'elle sera une des prochaines à se faire couper. C'est pu comme c'était, y commence à y avoir ben moins d'ouvrage à l'usine. Y a du monde qui disent que c'est à veille de fermer pour de bon.

— C'est généreux de ta part d'aider tes parents comme ça, dit Aline.

— Je pourrais pas faire autrement. C'est pas facile pour eux autres.

— Parle-nous un peu de toi, demanda Claire. C'est quoi tes projets pour l'avenir? Envisages-tu le mariage avec notre fille? Déménagerais-tu chez elle ou tu achèterais une maison?

— Maman! s'offusqua Nicole. C'est gênant de demander ça. On n'en a même jamais parlé encore.

— Je peux répondre, ça me dérange pas, répondit Lucien. C'est ben certain que je compte demander votre fille en mariage. Je me retiens de le faire depuis la première fois que je l'ai vue. Je le ferais en ce moment si je n'avais pas si peur de sa réponse.

— Fais-le, le défia Nicole.

— Drette là ? demanda-t-il en rougissant.

— Pourquoi pas ?

— Tu me prends au dépourvu là.

— C'est pas un peu trop rapide votre affaire ? demanda Marguerite.

— Quand tu sais ce que tu veux, c'est jamais trop rapide, répondit Nicole. Mais Lucien, je veux surtout pas te forcer à faire quelque chose que tu veux pas faire, ajouta-t-elle à son intention.

— C'est pas ça, c'est juste que je sais pas si ça se fait de faire ça de même. Ça serait-tu correct avec vous, monsieur Lalonde, si je faisais ma grande demande maintenant ? Pensez-vous que c'est trop vite ?

— Si c'est correct pour ma fille, c'est correct pour moi, répondit Fernand. C'est certain que pour être vite, c'est vite, mais moi aussi j'ai su que Claire était celle que je voulais épouser dès que je l'ai vue. J'ai pas eu besoin de grand temps pour le savoir. Ce genre d'évidence là, ça s'explique pas.

Lucien se leva et s'agenouilla devant Nicole. Ses mains tremblantes entourèrent les siennes.

— Nicole Lalonde, dit-il nerveusement, dès que je t'ai vue, j'ai su que j'allais un jour demander ta main. J'ai jamais été aussi certain de ma vie. Je suis pas aussi partant que toi pour essayer mille affaires, mais tu me rends partant de le faire. Tu me fais rire, tu me fais sourire, tu fais de moi un homme heureux. C'est certain que des fois, tu devras me brasser un peu pour me pousser à sortir de ma routine, mais je veux que tu le fasses. Je veux pas que tu me trouves plate pis que tu finisses par ressentir que notre vie l'est aussi. Je te promets de faire tout ce que je peux pour te rendre heureuse. Je te promets aussi de prendre soin de toi et de Denis tous les jours de notre vie. Je vous aimerai et vous protégerai au péril de ma propre vie. Nicole, ferais-tu de moi l'homme le plus chanceux du monde en acceptant de devenir ma femme ?

— J'aimerais ben ça, mais pas maintenant, c'est trop vite, répondit-elle. C'est une blague Lucien, c'est ben évident que j'accepte.

— Parlez-moi de ça, une demande en mariage entre deux bouchées de patates pilées ! lança Aline en applaudissant les jeunes amoureux.

— Pensez pas que je suis pas contente pour vous, mais je trouve que vous êtes vite sur le piton, dit Marguerite. Papa, je comprends pas votre réaction, poursuivit-elle. C'est exactement ce que vous reprochiez à Nicole... de s'être mariée trop vite.

— Margot, c'est pas la même situation, répondit Fernand. Ta sœur n'est plus une jeune fille. Est encore jeune, mais c'est une femme, une mère pis une veuve. Sa réalité est ben différente de ce qu'elle était à son premier mariage. C'est pas facile d'être une jeune mère qui a la charge seule d'un enfant.

— On aura en masse le temps de se connaître plus. On ne se marie pas à soir, précisa Nicole. On fait juste officialiser notre intention de le faire. Margot, fais donc pas ta rabat-joie. C'est un beau moment pour moi, laisse-moi donc en profiter un peu.

— T'as raison, je m'excuse, répondit-elle.

— T'es toute pardonnée ! Bon, on a assez parlé de nous, qu'est-ce qui se passe de bon par icitte ? demanda-t-elle en espérant faire diversion.

— Je te dirais qu'icitte, on se relève comme on peut, confia Fernand. On n'est pas tous rendus à même place là-dedans, pis on n'a pas le même avis non plus. Ça fait qu'on s'éloigne de certaines personnes pis on se rapproche d'autres. Y'a du monde qui veut pas en parler, pis y'en a d'autres qui veulent juste parler de ça. C'est pas toujours évident de savoir où se mettre dans tout ça. Je parle de l'accident d'autobus, précisa Fernand à l'intention de Benoit et Lucien.

— Y a-tu eu du développement ? s'informa Marguerite.

— Oui pis non, répondit Fernand. Y est ressorti de l'enquête que la barrière aurait été levée par un ou deux jeunes, mais y a pas grand-monde qui embarque là-dedans. C'est de la poudre aux yeux pour protéger le CN, on le sait ben. Ils disent que c'est des jeunes, mais quels jeunes ? Y a aucun nom de sorti. Le CN a compensé les survivants pis les familles des victimes avec un gros chèque de mille dollars, pis merci bonsoir.

— Comme si leur paix pouvait s'acheter, renchérit Claire.

— Ce drame-là nous aura tous changés, souligna Aline. Ça nous aura unis pis divisés en même temps. C'est un bagage de colère, de tristesse et d'incompréhension qu'on traîne tous à notre façon. Chose certaine, on est tous marqués au fer rouge. On n'oubliera jamais.

— J'aimerais ben ça être capable d'oublier, mais ça me réveille encore la nuit, ajouta Marguerite. Y a l'odeur des corps qui brûlent, le bruit des sirènes de police pis les hurlements de certains parents qui me hantent encore. J'arrive un peu plus à ne pas m'en vouloir quand je ris et que j'ai du plaisir, mais c'est vraiment pas facile.

— Je suis persuadée qu'il n'y a aucun jeune qui souhaiterait que tu te prives d'être heureuse par compassion, dit Aline. C'est certain qu'ils veulent pas que vous vous vautriez dans le malheur. Si ça avait été le contraire, les regarderais-tu d'en haut en leur en voulant chaque fois qu'ils rient et qu'ils sont heureux? Souhaiterais-tu qu'ils renoncent au bonheur pour honorer ta mémoire?

— C'est sûr que non, bredouilla Marguerite.

— C'est exactement la même chose pour eux, j'en suis absolument certaine, affirma Aline.

— Margot, as-tu eu des nouvelles dernièrement de Loulou? Ta mère pis moi, on a croisé son père chez Loyola Schmid. Il nous a dit que Loulou restait pu chez eux, qu'elle vivait chez un gars avec qui elle sortait depuis quelques mois. Y avait l'air ben débiné le pauvre homme. Sa fille n'a pas l'air de le tenir au courant de ce qu'elle fait de sa vie.

— Vous savez papa, Loulou c'est une âme libre. Elle s'entend pas très bien avec sa mère. J'imagine qu'elle veut pas qu'elle soit au courant de ses affaires. Aux dernières nouvelles que j'ai eues, elle partait dans l'Ouest canadien cueillir des petits fruits. J'ai pas eu de nouvelles depuis, j'imagine que ça doit coûter cher les appels de là-bas.

— Dans l'Ouest canadien! s'étonna Claire. Ça lui tentait pas de cueillir des petits fruits par icitte?

— Y paraît que c'est ben plus payant de les cueillir par là-bas, répondit Marguerite.

— Elle s'est rendue comment dans l'Ouest canadien? Me semble que c'est pas à porte.

— C'est certain que c'est pas à porte, rétorqua Fernand, c'est à l'autre bout du pays.

— Ils y sont allés en auto, répondit Marguerite.

— Misère du saint ciel! s'exclama Claire. Être sa mère, je pense que j'aurais fait une syncope depuis longtemps.

— Avoir sa mère, ça ferait longtemps que je me serais aussi poussée à l'autre bout du pays, répondit Marguerite en souriant.

— Je m'ennuie de vous avoir près de moi, les filles, dit Claire en les regardant. Je sais ben que Valleyfield, c'est pas loin, c'est pas à l'autre bout du pays, mais quand même...

— J'aurai un meilleur char bientôt, j'amènerai votre fille vous voir plus souvent, promit Lucien.

— Je peux vous amener la vôtre quand vous voulez, ajouta Benoit.

— Un jour maman, j'aurai mes licences et je viendrai vous voir le plus souvent possible, ajouta Marguerite.

— Venez en fin de semaine à Valleyfield, proposa Benoit. C'est les régates mondiales, ça serait une bonne occasion pour vous, Fernand, de revivre l'expérience après toutes ces années.

— Je sais ben pas, répondit-il. Je pense pas que ma femme aimera ça. Le bruit, le monde pis toute...

— Qu'est-ce que t'en sais, Fernand Lalonde? l'interrompit Claire. Sers-toi pas de moi pour te défiler. C'est toi qu'est pas sorteux, moi ça ferait mon bonheur d'y aller pis d'être avec nos filles pis notre petit-fils.

— C'est juste que j'ai pas prévu d'y aller, précisa Marguerite.

— Faut que tu viennes, insista Benoit. Sinon, la petite Marie ne s'en remettra pas. Quand j'ai parlé avec son père au téléphone pour organiser leur venue, je l'entendais en arrière qui demandait à te parler.

— C'est qui ça, la petite Marie ? s'informa Claire.

— C'est une petite fille qui s'est perdue pendant qu'on était à l'Expo, répondit Marguerite. Benoit qui parle tout le temps à tout le monde a proposé à sa famille de venir aux régates sur son terrain.

— Ça va en faire du monde à messe, observa Fernand.

— Comme dirait ma mère, il n'y a jamais trop de monde à messe, répondit Benoit.

— Ta mère a ben raison ! s'exclama Fernand.

— Je vous servirai tous de guide avec plaisir, déclara fièrement Benoit. Je peux parler avec ma mère et tous vous recevoir à la maison, aussi. On reste à cinq minutes à pied de la baie. Ma mère est bonne cuisinière, c'est l'histoire de rien pour elle de vous recevoir à manger.

— T'es ben fin Benoit, mais on s'imposera pas chez vous certain, dit Claire. On s'apportera un goûter, ça sera ben correct.

— Arrêtez-moi ça, vous allez venir à maison ! trancha Nicole.

— À ce que je vois, vous avez organisé ça vite, observa Fernand. Ç'a l'air qu'on va aller à Valleyfield en fin de semaine. Vous êtes comme une boîte à surprises vous autres à soir.

— Je suis donc ben contente! s'exclama Claire.

— Vous n'aurez rien à payer en plus, lança fièrement Benoit. J'ai un terrain sur le bord de la baie. C'est pas un gros terrain, mais mon oncle l'a légué à mon père qui me l'a légué. Je me garde chaque année une partie pour que je puisse inviter mon monde et je loue le reste à un gars qui invite ses employés pis leurs familles. Il monte les estrades, en met une sur mon côté, pis après les Régates, il remballe ses affaires et laisse le terrain propre. Vous serez pas déçus, c'est vraiment une belle place, on est aux premières loges.

Fernand sourit, Claire lui tapota affectueusement la main. Benoit observa Marguerite du coin de l'œil. Savait-elle qu'il ferait tout pour la rendre heureuse? Il était tombé amoureux d'elle à l'instant où elle avait tiré le rideau et l'avait refermé aussitôt.

Il pensait à elle jour et nuit. Il espérait percer son armure en usant de douceur et de patience. Il était prêt à tout pour chasser la pluie dans ses yeux. Il aspirait à la faire rire le plus souvent possible. Comme elle était belle lorsqu'elle souriait! Ses traits s'illuminaient et ses yeux brillaient. Le bonheur lui allait si bien.

Benoit était parvenu à être son ami et cela lui suffisait. Il multipliait les stratagèmes pour trouver des occasions d'être en sa compagnie tout en gardant ses distances pour ne pas l'effrayer. Il était résolu à prendre son temps.

— Benoit, t'es dans lune! lança Nicole. Ma mère t'a demandé deux fois si tu voulais un café.

— Excusez-moi, Claire, j'avais pas entendu. J'en prendrai un avec plaisir.

— Tu mets quoi dedans? demanda-t-elle.

— Du lait, deux sucres s'il vous plaît.

— Mon défunt mari t'aurait dit que t'aimes pas le café pour cacher le goût de même, dit Aline.

— Il voyait juste votre mari, répondit-il en souriant.

Marguerite sourcilla. Elle lui avait servi un café noir. Il l'avait bu sans broncher.

— Ça vous tente-tu de jouer une couple de parties de cartes ? proposa Claire.

— Juste une ou deux, répondit Nicole. On partira pas tard, le p'tit commence à être fatigué. En plus, Lucien pis moi, on travaille demain matin.

— Margot, tu serais fine d'apporter un crayon, le calepin et deux paquets de cartes dans le tiroir à cochonneries, dit Claire.

Ils jouèrent aux cartes jusqu'à ce que Denis manifeste son impatience. Nicole prépara une bouteille pour la route et Marguerite rassembla leurs affaires. Fernand en profita pour sortir en compagnie de Benoit et de Lucien.

— Je voulais te dire mon garçon, dit-il à Lucien, que j'ai confiance que tu sauras prendre soin de ma fille. Je suis quand même obligé de te prévenir qu'avec moi, tu pars à cent pis tu perds des points chaque fois que tu la déçois. Je te le dis par principe, parce que je suis certain que tu n'en perdras pas. Tu m'as l'air d'un bon *jack*, j'espère que je me trompe pas. D'habitude, je vois juste.

— Inquiétez-vous pas, Fernand, j'ai toujours été un premier de classe. Perdre des points, j'haïs ben ça. J'aime votre fille pis tout ce que je veux, c'est être à la hauteur de ce qu'elle mérite.

— Ça me rassure d'entendre ça. Pis, ajouta-t-il en regardant Benoit, je compte sur toi pour veiller à ce qu'il tienne parole.

— Avec plaisir! répondit-il. Vous pouvez dormir en paix, vous avez raison, Lucien, c'est un sacré bon *jack*.

— On peut pas dire que c'est pas un beau char que t'as là, bredouilla Fernand au moment où sa femme les rejoignit suivie de sa mère et ses filles.

— Merci, répondit Benoit qui comprit que Fernand cherchait à changer de sujet. Je l'aime ben.

— C'est un quelle année ce beau Ford Thunderbird là?

— Un 1959, répondit Benoit. Il est en parfait état, j'en prends grand soin.

— Je me disais ben aussi que c'était certainement pas un Chevrolet, pour qu'il soit pâmé comme ça, dit Claire en souriant. Merci d'être venus, ajouta-t-elle. Ç'a vraiment été une belle soirée. J'ai déjà hâte en fin de semaine. Merci encore Benoit pour l'invitation.

Ils montèrent en voiture. Claire tendit Denis à Nicole qui l'installa confortablement sur elle. Benoit démarra et s'engagea sur la route après un dernier au revoir.

Sur le chemin du retour, Marguerite se tourna vers Denis qui dormait dans les bras de sa mère. Elle regrettait sa réaction lors de la demande en mariage de Lucien et d'avoir teinté de sa mauvaise foi ce moment important pour sa sœur. Ce n'était pas sa vie, c'était celle de Nicole. Elle n'avait pas à remettre en cause ses choix et elle le savait. Elle comprenait le sentiment d'urgence que ressentait Nicole à s'engager avec Lucien. Elle désirait former de nouveau une famille et la vie de veuve n'était pas simple. Marguerite comprenait tout cela.

Pourquoi ne pouvait-elle pas être simplement heureuse pour les autres ? Sans critiquer, sans remettre en question la source de leur bonheur ?

En vérité, Marguerite craignait que Lucien prenne sa place. Une fois mariée, Nicole ne travaillerait plus et n'aurait plus besoin d'elle pour prendre soin de Denis. Elle redoutait le moment où elle devrait retourner chez ses parents. Elle aimait tellement sa vie comme elle était présentement que sa crainte que tout s'arrête l'avait poussée à réagir égoïstement.

CHAPITRE 14

Danse, Loulou

Le ciel était gris ce 23 septembre 1967. « Il est gorgé de peine », songea Marguerite en regardant par la fenêtre. Elle le comprenait, elle partageait son chagrin.

Benoit gara sa voiture devant l'appartement des sœurs Lalonde et débarqua en laissant tourner le moteur.

Nicole lui ouvrit la porte en lui murmurant que Marguerite avait pleuré toute la nuit. Il lui promit de veiller sur elle. Son regard croisa celui de Marguerite. Elle lui parut si vulnérable.

Elle avait appris quatre jours auparavant le décès de Louise. En apprenant la nouvelle, Marguerite s'était effondrée en hurlant. Elle s'était ensuite réfugiée dans sa chambre où, étendue sur son lit en position fœtale, elle avait pleuré jusqu'à s'endormir d'épuisement.

Louise n'allait pas très bien depuis son retour de l'Ouest canadien. Le bruit courait qu'elle avait perdu le contrôle d'elle-même, qu'elle s'était aventurée sur une pente descendante. Fêtarde, elle buvait à outrance et consommait de la drogue.

Le soir de sa mort, elle faisait la fête avec quelques amis. Elle avait pris du LSD. Après avoir fumé quelques joints et enfilé plusieurs bières, elle s'était dirigée vers le balcon avant du logement où la fête se déroulait.

Un voisin de palier qui prenait l'air sur son balcon aurait vu Louise s'approcher du garde-corps. Sans que le voisin eût le temps de réaliser ce qui se passait, Louise aurait traversé le garde-corps, aurait crié qu'elle était un oiseau avant de se jeter du quatrième étage d'un immeuble.

Depuis qu'elle avait appris la nouvelle, Marguerite avait maintes fois imaginé la scène. Chaque fois, elle avait la sensation de manquer d'air. Elle avait longuement discuté avec sa sœur. Elle avait longuement pleuré, aussi. Les larmes avaient coulé sans retenue. Elle les avait puisées au creux de son ventre, là où elle avait enfoui celles qu'elle n'avait pas versées à l'automne 1966.

Nicole l'avait écoutée sans rien dire. Elle se disait qu'il était grand temps qu'elle laisse sortir cette peine qui l'étouffait.

— Je me suis souvent dit que Loulou devrait être plus comme moi et que moi, j'aurais dû être plus comme elle, avait confié Marguerite. Si elle avait été juste un peu plus sage, elle serait sûrement encore en vie. Elle réfléchissait pas Loulou, elle fonçait, pis c'est toute. Je sais pas comment l'expliquer, mais j'ai jamais vu quelqu'un d'aussi vivant que Louise. Je peux même pas l'imaginer morte. Pas elle, ça se peut même pas. Quand je pense à la dernière fois qu'on s'est vues, ça me fend le cœur.

— C'est pas cette fois-là qui compte, c'est toutes les autres, avait répondu Nicole.

Marguerite avait essuyé ses larmes en se disant que sa sœur avait sans doute raison. Elles s'étaient éloignées ces derniers mois, mais elles avaient été si proches durant tant d'années.

Dans moins d'une heure, elle dirait adieu à son unique amie. Elle était pétrifiée, mais elle devait le faire. Elle inspira profondément et se tourna vers Benoit et Nicole, prête à affronter ce qui l'attendait.

— T'es ben fin de venir avec moi, dit-elle à Benoit.

— C'est rien, c'est à ça que ça sert les amis.

— Je m'excuse encore de pas pouvoir y aller avec toi, dit Nicole.

— T'en fais pas, ce p'tit bonhomme-là peut toujours ben pas rester tout seul, répondit-elle en regardant Denis qui faisait rouler une petite voiture sur le mur du salon.

Marguerite se pencha vers Denis et l'embrassa sur le front. Elle salua Nicole et Lucien en leur assurant qu'elle allait bien. Benoit lui ouvrit la porte et s'empressa de se rendre à la voiture pour lui ouvrir la portière.

— Merci encore d'être là, dit-elle alors qu'il s'engageait sur la route.

— Je ne voudrais pas être ailleurs que là où on a besoin de moi, répondit-il. Tu tiens le coup ?

— Ça va aller.

— Veux-tu encore lui rendre hommage à l'église ?

— J'ai dit à son père que je le ferai. Je dois ben ça à Loulou. Mais ça me rend nerveuse, j'ai jamais parlé devant du monde, comme ça. J'ai peur de pleurer pis de pas être capable d'arrêter. J'ai peur de figer et d'oublier ce que je veux dire. J'ai peur de tomber sans connaissance aussi. J'ai peur de toute.

— T'auras juste à me regarder, dit Benoit. Si t'oublies ce que tu veux dire, je vais t'aider. Je sais que t'es capable de le faire Margot. T'es tellement plus forte que tu penses.

— Tu penses ça?

— Si tu savais tout ce que je pense, murmura-t-il. Il n'y a personne d'autre que toi qui puisse rendre un hommage à la hauteur de qui était ton amie.

— Je sais… Elle va me donner la force de le faire, j'en suis certaine. Parler devant le monde, ça ne lui faisait pas peur à Loulou. Ça me fait de la peine que tu ne l'aies pas connue.

Benoit se gara près de l'église. Marguerite repéra avec soulagement la voiture de son père qui lui avait assuré que Claire et lui seraient présents. Elle inspira et expira profondément.

— Ça va aller? s'inquiéta Benoit.

Marguerite opina en ouvrant la portière. Benoit s'empressa d'ouvrir la sienne. Il contourna rapidement sa voiture et offrit son bras à Marguerite qui l'accepta. Ils marchèrent ensemble jusqu'à l'église où ils se glissèrent sur le banc occupé par Claire et Fernand qui les saluèrent d'un signe de la tête.

La cérémonie débuta. Marguerite jeta un coup d'œil aux gens autour. Il n'y avait pas foule, une trentaine de personnes tout au plus. Elle sourcilla en apercevant Agnès qui pleurait la tête appuyée sur Simone.

Le curé invita Marguerite à livrer son hommage à Louise. Elle se leva nerveusement. Ses jambes tremblaient, son cœur battait rapidement et ses mains étaient moites. Elle voulut se rasseoir, mais Benoit lui fit signe d'avancer vers l'autel en murmurant qu'elle était capable de le faire. « Loulou, aide-moi », songea-t-elle en marchant vers l'autel.

Elle se plaça devant le lutrin où elle déposa la feuille sur laquelle elle avait écrit d'une main tremblante son hommage à Louise.

— Louise… Loulou, débuta-t-elle, la voix chargée d'émotion. Mon amie depuis toujours et pour toujours, ajouta-t-elle en cherchant le regard de Benoit. Nous étions tout et son contraire. Toi, si belle, si pétillante et si libre. Toi, toujours prête à explorer les sentiers que nos parents nous interdisaient. Belle Loulou, si courageuse, si rebelle aussi. Tu m'as appris à aimer en laissant les autres libres d'être ce qu'ils sont sans vouloir les changer. Parce que lorsqu'on aime, on aime sans compromis. Tu as toujours été de celles qu'on ne peut pas retenir, à qui on ne peut pas couper les ailes. Ces mêmes ailes que tu as déployées comme le plus beau des oiseaux. Vole, ma Loulou, vole aussi haut que tu veux. Danse aussi. Danse avec nos amis, ma belle Loulou.

Marguerite s'arrêta et regarda Benoit qui l'encouragea d'un sourire.

— Je t'aime Loulou, poursuivit-elle. Je ne serais pas la même sans notre amitié. Tu trouvais que ma vie était trop beige et tu l'as teintée de toutes ces nuances qui coloraient la tienne. Toi qui voulais la passer entre ciel et terre à voyager entre ici et l'autre bout du monde, déploie tes ailes et visite tous les pays du monde, ma Loulou. Merci pour tout, mon amie. Je t'aime et tu me manques, conclut-elle en essuyant ses larmes.

Elle retourna à son banc, chamboulée par les émotions. Elle était fière d'être parvenue à rendre hommage à son amie qui méritait qu'elle trouve le courage de le faire.

— Je savais que tu pouvais le faire, lui murmura Benoit à l'oreille.

La cérémonie se poursuivit sans que Marguerite y porte attention. Elle fixa le cercueil dans lequel reposait son amie sans vie. Le prêtre poursuivit sa lecture de textes sacrés, puis invita l'assemblée à effectuer le rite de la croix. Finalement, il invita famille et amis à se lever pour l'acheminement du cercueil au cimetière.

En sortant de l'église, le père de Louise remercia Marguerite pour l'hommage rendu à sa fille.

— Savoir Louise en ta compagnie m'a toujours rassuré. J'espérais que tu finirais par déteindre un peu sur elle, avoua-t-il.

— Par chance, c'est elle qui a fini par déteindre un peu sur moi. Le contraire aurait été triste. Elle n'était pas le genre de filles qu'il faut éteindre. Elle était le genre de filles qui doivent briller.

— J'imagine que t'as raison, dit-il avant de rejoindre son épouse qui marchait d'un pas pressé sans regarder ceux qui s'étaient réunis par amour pour sa fille.

Marguerite ne s'attarda pas au cimetière. Elle salua ses parents qui prièrent Benoit de veiller sur elle. Il leur assura qu'ils pouvaient compter sur lui. Il se retint de répondre qu'il veillerait sur elle jusqu'à son dernier souffle, s'il en avait la chance.

Benoit ouvrit la portière à Marguerite qui jeta un dernier coup d'œil là où Louise reposait avec leurs amis. Elle leva les yeux et souffla un baiser vers le ciel.

— Ça va aller ? demanda Benoit.

— Oui, répondit-elle. Ils dansent ensemble, j'en suis certaine. Elle n'est pas seule, elle fera la fête avec eux. Ma Loulou est libre et elle vole. C'est ce qu'elle a toujours voulu. Je l'entends me murmurer à l'oreille de ne pas pleurer, d'aimer, de rire et d'oser. J'ai de la peine, j'ai le cœur qui saigne, mais ça va aller.

CHAPITRE 15

Le temps fait son œuvre

Une tasse de café dans une main, Marguerite retira de l'autre la page de novembre du calendrier. Elle la jeta dans la poubelle. Elle déposa sa tasse sur la table. « Il y en a de l'eau qui a coulé sous les ponts depuis un an », songea-t-elle en déposant un bol de céréales sur le plateau de la chaise haute de Denis.

— T'es fine de m'aider de même avec le p'tit, dit Nicole en entrant dans la cuisine.

— Te sens-tu mieux ? demanda Marguerite. Je t'ai entendue être malade cette nuit.

— J'ai l'estomac à l'envers, mais ça va mieux, répondit-elle. Je vais avoir besoin de toi, Margot… Va falloir que Lucien pis moi on devance le mariage. Je suis partie pour la famille, confia-t-elle en sanglotant.

— Pourquoi tu pleures ? demanda Marguerite. C'est une bonne nouvelle, non ?

— Oui pis non, répondit Nicole. On n'est pas mariés. S'il change d'idée pis qu'il m'épouse pu, je vais être veuve et mère célibataire de deux enfants. T'imagines !

— Il changera pas d'idée, tu le sais ça. Lucien te fera jamais ça.

— Faut qu'on devance le mariage, insista Nicole. On peut pas attendre à l'été prochain comme prévu. Je sais pas comment lui dire ça. Margot, j'ai tellement peur !

— Nicole, tu t'en fais pour rien. Calme-toi, j'aime pas te voir dans cet état-là. T'es pas toute seule là-dedans. Lucien est là pour toi, pis moi aussi. Je vais t'aider à tout organiser et tu seras mariée dans le temps de le dire. Pis ça va faire le bonheur de Lucien d'attendre moins longtemps. Es-tu ben certaine d'être enceinte ? Peut-être que tu te trompes pis que tu paniques pour rien aussi.

— Je suis ben certaine ! D'après mes calculs, je le serais de presque trois mois. Nos parents auront tellement honte ! J'ai le goût de mourir juste à y penser.

— Tu les connais mal… Ils n'auront jamais honte de toi. Pis ils sont pas obligés de le savoir, si tu veux pas qu'ils le sachent.

— J'avais pas prévu que ça se passerait de même, confia Nicole. J'espérais qu'on se marie cet été, sur le terrain de Benoit sur le bord de l'eau. Je pensais continuer à travailler un bout pour ramasser un peu d'argent. On a parlé Lucien pis moi qu'on voulait des enfants, mais pas vite de même. Pas avant d'être mariés.

— Avant, après, c'est pas ça qui devrait te déranger. T'es tellement bonne pour te revirer sur un dix cennes. Y a une raison pour toute, oublie jamais ça. Faut que tu planifies la suite. Ça donnera rien si on braille pendant des heures sur ton sort. C'est quand tu penses qu'il faudrait que tu te maries ?

— Je sais pas, j'ai pas les idées ben claires en ce moment. Si je me fie à quand j'attendais Denis, je dirais que ça devrait commencer à paraître dans un mois. C'est sûr que faudrait le faire avant que tout le monde s'en rende compte.

— Mais tout le monde va s'en rendre compte après le mariage que ça va vite ton affaire. Ils savent compter, ils le sauront de toute façon.

— Au moins je serai mariée avant que ça paraisse.

— Je comprends pas pourquoi c'est important de le cacher avant les noces, mais que le mois d'après, c'est correct que tu te promènes avec une bedaine de quatre mois.

— Margot, c'est pas important que tu comprennes ou pas. L'important, c'est que c'est important pour moi que personne le sache avant le mariage. N'essaie pas de me comprendre, sois juste là pour moi. J'ai demandé à Lucien de passer me chercher pour qu'on discute. Tu peux surveiller Denis pendant ce temps-là ?

Marguerite accepta, persuadée que Nicole s'en faisait inutilement. Elle connaissait mal Lucien si elle croyait qu'il la quitterait en la laissant élever seule leur enfant.

Moins d'une heure plus tard, Lucien immobilisa sa voiture devant l'immeuble. Nicole sortit le rejoindre.

— Tu imagines ça, tu seras grand frère ? dit Marguerite en se penchant vers Denis. C'est une grande responsabilité pour un p'tit bonhomme comme toi, mais je suis certaine que tu seras aussi bon que ta mère dans ce rôle-là.

— Dewors, bredouilla-t-il.

— Il fait trop froid pour aller dehors Denis, répondit-elle. Quand il y aura de la neige, on sortira ton traîneau pour aller se promener. Matante doit avoir de bonnes bottes avant, parce qu'en ce moment, elle gèle avec les siennes.

Marguerite s'installa sur le sol près de Denis et lui proposa de jouer avec ses cubes en bois. Il accepta, mais se lassa rapidement. Alors que Marguerite s'étirait vers le coffre à jouets, on frappa à la porte.

Comme tous les samedis matin, Benoit se présenta sur le seuil de la porte avec un panier en osier dans lequel sa mère avait déposé des pâtisseries fraîchement cuisinées.

— On va finir par peser deux cents livres, si ta mère continue de nous gâter de même! s'exclama Marguerite en ouvrant la porte.

— Je vais lui dire d'arrêter, répondit Benoit en déposant le panier sur le sol.

— Non, c'est correct, dit-elle en souriant. As-tu le temps de rentrer un peu?

— Avec plaisir! J'ai tout mon temps, j'ai pas de contrat en fin de semaine, poursuivit-il en se déchaussant.

— Boirais-tu un bon café? proposa-t-elle.

— Coudonc, je suis accueilli en grand moi à matin!

— Profites-en quand ça passe.

Marguerite lui fit signe de la suivre à la cuisine. Benoit prit Denis dans ses bras.

— Ta sœur dort encore? demanda-t-il en s'assoyant à la table.

— Non, elle est partie se promener avec Lucien. Elle avait affaire à lui parler. À ce que j'ai compris, elle aimerait devancer le mariage.

— Devancer à quel point ?

— Elle aimerait un mariage dans le boutte de Noël, je pense ben.

— Je pensais qu'elle tenait absolument à se marier sur le bord de l'eau ? Ça va être un peu difficile à ce temps-ci de l'année. C'est toujours possible, mais laisse-moi te dire qu'il fait frette en maudit sur le bord de la baie Saint-François en décembre.

— J'ai pas l'impression qu'elle fera ça dehors en plein hiver.

— C'est Lucien qui sera content de savoir qu'elle veut le marier plus vite que prévu. Il est chanceux que la femme de sa vie veuille la même affaire que lui. Y a rien de pire qu'un amour à sens unique.

— T'as raison, répondit Marguerite songeuse. Mais des fois, on le sait juste pas si c'est à sens unique ou pas.

— Tu penses ?

— J'en suis certaine, ça m'est arrivé… J'ai été amoureuse d'un gars de mon école. Je saurai jamais si c'était la même affaire pour lui. Il est mort dans l'accident d'autobus. Des fois, je me dis que j'aurais dû lui dire. Je suis presque certaine qu'il ne savait pas que j'existais.

— J'imagine qu'on est tous différents là-dessus. Moi, je préfère aimer en secret que de me faire virer de bord et ne plus pouvoir être près d'elle. En passant, c'est certain qu'il le savait que t'existes. Le contraire aurait juste été impossible.

Marguerite se tut et le fixa hébétée. Que voulait-il dire ? Elle était le genre de fille qu'on ne remarque pas, dont les garçons ignorent le prénom. Elle n'était pas comme Louise ou Nicole qui attiraient les regards.

— T'es dans lune, observa-t-il.

— Désolée, c'est cette histoire de mariage qui me tracasse, dit-elle au hasard. Je sais ben pas comment Nicole va faire tout ça en moins d'un mois.

— Ils ont juste à faire un petit mariage tout simple. Tout se fait, on va les aider. Pense pas que je veux m'imposer, c'est vraiment pas ça. C'est juste que si je peux aider, ça va me faire plaisir de le faire.

— T'en fais pas, je pense rien pantoute. Je te connais, je sais que t'aimes ça aider le monde. T'es vraiment quelqu'un de gentil. T'es la personne la plus serviable que je connaisse.

— Tu trouves? demanda-t-il, ému.

— Certain! Tu as fait ben des affaires pour ma sœur, moi pis Denis aussi. On se l'est souvent dit Nicole pis moi, qu'on était chanceuses de pouvoir compter sur toi.

— Tu vas me faire rougir si tu continues. Tu me gênes un peu.

— Moi, je te gêne? Je pensais que rien pouvait te gêner! J'ai jamais vu quelqu'un être aussi à l'aise de parler à tout le monde. Ç'a même pas de bon sens ton affaire. T'es pas capable de croiser quelqu'un sans t'arrêter pour te présenter. Une vraie mémère.

— Tellement mémère que je fais peur à des gentilles demoiselles, rappela-t-il.

— À ma défense, t'avais l'air d'un vagabond sous la pluie. Qui décide de faire du porte-à-porte quand il mouille à siaux?

— Un gars qui n'est pas fait en chocolat et qui n'a pas peur de la pluie?

La réplique de Benoit fit rire Marguerite.

— J'aime tellement ça quand tu ris, confia Benoit en souriant.

— J'haïs ça rire.

— Pourquoi ? demanda-t-il surpris.

— Parce que je ris mal.

— C'est pour ça que tu ris pas souvent ?

— Un peu… C'est aussi parce que j'étais tout le temps triste. C'est dur rire quand t'es triste. Mais plus ça va et moins je me sens comme je me sentais avant. J'étais pas juste triste, j'étais en colère. Vraiment en colère. Je me réveillais comme ça, pis je m'endormais de même. Je le sais ben que j'ai pas été super agréable, mais j'étais juste pas capable de faire autrement. Là, ça commence à passer. Je vais te dire un secret : toi, je sais pas pourquoi, mais t'as le tour de me faire rire.

— Tu peux même rire de moi si tu veux, tant que tu ris, je suis content.

— C'est pas comme si les occasions manquaient…

— De rire de moi ? demanda-t-il en riant.

Marguerite rit à son tour. Au même moment, Nicole et Lucien apparurent sur le seuil de la cuisine.

— Nicole ! lança Marguerite. Je vous ai pas entendu arriver.

— Je comprends que t'as pas entendu à rire de même, dit Nicole en souriant. Lucien pis moi, on a quelque chose à vous annoncer, ajouta-t-elle en regardant son compagnon. Si tout se passe comme on aimerait, on se marierait le samedi 23 décembre. Faut juste qu'on vérifie avec le curé.

— Félicitations, mes amis! s'exclama Benoit. Comme je disais à Margot, si je peux faire quelque chose pour vous aider, ça va me faire plaisir de le faire.

— Margot! Tu lui as dit? demanda Nicole, contrariée.

— Dit quoi? questionna Lucien.

— J'avais dit à ma sœur que je comptais te demander de devancer le mariage. Je lui avais dit en secret, précisa Nicole.

— Je me sens mal là, dit Benoit. Je m'excuse, j'étais trop content pour vous autres, j'ai pas réfléchi.

— Je m'excuse aussi, Nicole, j'aurais dû savoir que Ben Lef est tellement mémère qu'il n'est pas capable de garder un secret, dit Marguerite.

— Je te rappelle que t'es pas plus capable, lança Nicole en riant. C'est pas important de toute façon. On vous l'aurait pas caché longtemps, on avait juste hâte d'arriver pour vous le dire. Ben, on va la prendre avec plaisir ton aide.

— Pensez pas que ce sera un gros mariage, là, précisa Lucien. Il y aura juste nos familles proches pis toi, Ben.

— Êtes-vous certains? demanda Benoit. Je veux surtout pas que vous vous sentiez obligés. Je vous en voudrais pas pantoute de ne pas m'inviter pis je vous aiderais pareil. Vous allez être avec vos familles, j'ai pas vraiment d'affaire là.

— Arrête-nous ça! répondit Nicole. T'es dans famille, toi aussi.

Benoit sourit, touché par la place qu'ils lui accordaient dans leur vie. L'idée qu'il fasse partie de leur famille l'émut.

CHAPITRE 16

Vivre enfin

Le matin du 23 décembre, Fernand, Claire et Aline Lalonde arrivèrent peu après huit heures au logement de Nicole. Après avoir avalé deux cafés, Fernand laissa les femmes entre elles et rejoignit Lucien chez lui afin de faire connaissance avec la famille de son gendre.

Aline s'occupa de Denis pendant que Claire aidait ses filles à se préparer. Ne désirant pas dépenser trop d'argent inutilement, Nicole voulait porter à nouveau sa robe de mariée. Claire avait fortement insisté sur le fait que cela porterait malheur. Inflexible, Nicole répétait qu'elle n'avait pas d'argent à mettre dans une robe qu'elle ne porterait que quelques heures. Claire avait finalement partagé son désarroi aux femmes de son cercle de tricot et l'une d'elles avait proposé que sa fille, qui était de la même taille que Nicole, lui prête sa robe.

Claire boutonna l'arrière de la robe de sa fille, soulagée qu'elle ne porte pas la même robe que lors de son premier mariage.

— Quelqu'un frappe à la porte! informa Aline.

— Vite, va dans ta chambre! ordonna Claire à Nicole. C'est peut-être Lucien, faudrait vraiment pas qu'il te voie en robe de mariée, ça porte malheur! Aline, allez répondre s'il vous plaît et dites-nous c'est qui avant de le laisser entrer.

— À vous entendre maman, tout porte malheur! nota Nicole en se dirigeant vers sa chambre. C'est à croire que le mariage en lui-même porte malheur.

— Le mariage porte pas malheur. La fois où j'ai été la plus chanceuse dans ma vie, c'est lorsque j'ai rencontré ton père.

— C'est Benoit! lança Aline. Il apporte une partie du buffet. Je le laisse entrer avant qu'il échappe tout sur le plancher.

— Reste là, dit Claire à Nicole. Je vais aller m'en occuper, il va repartir, ça sera pas long.

— Pourquoi faut que j'attende dans chambre? C'est pas Lucien...

— Y a pas plus d'affaire à te voir avant les autres, trancha Claire en refermant la porte de sa chambre.

— Bonjour, Claire! lança-t-il. J'apporte ce que ma mère a préparé pour le buffet. Il y en a d'autres dans l'auto... Je vous dépose ça où?

— Sur le comptoir, on va s'arranger, répondit-elle. Dépose-les à côté de mes bols Tupperware ronds. J'en ai apporté qui sont vides, je vais mettre ce que ta mère a fait dedans. Ça l'insultera pas toujours? C'est pas qu'ils sont pas beaux ses bols, c'est juste que les miens sont faits pour faire une belle présentation.

— Faites-vous-en pas, ma mère n'est pas du genre à s'offusquer facilement. Je vais aller chercher le reste, après, faut que j'aille mettre mon habit. Je voudrais pas faire honte aux mariés.

— Y a pas de danger pour ça, mon garçon. Les mariés sont ben chanceux d'avoir un ami comme toi.

— Vous êtes vraiment gentille de me dire ça, Claire.

— Allez, mon garçon, fais vite, dit Aline. C'est pas qu'on t'aime pas, mais on a une mariée à préparer.

Benoit s'exécuta rapidement, puis sortit.

Aline informa Nicole qu'elle pouvait la rejoindre. Marguerite qui venait de s'habiller dans sa chambre se joignit à elles.

— T'es donc ben belle, Margot! s'exclama Nicole.

— C'est vrai que t'es belle, ma fille.

— Je seconde ces deux dames, approuva Aline. Veux-tu encore que je te coiffe? lui demanda-t-elle.

— Oui, mais souvenez-vous que je veux pareil comme Brigitte Bardot. Vous savez de laquelle de ses coiffures je parle? Celle avec une demi-queue de cheval bombée dans le haut, avec une frange séparée dans le milieu qui frise par l'extérieur.

— Tu veux une coque sur le haut ici? demanda-t-elle en posant sa main sur le sommet de sa tête.

Claire sortit son fer à friser, le brancha et le déposa sur la table. Elle sortit la laque, les épingles à cheveux, deux peignes et deux brosses, puis les aligna entre Marguerite et Nicole afin qu'elle puisse les partager avec Aline.

— Tu veux toujours un beau chignon banane avec une frange qui part sur le côté ? demanda Claire à Nicole.

— Si vous pensez toujours être capable de le faire, répondit Nicole.

— Doute jamais de la volonté de ta mère à maîtriser quelque chose quand elle le veut vraiment. La fille d'Henriette Bernard est coiffeuse, elle m'a montré comment en échange d'un plat Tupperware pour les légumes. Je me suis pratiqué toute la semaine. Demande à ta grand-mère, elle va te le dire, expliqua Claire.

— Tu peux avoir confiance, elle est vraiment bonne, ta mère, confirma Aline.

Plus d'une heure plus tard, la coiffure demandée par la précieuse cliente était terminée. Les deux sœurs, satisfaites, approuvèrent le résultat.

L'heure de se rendre à l'église approcha. Claire informa Nicole que Fernand les attendait devant la maison. La température était clémente en ce samedi de décembre, l'église était à quelques minutes de marche du logement. Claire proposa à Nicole que Fernand la conduise seule à l'église. Aline, Marguerite, Denis et elle marcheraient pour s'y rendre. Le sol épargné par la neige permettait aux dames d'enjoliver leur tenue avec des souliers assortis à leur robe. Elles enfilèrent leur manteau et Aline déposa son chapeau sur sa tête devant le miroir près de la porte d'entrée. Claire l'imita.

Fernand insista pour reconduire sa femme, sa mère, sa cadette et son petit-fils à l'église. Il les déposa devant l'église de Bellerive et revint chercher Nicole qui l'attendait devant la maison, le cœur battant à tout rompre.

Il sortit de sa voiture, ouvrit la portière arrière et invita Nicole à prendre place sur la banquette arrière. Elle lui sourit, remonta sa robe et se glissa sur la banquette. Fernand la regarda pendant quelques secondes, lui sourit et referma la porte.

— C'est-tu normal, on dirait que je suis plus nerveuse que la première fois ? demanda Nicole.

— C'est normal, pis je vais te dire pourquoi, répondit Fernand en regardant Nicole dans le rétroviseur. La première fois, t'épousais pas le bon. C'est ça quand tu ressens quand t'es à bonne place. C'est pas de la nervosité, c'est ton cœur qui t'applaudit parce que t'as compris ce que tu devais faire.

— J'espère vivre un mariage comme le vôtre, papa. Si Lucien est la moitié de l'homme que vous êtes, je serai comblée.

— Veux-tu que je te confie le secret derrière la réussite de mon mariage avec ta mère ? Le secret, c'est ben simple, c'est ta mère.

— Ma mère ?

— Oui, ta mère, répéta-t-il. Moi, je te souhaite que Lucien soit plus comme elle que comme moi. Je te souhaite que si un jour vous traversez une tempête, qu'il soit de ceux qui pardonnent. Il n'y a rien de plus précieux que d'être avec quelqu'un qui vous aime encore plus qu'il vous en veut.

Fernand immobilisa sa voiture devant l'église de Bellerive. Il éteignit le moteur et se tourna vers Nicole.

— Prête, ma fille ?

— Je suis-tu correct, papa ? s'inquiéta-t-elle.

— Tu es parfaite, ma fille. Faut y aller… J'en connais un qui doit commencer à être nerveux devant l'autel. On y va?

Elle opina en souriant.

Il sortit de la voiture, ouvrit la portière arrière et tendit la main à sa fille. Nicole sortit de la voiture, respira profondément et indiqua à son père qu'elle était prête à être conduite à l'autel. Fernand lui tendit le bras fièrement.

Les vœux prononcés, le curé les déclara officiellement mari et femme sous le regard attendri des quelques invités. La cérémonie terminée, ils marchèrent tous jusqu'au logement de Nicole où les femmes s'occupèrent aussitôt du buffet. Marguerite déposa deux piles d'assiettes à chaque extrémité du comptoir où des plats de nourriture les attendaient.

Mandaté par sa femme, Fernand proposa à boire à chaque invité, en leur conseillant une boisson alcoolisée. L'ambiance festive rapprocha rapidement les deux familles.

— Je peux-tu te parler deux minutes dans ma chambre? murmura Marguerite à Nicole.

— Tu me fais peur, répondit Nicole en refermant la porte derrière elle.

— C'est rien, la rassura Marguerite. C'est juste que je voulais savoir ce que tu voulais que je fasse tantôt. Je repars-tu avec maman pis papa?

— Tu veux repartir avec eux autres? demanda Nicole, surprise.

— Non, c'est pas ça que je veux, répondit-elle. Je sais juste pas ce que je suis supposée faire. Maman me l'a demandé tantôt en revenant de l'église et j'ai pas su quoi y répondre. Elle pense que ma place est avec eux autres pis que la tienne est icitte avec ton mari. J'ai eu l'impression qu'elle voulait me dire que j'avais pu d'affaire ici, pis que je devais vous laisser profiter de votre mariage.

— Y a jamais été question de ça, dit Nicole. Tu peux rester si tu veux. On est habitués que tu sois là. Y a pas grand-chose qui change sauf qu'asteure, Lucien repartira pas pour la nuit. C'est pas mal la seule affaire qui sera différente. Y a rien qui presse, Margot. Rien pantoute. J'ai encore ma job, je compte rentrer à l'ouvrage la semaine prochaine, comme d'habitude. Je sais pas encore quand, mais je vais finir par rester à maison. C'est pas ben vu une femme enceinte qui travaille. Ma place va être à combler, je sais pas si ça te tenterait de la prendre ? Je peux rien te promettre, mais si ça te tente, je peux parler au boss à la Distillerie pour toi.

— Je sais pas quoi dire, bafouilla Marguerite, surprise.

— Si tu veux rentrer avec papa et maman, sens-toi ben libre de le faire. Tu m'as assez aidée… Si tu veux rester, ta chambre est toujours ta chambre.

— Je veux rester ici avec vous autres, c'est ce que je veux le plus au monde, répondit Marguerite.

— Alors, reste. Faut pas que je pleure ! C'est pas le temps de brailler, c'est le temps de danser. En parlant de danser, irais-tu mettre un disque ? Quelque chose qui donne le goût de bouger pis s'amuser !

Marguerite regarda sa sœur s'éloigner vers ses invités. Elle se retint pour ne pas sauter de joie. « Merci mon Dieu », murmura-t-elle en se signant machinalement. Contrairement à ce qu'elle croyait, Nicole ne comptait pas la renvoyer chez leurs parents. Elle avait repassé tant de fois la question dans sa tête qu'elle en était venue à se convaincre que le temps était venu de rentrer à la maison.

Soulagée et reconnaissante envers sa sœur et son nouveau mari, elle se rendit au salon où elle choisit avec soin un disque qu'elle plaça sur la table tournante. Elle leva le pied de l'aiguille et le déposa sur le disque qui se mit à tourner.

Elle s'installa sur le canapé et observa sa mère qui discutait avec celle de Lucien. Son père entra dans le salon en tenant deux verres dans ses mains. Il en tendit un à Claire. Fernand entoura la taille de sa femme de son bras libre, ce qui fit sourire Marguerite. Elle souhaitait à sa sœur que son mari puisse la regarder comme leur père regardait leur mère après toutes ces années. Après l'accident, une tension palpable s'était installée entre ses parents. Plus d'un an plus tard, elle semblait s'être dissipée.

Aline rejoignit les invités au salon. En apercevant Marguerite assise sur le canapé, elle se dirigea vers elle et lui fit signe de la suivre.

— J'ai le goût de jaser avec ma petite-fille, dit Aline lorsque Marguerite se leva. C'est trop bruyant pour mes vieilles oreilles ici, allons dans ta chambre, proposa-t-elle.

Marguerite suivit sa grand-mère jusqu'à sa chambre.

— Assoyons-nous un peu, ça va faire du bien à mes jambes de me reposer un peu, ajouta-t-elle en s'assoyant sur le lit. T'as l'air bien depuis quelque temps. Rassure-moi, t'as pas juste l'air, tu l'es vraiment ?

— Je le suis vraiment, grand-maman. Je me sens bien ici.

— Quand je te regarde, j'ai l'impression que la jeune fille blessée qui est partie il y a près d'un an est devenue une jeune femme qui est plus en paix qu'elle l'était. Je me trompe ?

— Vous ne vous trompez pas grand-maman. Y a quelque chose qui a changé. Je peux pas dire quoi, mais je sais que quelque chose a changé. J'ai encore de la peine, mais on dirait que c'est une peine avec laquelle je peux vivre. Elle prend plus toute la place. J'ai moins de colère aussi, en tout cas, elle me fait plus mal par en dedans. Je sais pas trop comment l'expliquer, mais ça ne me fait plus mal respirer.

— Je comprends parfaitement ce que tu veux dire. Le deuil a fait son chemin, t'as réussi à passer par-dessus l'étape de la colère et je te dirais que c'est la plus difficile à traverser. La suite n'est pas toujours plus facile, mais elle est plus douce. Tu sais ma belle fille, on n'oublie jamais, mais on apprend à vivre avec.

— Même si je le voulais, je pourrais jamais oublier.

— Je le sais ben ça… L'important, c'est que t'oublies pas que t'as ta vie à vivre. Aussi ben de la vivre heureuse, non ? Parce que c'est long longtemps une vie de malheurs. Je sais que ç'a été difficile, pis je suis certaine que ça l'est toujours, mais t'as choisi d'aller par en avant et pas de rester en arrière. Faut du courage pour ça. Je suis fière de toi, Margot.

— Vous m'avez donné du courage grand-maman. Je suis chanceuse de vous avoir, vous le savez peut-être pas, mais nos conversations m'ont aidée à trouver le courage de continuer pis de regarder en avant. Ç'a pris un peu de temps, mais vos paroles ont fini par faire leur chemin.

— C'est pas pour rien qu'on dit que le temps arrange les choses. Y a rien de plus vrai que ça. Je m'ennuie de toi ma belle Margot. Tu le sais-tu ça?

— Je m'ennuie aussi de vous, grand-maman.

— Tu comptes pas revenir de sitôt, je me trompe-tu?

— Je sais pas trop… Je pourrai toujours ben pas coller icitte toute ma vie. C'est pas que j'aimerais pas ça, mais Nicole pis Lucien vont vouloir vivre leur vie de mariés, c'est juste normal. C'est sûr que Nicole m'a dit que je pouvais rester, mais j'ai pas le goût non plus de finir par devoir partir parce que je les aurai tannés de ma présence. Je sais pas, grand-maman, si je serai capable de retourner à Dorion. Juste à y penser, j'ai une boule dans le ventre.

— Au risque de me répéter, le temps finira par faire son œuvre. Laisse du temps au temps, tu verras qu'il sait ce qu'il doit faire, ajouta-t-elle en entourant Margot de son bras et en l'attirant vers elle. Je t'aime donc, toi! J'espère que tu le sais.

— J'espère que vous le savez vous aussi que je vous aime, répondit-elle en posant sa tête sur son épaule.

— En parlant d'amour, je me fais-tu des idées ou y a un jeune homme qui n'a d'yeux que pour toi?

— Moi? dit-elle, surprise. Vous faites erreur, certain!

— Margot, dis-moi pas que tu le vois pas que le beau grand brun est en amour avec toi?

— Qui ça? Parlez-vous de Benoit, grand-maman? Si oui, vous faites vraiment erreur. Benoit est en amour par-dessus la tête avec une fille qui l'aime pas.

— Il est en amour avec une fille qui ne l'aime pas, répéta Aline en souriant. Bien sûr… Et cette fille s'appelle comment?

— Aucune idée ! répondit Marguerite. J'y ai pas demandé, c'est ses affaires.

— Margot, tu lui as pas demandé parce que tu la connais très bien et je suis certaine que dans le fond, tu le sais c'est qui.

— Grand-maman, croyez-moi, vous vous trompez. Benoit… c'est Benoit. Il nous aime ben Nicole pis moi, mais ça n'a rien à voir avec de l'amour.

— Si tu le dis, répondit Aline en souriant. Pis toi ? T'en es où par rapport à lui ? C'est-tu le genre de garçon qui pourrait gagner ton cœur ?

— Comme je vous dis, Benoit, c'est Benoit. Ça sert à rien de poser cette question-là, c'est le genre de gars qui va marier une fille comme lui, pas comme moi.

— Ça veut dire quoi, ça ?

— Ben… Il sait toute faire Benoit. Il travaille depuis longtemps, il a même de l'argent de ramassé. On peut dire qu'il est responsable. C'est aussi le genre de gars qui aime tout le monde. Il parle à tout le monde, il pense aussi à tout le monde. Il est brillant aussi. Il connaît plein d'affaires sur plein de sujets. Il est drôle aussi. Pas tout le temps, mais souvent.

— Tu lui as-tu déjà dit que tu pensais tout ça de lui ?

— Non ! s'exclama-t-elle. J'ai pas besoin de lui dire… Je suis pas mal certaine qu'il le sait que c'est ça que le monde pense.

— Tu serais surprise de voir à quel point les gens ignorent comment on les voit. Dis-moi Margot, toi, tu te vois comment ?

— Moi ? Je me vois comme je suis…

— Et c'est comment ça ? Je suis curieuse de t'entendre.

— Ben… je suis ordinaire. Je dirais que je suis sage et raisonnable, ajouta-t-elle. J'aime être tranquille. Je sais pas trop comment l'expliquer, mais je suis pas mal le contraire de Loulou, pis je suis pas comme Nicole non plus.

— Je vais te le dire moi, comment je te vois, répondit Aline en la regardant. Tu es brillante et curieuse. T'es sensible, t'es à l'écoute des autres et tu sais prendre soin de ceux que tu aimes. Tu es douce et gentille, mais t'es aussi capable de sortir les griffes lorsqu'il le faut. Tu es serviable aussi.

— Vous trouvez ?

— Je sais, c'est différent. Bon, on devrait aller rejoindre les autres avant que la mariée nous porte disparues.

— Elle est ben trop heureuse aujourd'hui pour même remarquer qu'on est pu là.

— Tant mieux, répondit Aline en tapotant la main de Marguerite. Elle mérite d'être heureuse ta sœur. Toi aussi, ne l'oublie jamais.

— Je ne l'oublierai pas, grand-maman, c'est promis.

— Je sais pas pour toi, mais je dirais pas non à un bon café, dit Aline.

— Venez, je vais vous en faire un avec plaisir.

— C'est ce que je disais… Tu sais prendre soin de ceux que t'aimes, dit Aline en s'appuyant sur la cuisse de Marguerite pour se lever.

Elles longèrent le corridor séparant les chambres de la cuisine et du salon. Aline s'assit près de Nicole et Fernand qui discutaient autour d'une assiette contenant une portion de tous les plats du buffet.

Marguerite prépara du café pour ceux qui en désiraient puis se servit une assiette qu'elle mangea adossée au comptoir.

Les célébrations s'étirèrent jusqu'en soirée. La famille de Lucien prit congé peu après que le gâteau préparé par la mère de Benoit fut servi. Claire insista pour aider ses filles à ranger l'appartement avant de partir. Pendant ce temps, Fernand, qui avait bu plus que d'habitude, somnolait sur le canapé. « Bois ça pendant que je finis de ramasser », ordonna Claire en déposant entre ses mains un café noir. Il cala le café, déposa la tasse sur le sol et s'endormit.

Une heure plus tard, Claire le réveilla en l'informant que l'heure était venue pour eux de rentrer à la maison.

— Y est où mon café ? demanda-t-il en se relevant.

— Tu l'as bu, Fernand ! répondit Claire. Prends le temps de te réveiller, les gars sont en train de mettre mes plats dans l'auto. Tu vas être content, je les ramène pas tous, j'en laisse une couple à Nicole.

— Bonne affaire ! rétorqua Fernand. Tant qu'à moi, t'aurais dû tout lui laisser. T'en as tellement que ça nous tombe sur la tête quand on ouvre les armoires.

— T'as le don d'exagérer, répondit Claire en riant. Allez, y est l'heure d'y aller…

Fernand, Claire et Aline partirent après avoir renouvelé leurs meilleurs vœux aux mariés. Claire versa quelques larmes en serrant ses filles dans ses bras. Elle leur murmura qu'elles lui manquaient déjà, puis fit signe à Fernand d'ouvrir la porte.

À la fenêtre, Marguerite et Nicole regardèrent la voiture de leur père s'éloigner.

— Quelle journée, hein! s'exclama Marguerite.

— Quelle magnifique journée, tu veux dire! précisa Nicole.

— Ce qu'il y a de plus beau dans tout ça, dit Lucien, c'est que pour la première fois, elle ne se finira pas. Pour moi, je veux dire. Benoit, serais-tu assez fin pour venir à maison avec moi? J'irais chercher un peu de mes affaires. Tout est déjà prêt pour être ramassé.

— Je veux pas te corriger, mais c'est rendu ici ta maison, souligna Nicole en souriant.

— Faut juste que je m'habitue, dit Lucien en l'enlaçant. T'en fais pas, j'ai l'impression que je vais m'habituer assez vite. C'est encore correct avec toi que j'aille chercher mes affaires?

— Si tu tardes pas trop, répondit Nicole. Maintenant que t'es mon mari, je suis impatiente de voir tes affaires icitte. Jase pas trop rendu là-bas, Benoit, avertit Nicole.

— Ça te dérangerait-tu de prendre mes clefs, pis d'y aller sans moi? demanda Benoit. J'ai pas l'habitude de boire de l'alcool et je te dirais que j'aime mieux pas avoir un volant entre les mains, j'aurais trop peur pour mon char.

— J'aurais aimé ça revenir avec mon char, répondit Lucien.

— On ira le chercher demain, insista Benoit.

— Je vais y aller avec toi, suggéra Nicole. Ça te dérange pas, Margot, de surveiller Denis?

— Non, mais tardez pas trop, répondit-elle.

— Pourquoi? As-tu peur de rester seule avec moi? demanda Benoit en affichant une mine triste.

— Prenez le temps que vous voulez, corrigea Marguerite. Toi, veux-tu un café noir? demanda-t-elle à Benoit. Ma mère dit que ça te replace un homme en boisson assez vite.

— En boisson… Je dirais pas ça, bredouilla Benoit en suivant Marguerite qui se dirigeait vers la cuisine.

— C'est toi-même qui a dit que tu avais trop bu, dit Marguerite.

— J'ai pas trop bu, j'ai bu plus que d'habitude, précisa Benoit. Pis, d'habitude je bois pas.

— Pourquoi t'as bu, d'abord?

— Pour célébrer avec mes amis! répondit Benoit en soupirant. T'as le don des fois de rendre compliquées les affaires simples.

— Tu trouves que je suis compliquée?

— C'est pas ce que j'ai dit. Tu vois, tu le fais encore, dit-il en riant.

— Je te faisais marcher, répondit-elle. Assieds-toi, pendant que je te prépare ça.

— À vos ordres, mamzelle Lalonde. J'oubliais! J'ai donné la sienne à Nicole, mais j'ai pas eu le temps de te donner la tienne, dit-il en sortant une enveloppe de la poche intérieure de son veston.

— C'est pour moi? demanda Marguerite surprise.

— Ça vient de Marie et de ses parents, souligne-t-il. J'en ai reçu une moi aussi. C'est une carte de Noël. Je l'ai trouvée tellement mignonne, elle m'a écrit qu'elle avait déjà hâte aux prochaines régates pour monter à Valleyfield. Il paraît que sa tante Suzanne a aussi hâte qu'elle et passe son temps à en parler.

— T'as raison, c'est vraiment mignon, approuva Marguerite en lisant ce qu'elle avait écrit dans la sienne.

« Je m'ennuie de toi et j'ai hâte de te revoir. Papa dit qu'on reviendra cet été. Il dit qu'il y a des petits chalets à louer dans un village et qu'on en louera peut-être un pendant les vacances. Le soleil dessiné, c'est de ma tante Suzanne qui fait dire qu'elle s'ennuie aussi. Xavier voulait faire un dessin, mais je lui ai dit non.

À bientôt.

Marie Comptois, ton amie de Saint-Eustache »

— On devrait leur faire une surprise pis descendre les voir chez eux, suggéra Benoit.

— Ça se fait pas de descendre en surprise chez le monde.

— Certain que ça se fait! Pourquoi ça ne se ferait pas?

— Laisse faire, répondit Marguerite en souriant.

— Pourquoi tu souris de même?

— Parce qu'on est tellement différents. Je suis certaine que juste penser que tu te rends chez du monde que t'as vu deux fois dans ta vie, ça te rend super heureux. Moi, juste y penser et j'ai le cœur qui débat. T'aimes les surprises et moi j'aime ce qui est prévu. Tu t'organises au fur et à mesure et moi j'aime que tout soit réfléchi d'avance. C'est drôle, je trouve.

— On n'est pas obligés d'être pareils pour bien s'entendre, fit-il remarquer. Même que c'est plus plaisant comme ça, non?

— Je saurais pas te dire. C'est plus facile quand deux personnes pensent dans le même sens non?

— Plus facile, mais moins plaisant, répondit Benoit.

— Ton amoureuse secrète est-tu comme toi ? demanda-t-elle.

— Mon amoureuse secrète, répéta-t-il, étonné par la question. Si elle est comme moi ? Vraiment pas, même que c'est tout le contraire. C'est pour ça que je l'aime comme ça.

— Tu veux rire ? Ma grand-mère pense que c'est moi. Ça m'a ben fait rire.

— Tu serais-tu fâchée si c'était vrai ?

Marguerite déposa une tasse de café devant Benoit qui se leva sans qu'elle s'y attende.

— Je vais te le dire, maintenant. Je sais pas si c'est l'alcool, mais j'ai la force de le dire en ce moment et je pense pas que ça repassera. Ta grand-mère a raison Margot. C'est toi… C'est toi la fille dont je suis amoureux en secret. Je pensais pas que c'était un secret, j'ai l'impression que c'est plus qu'évident. J'ai jamais rien dit, j'ai jamais rien fait, parce que j'ai peur de te faire peur. J'ai peur que tu me repousses et que tu ne veuilles plus me voir. Je veux que tu saches que je comprends que c'est pas la même affaire pour toi et je te promets que je t'en parlerai plus jamais. Je te le dis là, je le dis une fois, pis c'est tout. Je veux pas que tu sois fâchée, pis que tu me sortes de ta vie. Je suis amoureux de toi, Margot et je le serai sûrement toute ma vie, mais je vais jamais te mettre mal à l'aise avec ça.

— T'es amoureux de moi ? demanda-t-elle, hébétée.

— Je suis complètement fou amoureux de toi. Je m'endors le soir en préparant des prétextes pour te voir le lendemain. Ma mère le sait, Lucien le sait, d'après moi, même ta sœur le sait. Ma vie a changé le jour où j'ai frappé à la porte en avant.

Marguerite s'approcha, se plaça sur la pointe des pieds et l'embrassa. Le cœur battant à tout rompre, son geste la surprit elle-même. Elle n'avait pas réfléchi, elle avait réagi spontanément sans se poser de question. Benoit l'entoura de ses bras. Marguerite retira ses lèvres des siennes et, nerveuse, elle ricana avant de se cacher le visage d'une main.

— Es-tu correcte? demanda-t-il en la libérant de son étreinte.

En guise de réponse, elle le regarda, sourit et l'embrassa de nouveau.

«Je peux pas croire que je suis en train de faire ça», se répéta-t-elle, enivrée par la douceur des lèvres de Benoit. C'était donc si simple, si doux et si plaisant, embrasser? Elle, Marguerite Lalonde, venait d'embrasser Benoit.

Il était grand temps qu'elle vive, qu'elle aime et qu'elle s'autorise enfin à toucher au bonheur. Vivre comme si elle était morte elle aussi n'était plus ce qu'elle souhaitait. «Louise dirait que tant qu'à vivre, autant le faire pour vrai», songea Marguerite en souriant.

FIN

À la mémoire de :

Normand Barry, Gaétan Bélanger,
Renée Besner, Guy Boucher,
Linda Brosseau, Fernand Caron,
Gilles Dionne, Lise Dionne,
Marcel Fleury, Diane Leduc,
André Levac, Suzanne Levac,
Daniel Ménard, André Paiement,
Gisèle Poudrier, Louise Prévost,
Marcel Richard, Jacques Riendeau, Michel Robillard,
Carole Robert et Nicole Bélanger.

Au courage et à la résilience de :

Francine Martineau, Suzanne Raynolds,
Lise Mireault, Myles Dury,
François Danis, Claude Chamberland,
Monique Campeau, Sylvie Lalonde, Jocelyne Auger,
Réal Boutin, Jean-Louis André,
Pierre Frappier, Peter Montpetit,
Lewis Hayes, Colette Paiement,
Luc Bourbonnais, Pierre Gravel,
Ginette Trudel et Richard Boutin.

À ces quarante-quatre étudiants de l'école secondaire de la Cité-des-Jeunes de Vaudreuil-Dorion qui le soir du 7 octobre 1966 ont pris place dans un autobus devant les conduire à une danse organisée à Hudson, un village voisin. Aux dix-neuf jeunes âgés de treize à dix-neuf ans qui ont reçu leurs ailes tandis qu'un train de marchandises a frappé de plein fouet l'autobus conduit par un jeune conducteur que nombre pleurent encore.

Aux vingt-six survivants dont la vie a été marquée à jamais. Puissiez-vous un jour obtenir enfin les réponses à vos questions. À votre résilience, votre force et votre courage. À ce que vous avez traversé, aux blessures du corps et du cœur, celles que vous avez surmontées et celles que vous porterez toujours. Avec tout mon respect.

Aux trente-sept témoins.

À ceux qui ont porté secours. À ceux qui n'oublieront jamais ce qu'ils ont vu.

À tous ceux qui ont dû se reconstruire à la suite de ce soir d'octobre. À tous ceux qui se reconstruisent toujours.

À la communauté de Dorion et celles des alentours. À ces larmes partagées, ces non-dits, ces réponses jamais obtenues. À ce deuil collectif que vous portez depuis toutes ces années. À la mémoire de ces jeunes que vous honorez avec amour.

C'est avec un immense respect et l'encre de ma plume diluée par mes larmes que j'ai écrit cette histoire qui m'a été soufflée à l'oreille par des anges. C'est pour que jamais on n'oublie ces jeunes, qui j'espère, dansent là-haut.

Avec tout mon amour.

Ce livre a été achevé d'imprimer en septembre 2023
sur les presses de l'imprimerie Marquis